악어가 나타났다

차　례

우리는 이방인이니까

그가 내게로 온다.

벌써 알고 있던 일이다.

이미 서로에게 익숙해져 있었고 또 서로를 팔아넘기는 일이었음을 알면서도 우리는 새로운, 아니 또 다른 삶을 살고 싶었기에 그들과 계약했고 그 유혹을 뿌리치지 못한 채 우리는 수긍할 수밖에 없었다. 그 위험 부담을 알기 전까지는 그랬고 우린 그저 이루지 못한 삶의 한 부분을 간직하기 위해서 이곳으로의 이주를 선택했다.

그저 평화로웠다. 늘 이곳은 평화로웠고 자유로웠다. 그 누구도 나를 이해하려고도 또 기억하려고도 하지 않는 그 삶이 편하고 좋았다. 그래서 나는 이곳을 선택했고 이곳에서 나 아닌 또 다른 나의 삶을 평온히 살고 싶었다.

어쩌면 나인 나를 스스로 포기하고 싶었는지도 모르겠다. 내가 아닌 또 다른 내가 되어 이루지 못한 허황한 객기를 부리고 싶었는지도 모르겠다. 그것은 인간이라면 누구나 욕심내고 싶은 일일 것이다. 자신을 스스로 감추고 새로운 나를 내세울 수 있다는 것은 흥미로운 일임이 틀림없다. 그렇게 나를 내세우기 위해서는 그 어떤 누구도 나의 실체를 알아서도 안 되고 또 들켜서도 안 된다.

철저히 혼자여야 한다. 외로움을 감수해야 하는 이방인의 길이다. 끝까지 나와의 약속을 지킬 수 있다고 생각했기에 나는 스스럼없이 그 계약서에 사인을 하고 말았다. 하지만 그것이 문제였다.

나는 영원할 수 있다고 믿었던 그 계약의 조건이 시간이 흐르면서 변할 수도 있지 않을까? 하는 생각을 하게 되었다. 또 다른 욕심의 시작이었다. 하지만 그 생각이 어떠한 결과를 가지고 올지에 대한 위험 부담을 미처 알지 못했다.

 내 생각은 단순했다. 그를 만나고 싶었다. 묻고 싶었을 뿐이었다. 무엇이 문제였고, 무엇 때문에 그렇게 훌쩍 사라져 버린 것인지, 나는 그것이 왜 그렇게 궁금했었던 것일까? 어쨌든 나는 그에게 한 발짝 다가섰다.

 시작은 아주 단순하고 어쩌면 아주 이상적이었다.

"어이 꼬마!"
또 그 형입니다.

"짜식 갈수록 남자다워지는데. 너 여자애 많이 울리겠다."
동네 형이 내 머리를 마구 헝클어 놓으며 놀리듯이 말했습니다. 형은 내가 마냥 어리게만 보이는 모양입니다.

"너무 어리다고 놀리지 말아요."

형은 내가 태어나기 전부터 이 동네에서 살고 있었습니다. 내가 아장아장 걷는 것부터 보기 시작했으니 그럴 만도 했지만 나는 썩 기분이 좋지만은 않았습니다.

나를 대하는 형의 태도가 늘 문제였습니다. 나이가 많다고 으쓱대는 형의 모습이 내게는 그저 내 또래의 친구들과 별다른 것이 없어 보였습니다. 그래서 형에게 내 생각을 말해주고 싶었습니다.

형은 어떤가요?

나는 시간에 대해 생각하고 있습니다. 시간은 왜 멈추는 법이 없는지, 왜 무턱대고 앞으로만 가는지. 물론 누구나 한 번쯤 생각해 보았을 겁니다. 그러나 그 누구도 대수롭지 않게 생각합니다. 시간에 익숙해진 탓일까요? 무뎌진 탓일까요? 시간의 흐름이 얼마나 중요한지 설명도 이해도 하지 않으니 말입니다. 분명 무슨 일인가가 벌어지고 있는데 말입니다. 왜 그걸 사람들은 신경 쓰지 않는 걸까요?

오늘이 지나가면 내일은 다시 오늘이 되는 겁니다. 구차하게 수학 공식을 따져가며 내일이 오늘인 이유를 요목조목 설명하지는 않겠습니다. 삶은 공식이 아니니까요. 또 공식으로 설명할 수 없는 것이 시간이기도 하니까요.

이 시간이라는 녀석은 거대한 생명체 같습니다. 인간이 만들어 놓은 편리한 논리라는 생각이 들기도 합니다. 하지만 꼭 그렇지만은 않습니다.

어떨 때는 혼자 화를 내다가 웃기도 하고 울기도 합니다. 그러다가 뜬금없이 한숨을 깊게 내쉽니다. 잔잔한 수면 위를 걷기도 하면서 자근자근 숨을 쉽니다. 꼭 숨만 쉬는 것 같지요? 아니요. 때로는 알 수 없는 거대한 하품을 하기도 합니다. 그 하품의 냄새가 얼마나 고약한지 모를 겁니다. 안다고 해도 언어로 표현할 수 없으니 얼마나 답답하겠어요.

내가 그래요!
따져보면 점점 복잡해지지만 단순할 수도 있습니다. 그렇다고 굳이 뭐 복잡하게 생각할 필요 있나요. 나는 그냥 1이라고 하겠습니다. 내가 2가 될 수 없는 이유입니다. 그러니까 우리는 오늘을 살아가는 1인 존재이지요. 그러면서도 나는 왜 그것이 지루하다고 여기지 않는 걸까요?

반복되는 오늘이 그다지 복잡하다고 생각하지는 않습니다. 하지만 좀 더 파고든다면 아주 복잡해집니다. 물론 따분해질 수도 있는, 실없는 이야기일 수도 있습니다. 그러면서도 시간은 아주 흥미로운 대상에서 결코 제외될 수 없습니다. 내 생각에는 이 단순하면서도 복잡한 문제의 이면에는 분명 누군가의 거대한 음모가 도사리고 있다는 겁니다.

누가 그런 시간을 만들어 놓았을까요? 그 실체를 알 수는 없을까요? 점점 궁금해집니다. 형은 그렇지 않은가요?

시작은 호기심 때문이었습니다. 그러나 생각하면 할수록 이해되지 않는 부분이 많아요. 과거는 시간이 지나간 발자국입니다. 막상 그 자리에 멈추어 있는 것 같지만, 꼭 그렇지만은 않은 것 같습니다. 시간이 흐른다면 과거도 그곳에서 흐르고 있지 않을까요?

나름 그 공간에서 살아 숨 쉬고 있겠지요. 그 누군가가 말입니다. 내 자신일수도 있습니다. 또한 누군가의 공허한 순간들의 연속일 수도 있을 것입니다만 아직은 알 수 없어요. 살아 있는 것인지, 혹은 멈춘 것인지 그것은 중요하지 않아요. 그 존재는 현실이라고 착각하며 살고 있기 때문입니다.

꼭 단정 지을 수는 없습니다. 그러니까 내 생각에는 나인 존재가 곳곳에 현실로 남아 그 주어진 시간만큼을 걷고 있는 것이지요. 내가 지금 이곳에 있는 것 역시 같은 맥락일 겁니다. 나는 여기에 있고 과거의 나는 거기에 있고 또 미래의 나는 저곳으로 확장되어 가는 겁니다. 또는 누군가에 의해 알 수 없는 그곳으로 확장되어 가겠지요.

그러면서도 왜 나는 1이어야 하느냐? 궁금하실 겁니다. 물론 형도 1이어야 하는 이유를 알고 싶어 할 겁니다. 그러나 아직 급할 필요는 없습니다. 그 문제는 알고 보면 아주 간단한 이치일 수도 있으니까요. 나는 지금부터 그 문제에 대해 풀어나갈 생각입니다.

"시간에 대해서 형은 어떻게 생각해요?"

"인생은 다 그런 거야, 꼬마야."

시간의 실체에 관해서 이야기하고 있는데 뜬금없이 인생이라니? 그래요. 형은 아직 어리군요. 혹시나 형하고는 말이 통할 거로 생각했었습니다. 잘난 척하며 딴청을 피우는 형은 고작 어른 흉내를 내는 아직은 동심에 들뜬 어린아이에 불과한 거군요. 뭐 놀랄 것도 없습니다.

그런 형이 괘씸하다는 생각이 들기 시작했습니다. 나도 형의 머리를 마구 헝클어 놓고 싶은 심정이었으니까요. 솔직히 기분 나빠요. 내가 형의 머리카락을 막 헝클어 놓으며 산울림의 「꼬마야」라는 노래를 부르면 형은 기가 막혀 헛웃음을 짓겠지만요.

뭐 상관없어요. 하지만 문제는 어리다고 놀리는 형의 그 태도입니다. 물론 버릇없다며 나를 나무라겠죠?

그즈음 나는 화가 슬슬 치밀어 오르고 있었습니다.

"이 동네도 개발된다는데 너희 집은 어디로 이사 가니? 아파트만 지어댄다고 집 없는 사람이 갑자기 집이 생기는 것도 아니고."

뭘 알고서 말하는 걸까요? 형은 아마 어른스럽게 보이려고 지금 내 앞에서 뻐기는 걸 겁니다. 그런 형은 한술 더 떠서 눈도 마주치지 않은 채 나를 무시하는 것 같았습니다. 나는 애써 화를 꾹꾹 억누르고 있었습니다.

나는 더는 말을 꺼내지 않았습니다. 솔직히 형의 무책임한 대답과 표정에 당황한 것은 오히려 나였으니까요.

막연하게 어디론가 떠나고 싶어 하는 형의 표정을 보았습니다. 형은 어느 길을 걷고 싶은 것일까? 생각했습니다. 그러나 형은 종잡을 수 없는 곳으로 시선이 흔들릴 뿐이었습니다.

그렇다고 쉽게 속을 낼 내가 아닙니다. 우선 형이 나를 무시했던 것처럼 나도 형을 무시해 버렸습니다. 얼마 동안 우리는 아무 말도 하지 않은 채 앉아 있었습니다. 서로 말을 걸어 주기를 기대하고 있었던 것 같기도 합니다.

아니면 서로 동감하면서 먼저 말을 건네주었으면 하는 평행선의 일관이었겠지요. 있잖아요. 서로 다른 선을 생각하면서 뭐 같은 자존심 때문에 속을 내보이지 않은 채 앞만 보며 달려가는 것 말이에요. 그렇게 달리다 보면 절대 만날 수 없는 거리감이 생길 테지요.

형과 나는 그렇게 달렸습니다. 물론 생각이 다른 것은 이해할 수 있어요. 그렇게 사람들은 자신의 속마음을 들키지 않기 위해 앞으로만 달려가는 것이니까요. 그래야 자신이 우월하다는 것을 상대에게 표출할 수 있으니까요. 그런데 그것이 뭐가 중요하죠?

지금은 그게 문제라는 걸 압니다. 그래서 나는 형을, 형의 마음을 차근차근 헤아려 보았습니다.

"형, 무슨 일 있어요?"

형은 대답하지 않았습니다. 마치 넋이 나간 사람처럼 앉아 있는 형의 모습이 나는 왜 안타까웠을까요? 일부러 겉멋이 들어 나를 무시했던 것인지도 모르지만 나는 그런 형을, 형의 다음 말을 기다렸습니다.

형은 요지부동이었습니다. 나도 형이 걱정되었지만 대수롭지 않게 생각했습니다. 한동안 아무런 대화 없이 앉아 있다가 형은 씽긋 웃어주고는 되돌아갔습니다.

"왜 그럴까?"

걱정스러운 얼굴로 형의 힘없는 뒷모습을 바라보았습니다. 형의 기분은 그처럼 도통 종잡을 수가 없습니다.

"괜찮은 거냐고 물어보기라도 할 걸 그랬나? 아니, 뭐 저 형 그러는 거 처음 보나. 그런데 오늘따라 형의 눈빛이 왜 그렇게 슬퍼 보였던 걸까?"

아직도 알 수 없이 흔들리던 형의 모습에 마음이 쓰였습니다. 그러나 이내 형에 대한 생각은 뒤로 밀어 두었습니다.

과거는 시간이 지나간 발자국이라고 했던가요. 그 생각을 다시 하면서 나는 왜 이 순간이 슬프고 먹먹하게 느껴지는 걸까요? 생각이 너무 많은 것도 병인가 봅니다.

나는 어느 순간부터 다시 복잡해지기 시작했습니다. 포근하면서도 선선한 바람이 그사이를 스치고 지나갔습니다. 바람은 자꾸만 나를 부추깁니다. 아마도 계절의 서글픈 바람일지도 모르겠다고 얼핏 생각했습니다. 형의 그 뒷모습처럼. 그렇게 형은 사라졌습니다. 참 이상한 일입니다. 일상에서 사람들이 사라지는 것을 느끼는데 정작 다른 사람들은 느끼지 못한다는 것을 나는 이해할 수 없었습니다.

형도 그랬습니다. 몇몇 사람들과 함께 다른 사람들의 기억에서 송두리째 사라져 버린 것이지요. 아니, 흩어졌다는 말이 맞을까요? 아니면 미로 속에서 서로를 잊은 것일까요.

다음 날만 되면, 그러니까 오늘이죠. 오늘만 되면 가까웠던 누군가가 사라지는 겁니다. 이해할 수 없는 무슨 일인가가 벌어지고 있는데 다른 사람들은 그것을 전혀 느끼지 못하고 있습니다. 너무도 자연스럽고 당연하게 상대의 부재에 연연하지 않는다는 것이지요.

그런 일은 오늘과 함께 반복되었습니다. 실질적으로 시간의 흐름이 끊긴 것이 아닌데 사람들은 이상한 틀을 만들어 놓고 스스로를 가두어 버리는 일을 반복하는 것입니다. 왜 그래야 하는 걸까요?

그러한 사소한 일들이 나를 더 복잡하게 옭아매고 있습니다만 그 문제에 대해 심각하게 받아들이기 시작한 것은 얼마 되지 않습니다.

그 실체가 무엇이든 간에 언젠가는 엄청난 중압감으로 비아냥거리며 나를 짓누를 것으로 생각했습니다. 아직도 그 실체에 대해서는 감을 잡을 수 없지만 한순간 무너져 엄청난 파장을 일으킬지도 모른다는 불안함을 떨쳐버릴 수 없습니다.

나, 오늘, 자꾸만 커져가는 시간, 그리고 상상할 수도 없는 실체. 맥락은 이렇습니다. 또 언제나 시작은 다름 아닌 나입니다. 어차피 시작과 끝은 내 속에 의문으로 존재할 따름입니다. 그리곤 또 누군가의 몫이 되겠지요. 분명 이 세상의 누군가도 나와 같은 생각을 하고 있을 겁니다. 어쩌면 한둘이 아닌 다수가 말입니다.

대수롭지 않게 여기며 잊고 지낼 수도 있습니다만, 그렇다고 시작된 집착을 저버리고 싶지도 않습니다. 할 일 없어서 배부른 투정을 부리고 있다고 무시할 수도 있겠지만, 인간이라면 한 번쯤 그런 생각을 했을 겁니다.

내가 아직 어려서 그런가요? 삶을, 그 길다고 하는 삶을 살지 못해서 그런가요? 살아가다 보면 알 수 있을 거로 생각하시는 건가요? 아니요. 생각해 보세요. 당연히 생각하고 또 짚고 넘어가야 하는 것을 우리는 왜 생각하지 못한 채, 아니 생각하면서도 자꾸만 잊고 지나가는 것은 아닐까요? 그냥 넘어갈수는 없어요. 이렇게 아무 생각 없이 그저 삶을 쌓아가다 보면 알 수도 있을 거라며 막연하게 존재하고 싶지는 않아요.

어쨌든 나는 대단한 것과 마주 서 있는 내가 자랑스럽습니다. 그래서 형의 생각을 공유하고 싶다고 생각했습니다. 왜냐하면 내 또래의 친구들은 전혀 이해할 수 없는 이야기이고 또 그 누구와도 이런 이야기를 허심탄회하게 할 사람이 없기 때문입니다. 그래도 형은 어느 정도 나와 말이 통할 것 같았습니다.

형을 찾아다녔지만 형의 종적을 발견할 수는 없었습니다. 그리고 그에 대한 사람들의 기억도 송두리째 사라지고 말았지요. 그 기억이라는 것 말입니다. 알다가도 모를 의문 덩어리입니다. 점점 커지기도 하다가 또 가끔 되살아나는 것 같다가도 한순간 투명해지거든요. 그리고 또 점점 작아집니다. 형이 그렇습니다.

왜 그렇게 감쪽같이 사라진 것일까요? 나를 피한 걸까요? 아니면 내가 모르는 다른 시간으로 이동해 버린 걸까요?

인생은 다 그런 거야!

형은 도대체 무슨 생각을 하고 있었던 것일까요? 인생을 모두 통달한 사람처럼 한 치의 망설임도 없이 단정해 버렸던 형의 표정이 아직도 선명합니다. 나는 형의 그 막연한 확신이 못마땅했지만 형에게 무슨 일인가 벌어지고 있다는 것을 알 수 있었습니다. 혹시나 하는 의문은 역시 변하지 않았습니다. 형의 부재는 어쩌면 예견되어 있었던 건지도 모릅니다.

왜 그 순간 나는 짐작하지 못했을까요?

시간과 인생에 대한 연관관계를 나는 왜 염두에 두지 않았을까요? 왜 1만 생각했을까요? 왜 2를, 그에 대한 곱하기를 생각하지 않았으며 세월을 생각하지 않은 걸까요?

이 순간 형에게만 무슨 일이 벌어지고 있는 것은 아닙니다. 물론 내게도 무슨 일인가가 벌어지고 있는 것입니다. 시간과 1과 인생에 대해 복잡한 생각을 하면서 나는 점점 성장해 가겠지요. 그러다가 어느 길 위에선가 다시 형을 만나게 될지도 모르겠습니다.

그러니 어리다고 놀리지 말아요!

시작은 오늘이었다.

그 흐릿하지도 않고 또 선명하지도 않은 그즈음의 어느 순간이 나에게 악몽이라는 말을 건네 올지는 나도 차마 몰랐다.

섬뜩한 이야기를 해 줄까?
절대 뒤 돌아보지 마!

사람들은 앞만 보고 가기도 하고 또 옆을 돌아보기도 하지만 뒤 돌아보는 여유는 갖지 못한다. 물론 나도 그런 부류의 한 사람이었다. 하지만 그 끔찍한 공포를 느끼는 순간 인간은 가볍게 무너지고 만다. 무너지다 못해 하찮은 존재임에 순응하며 스스로를 몰락하거나 경험하기 힘든 일을 자처하기도 한다.

시아. 그녀의 이름이다.

처음 그녀를 만난 것은 어느 노래주점에서였다. 술 마시면 2차쯤 가서 술에 흠뻑 취해 자신을 내려놓고 내가 아닌 다른 사람이 되고 싶은, 아니 차라리 나 자신이 싫어 내 모든 것을 버리고 쓸데없이 담대해지거나 호락호락해지는 건 아주 위험한 짓이다.

술 마시면 개라고 했던가? 이른바 반려견이 아닌, 똥개도 아닌 미친개! 나는 친구에게서 미친개를 보았다. 단지 술을 마셨고 노래를 선곡할 수 없었기에 도우미를 부른 것인데 그는 악착같이 덤벼들기 시작했다.

그 녀석은 스스로를 사냥개라고 칭했다. 하지만 그것은 오만과 편견일 뿐이었다. 스스로 선을 긋고 지우기를 반복하면서 녀석은 파렴치한이 되고 말았다. 녀석은 스스로를 바닥까지 무참하게 떠밀었다. 그 순진한 녀석이 개망나니가 되다니 다시 볼 일이었다.

그 녀석은 아직도 그 일을 기억하지 못한다. 자신이 무슨 짓을 했는지, 자신이 삶의 어느 부분에서 꼬였고 또 그녀에게 무슨 실수를 했는지 생각할 겨를 없어 보였다. 녀석의 얼굴에는 본성인 성욕과 탐욕이 여전히 덕지덕지 붙어 있었다.

그 녀석은 아무 일도 없었던 것처럼 해장하자고 전화를 걸어왔다. 물론 나도 거절할 이유는 없었다. 그러면서 그런 생각을 했다. 과연 우린 현실이 현명하고 또 선명한가? 지난밤을 잊어도 좋은가? 인성이 있고 인격이 있는가? 그걸 개성이라고 말할 수 있을까? 뭔가? 이 서글픔은? 참 웃기지 않은가? 술 취한 사람에 대한 그 관대함이? 어디에서 나온 말인가? 그래서 더 슬프다.

이즈음에서 시아가 나에게 왜 왔는지 나는 설명도 의미도 두지 않겠다. 어쨌든 그녀는 내게로 왔다. 사랑도 의미도 없이 스스로 왔다.

"왜 그래요?"

물었지만 그녀는 대답이 없었고 나의 감정과는 상관없이 내 품에 안겨 울기 시작했다. 그 순간의 그 아련함에 나는 왜 진지해졌는지 모르겠다.

그녀는 너무 차가웠다. 차가웠지만 그 황홀한 어느 나라의 오로라처럼 나에게 안겨 자신의 삶을 내맡겼다.

나는 거절했다.

"도대체 왜?"

나는 유부남이고 책임질 수 없으니 어차피 뻔한 결말이었다. 일반적인 책임도 질 수 없는 친구의 짓거리에 내가 책임질 이유는 없었기에, 또 나는 책임질 일을 한 것도 아니었기에 그녀를 보낼 수밖에 없었다.

'과거는 시간이 지나간 발자국입니다. 막상 그 자리에 멈추어 있는 것 같지만, 꼭 그렇지만은 않은 것 같습니다. 시간이 흐른다면 과거도 그곳에서 흐르고 있지 않을까요?'

나는 어쩔 수 없이, 뜬금없이, 누구나 살아가는 방식대로 성장했다.

어린 시절의 얼토당토하지 않던 생각도 머릿속에서 지워진지 오래였다. 그리고 거래처 사람과의 술자리에서 시아를 다시 만났다.

그녀는 그날따라 술에 흠뻑 취해 있었다. 본의 아니게 지명을 했기에 그녀가 나왔다. 그녀가 거절을 했다면 다른 누군가가 파트너가 됐을 테지만 그녀는 다시 내게로 왔다. 그리곤 무작정 술을 마시기 시작했다.

물론 난처한 쪽은 나였고 화를 내고 나간 쪽은 거래처 쪽이었다. 어차피 마땅찮은 자리였고 그녀가 그 자리를 대신했다.

"오빠, 괜찮아?"

굳이 대답할 필요는 없었다. 어차피 삐뚤어진 거래처와의 불쾌감을 억누르기 위해 내게 필요한 것은 내 정신을 더 혼미하게 만들 알코올 뿐이었다.

"아직도 그렇게 생각해?"
"뭘?"
"오빠의 어린 시절!"
"......?"
"그때 형에게 하지 못했던 그 말?"

그녀의 말에 나는 피식 웃어 넘겼다. 어차피 어린 시절의 생각들, 그리고 그녀가 형이라고 생각했을 거래처 임원. 나는 어리다고 놀릴 나이가 아니었기에 그저 혼미해졌다. 그런데 뜬금없이 어린 시절이라니?

"오빠가 얼마나 위험한 사람인지 알아?"
"......?"
"우리 계약할까?"

그녀의 정신은 점점 맑아졌고 대신에 나의 정신은 점점 혼미해져 겨울 마지막 남은 잎사귀를 달고 있는 나무처럼 앙상해졌다. 그러나 그녀는 그에 아랑곳 하지 않았다. 더 대담하게 나에게 다가왔다.

"위험해!"
"뭐가?"
"도망쳐야해!"
"누구한테서? 너한테서?"

나는 그 계약에 의미를 두지 않았다. 그저 하룻밤의 환청이라고 생각했다. 그녀는 더 이상 대답하지 않았다. 대신 은밀하고 부드럽게 나에게 키스를 했다. 동시에 나의 기억은 형편없이 조각나고 말았다.

어떻게 된 일일까? 여긴 도대체 어디란 말인가? 알 수 없다.

"도망쳐!"

왜 그 말이 자꾸 귀에 어른거리는지 모르겠다. 내 기억 속에 각인 된 것은 시아의 위험해라는 말과 도망치라는 말 뿐이었다. 도통 알 수 없는 단어가 단 한순간도 내 머릿속을 떠나지 않고 있었다.

호텔인지 모텔인지 모를 공간. 어쩌면 나는 이곳에 갇혀 버렸는지도 모른다는 불안감에서 헤어날 수 없었다. 그리고 그 공포는 나를 공황 속으로 밀어 넣었고 나는 한없이 그 공포 속으로 스며들며 걷잡을 수 없이 나를 흔들어 대기 시작했다. 마치 당장이라도 숨이 멎을 것 같은 좌절과 분노, 그리고 공허함이 나를 옭죄고 있었다.

"시아야?"

그러나 주위는 숨이 막힐 것 같은 곰팡이 냄새뿐이었다. 그렇다고 그 공간이 곰팡이가 피어 있거나 더럽지도 않았다. 어떻게 된 거지? 누가 나를 이곳에 데려온 거지?

안내데스크에 문의했지만 어떻게 들어왔는지 누구랑 왔는지 알 수가 없다고 했다. 알 수 있었던 것은 객실은 벌써 일주일째 예약이 되어있었다는 말 뿐이었다.

나는 그 순간 욕실로 달려가 꺼억꺼억 속을 게워냈다. 하지만 속에서 나오는 것은 텅 빈 슬픔뿐이었다. 속절없이 눈물이 나왔고 샤워기를 틀어 놓은 채 멍하니 앉아 있었다. 샤워기에서 물이 잘게 부서져 나와 온몸을 적셨지만 나는 그저 먹먹할 뿐이었다.

 나는 아무것도 할 수가 없었다. 그러다가 가까스로 일어나 물기를 닦고 옷장을 열어 보았다. 평범한 캐주얼 옷이 걸려 있었다. 나는 젖은 옷을 벗고 할 수 없이 그 옷을 입을 수밖에 없었다. 그리고 침대위에 털썩 주저앉았다.

 공황장애란 이런 것인가? 움직일 수도 없고 숨도 제대로 쉴 수 없으며 또한 한 발짝 걸으려면 죽을 것 같은. 어쨌든 이곳을 빨리 벗어나고 싶은 생각뿐이었다.

 도망치라는 말과 위험하다는 말, 그리고 계약!

 나는 무엇을 계약한 것일까? 시아는 왜 자꾸 알 수 없는 말들을 한 것일까? 그리고 그녀는 왜 사라진 것이며 안내데스크에서는 왜 내가 들어온 것조차 기억하지 못하고 있는 것일까?

 아무튼 그러한 것들은 중요하지 않았다. 나는 비틀거리는 걸음으로 가까스로 그곳에서 나왔다. 그리곤 약국에 들려 숙취해소제를 두어 병쯤 마셨고 그제야 어느 정도 정신을 가다듬을 수 있었다.

낯설면서도 낯설지 않은 공기와 흐름이 느껴졌다. 집에 가기 위해 택시를 탔지만 기사는 내가 가려하는 동네를 처음 듣는다고 했다. 내비게이션에 주소를 찍었지만 역시 목적지는 표시되지 않았다.

나는 어쩔 수 없이 택시에서 내릴 수밖에 없었다.

한순간 나에게서 모든 것이 사라지고 말았다. 나는 갈 곳 일은 미아가 되어 길거리에 처량하게 버려지고 말았다. 혹시나 해서 집에서 기다리고 있을 아내에게 전화를 걸었다. 그러나 반복되는 것은 없는 국번이라는 말 뿐이었다. 딸에게도 전화를 걸어보았지만 역시 마찬가지였다. 친구들에게도 전화를 걸었지만 여전히 먹통이었다. 그 사이 핸드폰의 배터리는 모두 소진되어 무용지물이 되고 말았다.

아, 여긴 대체 어디란 말인가? 나는 누구란 말인가?

그제야 나는 나를 모른 다는 것을 깨달았다. 내 존재가 이 세상에서 소멸된 것인가? 아니면 내가 죽은 것인가? 영혼은 자신의 몸에서 빠져 나왔을 때 자신의 존재에 대해서 모른다고 하는데. 그렇다면 나는 죽은 것일까?

이런 저런 생각으로 길을 터덜터덜 걸었다. 목적지는 없었고 어디로 향해야 할지도 가늠할 수 없었다. 어디에선가 천사나 저승사자가 금방이라도 나타날 것만 같았지만 다행히도 그런 일은 벌어지지 않았다.

그 사이 나는 시아가 했던 말을 다시 되새겼다.

"오빠가 얼마나 위험한 사람인지 알아?"

내가 그런 사람이었던가? 법 없이도 살 수 있는 사람이라는 평판 좋은 나였다. 그런데 지금은 이 꼴이라니.

뭐 상관없다.

기억상실증일까? 그럴 수도 있다. 뉴스에서 보면 한순간 기억을 잃어 자신이 누군지도 모른 채 노숙 생활을 하다가 경찰의 도움으로 가족들을 만난 경우도 있었다고 하니 아직 나에게는 희망이 있다.

허기도 느껴지지 않는 오후, 얼마나 길거리를 배회하고 다녔는지 모르겠다. 그래도 나는 계속 걸었다. 내가 살아 있음의 증거를 찾기 위한 노력이었다. 그러다 보니 나는 아주 낯익은 거리를 걷고 있었다.

내 어린 시절의 그 동네, 그 거리!

전혀 변한 것이 없었다. 나는 지나가는 사람에게 시간과 날짜를 물었다. 날짜는 흘러 온 어제였다. 혹시나 해서 년도를 물었다.

2001년!

왜 나는 그때까지도 몰랐을까? 사람들의 옷차림과 주위의 배경들을! 나는 믿을 수가 없었다. 그리고 그 순간 나의 눈이 확 뜨였다. 있을 수 없는 일이었다.

시아의 말이 갑자기 떠올랐다. 분명 시아는 무언가를 알고 있었고 그렇기에 계약의 조건으로 키스를 해왔다.

내가 이곳에 온 것은 분명 우연이 아니다. 어쩌면 필요조건이었는지도 모르겠다.

그날, 그 시간.

그때 형에게 하지 못했던 말들. 어쩌면 나는 그 형을 다시 만날지 모르고, 어쩌면 나는 그 형에게서 내가 이곳에 온 단서를 찾을지도 모른다. 서둘러야 한다. 지금쯤이면 어린 시절의 나와 그 어린 시절의 형이 만나 이야기를 나누고 있을 시간이다.

나는 서둘러야 했다.

내가 아닌 그와 그들. 만나야 알 수 있을 것이다. 그런데 시아의 위험하다는 말은 도대체 무슨 뜻일까? 그리고 내가 위험한 사람이라니, 도망치라니!

나는 어린 시절 형과 마지막으로 만났던 장소를 향해 조급하게 달리기 시작했다. 오직 그들을 만나야 한다는 생각뿐이었다. 내게 중요한 것은 없었다. 단지 그곳에 가면 단서가 있을 거라는 것 외에는.

아!

어린 시절의 나와 그가 앉아 있었다. 그 모습을 보는 순간 가슴과 눈에 짜릿함과 물컹함이 느껴졌지만 나는 정작 나설 수가 없었다. 하지만 나 서야 했기에 나는 용기를 내어 한 걸음 앞으로 내디뎠다.

그와 동시에 나는 공황 속을 걸었다.

죽음과 삶! 육체와 영혼!

전화벨이 나를 깨웠다. 그때는 이미 어린 시절의 나와 그가 사라진 뒤 였다.

"봤니?"
"누구?"
"꼬마야!"
"형?"
"그래. 길게 말하지 않을게. 그곳에서 도망쳐!"
"무슨 소리야?"
"너도 알거야. 그 거대한 힘. 그게 움직이고 있어. 바로잡아야 해."
"무슨 소리야?"
"네가 나에게 하지 못한 말 기억하지? 시아는? 만났으니까 네가 여기에 왔겠지."
"시아는 왜?"
"우리는 이방인이니까!"
"뭐!"

"내게 못했던 말 기억하지? 내 말 잘 들어. 이제는 싸워야 해. 오래전부터 우리는 지배당해 왔어! 그렇게 한순간 이방인이 되어 현지인과 이방인이란 시간의 터울 속에서 속고 속이면서 서로를 팔아 넘겼지. 그러니까 항상 조심해야 돼. 그 누구도 믿어서는.......'

말을 채 끝내지 못한 채 형의 전화가 끊겼다.

도대체 무슨 일이?
그리고 나는 생각해 냈다.

'그 실체가 무엇이든 간에 언젠가는 엄청난 무게감으로 비아냥거리며 나를 짓누를 것이라고 생각했습니다. 아직도 그 실체에 대해서는 감을 잡을 수 없지만 한순간 무너져 엄청난 파장을 일으킬지도 모른다는 불안함을 떨쳐버릴 수 없습니다.'

나는 그렇게 이방인이 되었다. 그리고 어디에서부터 시작되었을지 모를, 그 오늘을 하루에도 수십 번씩 게워내며 걷고 또 걷는다. 그렇게 걷다보면 누군가를 만날 테고 그에게서 희망을 발견하게 될지도 모르겠다. 그가 시간 속에 존재하는 또 다른 나였으면 좋겠다.

그동안 나는 속고 속이는데 철저하게 익숙해져야 한다. 절대 이방인이라는 것을 들켜서는 안 된다.

악어가 나타났다

아저씨는 아직도 귀가 전이다.

오늘도 어디에선가 구멍 난 독에 물 퍼붓듯 진탕 술을 퍼붓고 있겠지. 불쌍한 우리 엄마. 그런 아저씨가 뭐가 좋다고 하루도 빠짐없이 해장국을 끓여주는지 모르겠다.

나는 아저씨와 친하지 않다. 아저씨 역시 나를 좋아하지 않는다. 난 단한 번도 아저씨를 아빠라고 불러 본 적이 없다. 아저씨 역시 나를 아들로 생각하지 않기는 마찬가지다. 아저씨와 나는 외모나 성격, 식성 그 어느 구석 하나 닮은 곳이 없다. 하지만 엄마를 사랑한다는 공통점은 있다.

"에……에취. 아! 징그러워 더는 못 살겠다. 이놈의 재채기. 이 고양이 녀석. 내 옆에 오지 말라고 그랬지. 그래, 너 오늘 잘 걸렸다."

난 고양이 털 알레르기가 있다. 고양이와 한집에 살고 있다는 것은 나에겐 아주 큰 불행이다. 집안을 정신없이 어질러 놓고도 모자라서 사방에 털까지 흘리고 다니니 여간 골치 아픈 것이 아니다.

냥이 녀석의 방심한 틈을 노려 나는 살금살금 다가갔다. 녀석의 꼬리를 낚아채려 했지만, 녀석은 나를 놀리기라도 하듯 꼬리를 살랑살랑 흔들면서 노란 눈을 질끈 감고는 소파 위로 가뿐하게 뛰어오른다.

"냥이 자꾸 괴롭히면 엄마한테 혼난다고 그랬지."

엄마의 불호령이다. 엄마는 늘 냥이 편이다. 따져 보면 이 집에서 내 편은 아무도 없다. 나는 천덕꾸러기 신세다.

아저씨가 냥이 녀석을 집으로 데려온 건 한 달 전이다. 작은 흑표범처럼 생겼다고 엄마가 더 좋아했다. 게다가 영리하고 붙임성까지 있어서 처음 집에 온 날부터 엄마의 마음을 한꺼번에 사로잡았다. 그날 이후 내 밥상은 보잘것없어졌다. 그것뿐만이 아니었다. 아저씨는 술만 마시면 레슬링하자며 나를 괴롭혔다. 그레코로만형이든 자유형이든 가리지 않고 기술을 걸어오는 탓에 나는 항상 긴장하고 있어야 했다.

엄마의 사랑을 되찾기 위해서라도 냥이 녀석을 이 집에서 쫓아내야 한다. 하지만 냥이 녀석이 너무도 재빠르고 약아 빠져서 쫓아내려는 시도는 늘 허사로 돌아가고 말았다.

게으른 내가 약삭빠른 냥이 녀석을 혼내는 건 결코 쉬운 일이 아니다. 혼을 내기는커녕 번번이 냥이 녀석의 거드름에 좌절을 맛보아야 했다. 하지만 언젠가는 기필코 냥이 녀석을 이 집에서 쫓아내고야 말 것이다.

"야옹, 야아옹"

저 녀석 비웃고 있는 것이 분명하다. 어디 두고 보자. 언제까지 그렇게 비웃을 수 있는지. 내가 운동을 열심히 해서 날씬해지는 날이 바로 네 제삿날이 될 테니까. 하지만 다이어트는 생각처럼 쉬운 일이 아니다. 난 다이어트를 결심하고도 하루를 넘기지 못하는 편이다. 타고난 식성 때문이다. 갈수록 불어만 가는 내 몸무게가 원망스럽다.

전화벨이 울렸다. 자정이 다 되어 가는데 웬 전화람. 설마, 또 불길한 생각이 들었다.

"네, 맞는데요. ......네 병원이요? 우리 그이가....... 어쩌면 좋아. 네 금방 갈게요."

엄마는 전화를 끊고 안절부절못했다. 엄마의 표정은 심상치 않았다. 하지만 늘 있는 일이다. 새삼스러울 것도 없다. 나는 외출 준비를 위해 안방으로 서둘러 들어가는 엄마를 힐끗 쳐다보았다. 불쌍한 우리 엄마.

벌써 이번 달만 해도 세 번째다. 한 번은 아저씨가 피범벅이 된 얼굴로 들어온 적이 있었다. 회식을 끝내고 집에 들어오는 길에 넘어져서 앞니가 부러졌다고 했다. 아저씨는 술에 흠뻑 취한 와중에도 용케 이빨을 찾아서 들어왔다. 주머니에서 이빨을 꺼내 보이며 웃는 모습이 영락없이 영구였다. 그리고 며칠 전에도 술에 취해 들어오다가 퍽치기를 당했다.

지갑, 휴대전화, 시계 등등 돈 되는 건 몽땅 털린 채 지구대에서 졸고 있는 아저씨를 엄마가 데려왔다. 그 일이 며칠이나 지났다고 또 사고를 친 모양이다. 뭐 내가 상관할 바 아니지만, 반성문과 각서만으로 끝날 일은 아닌 것 같다.

나의 손에는 늘 리모컨이 들려있다. 리모컨은 내가 만나는 세상의 시작이며 끝이다. 나는 온종일 리모컨의 숫자 버튼을 누르고 또 누른다. 그러면 내가 경험하지 못했던 세상들이 TV를 통해 거침없이 쏟아져 나온다. 나는 그 세상이 좋다.

나는 드라마란 드라마는 가리지 않고 보는 편이다. 하루라도 드라마를 보지 않으면 입에 가시가 돋을 정도다. 방영 시간이 겹쳐 보지 못하는 드라마는 케이블 방송을 통해 재방송을 본다. 엄마 때문에.

"엄마, 나 치킨! 난 살짝 익힌 치킨이 좋더라. 엄마? 엄마?"

뭐야, 벌써 나가신 거야. 왜 이렇게 허기가 지지. 나는 무심결에 소파 쪽을 돌아보았다. 냥이 녀석이 보이지 않는다. 냥이 녀석은 어느새 캣타워 맨 꼭대기에 올라가 앉아 있었다. 냥이는 엄마가 외출할 때면 늘 그곳에 올라가 나를 견제하곤 한다.

징글맞은 녀석. 녀석도 내가 미워하는 것을 알고 있는 모양이다. 나는 큰 입을 벌려 하품했다. 동시에 냥이 녀석이 몸을 살짝 움츠렸다. 녀석이 보기에 내 이빨이 위협적이었던 모양이다. 나는 돌아서는 척하다가 냥이 녀석을 향해 다시 입을 벌렸다. 그러자 냥이 녀석 겁을 집어먹고 뒤로 물러서다가 그만 캣타워 아래로 떨어지고 말았다. 냥이는 줄행랑을 치듯 서둘러 캣타워 위로 다시금 뛰어 올라갔다. 그리곤 혀로 발목을 핥았다.

"아, 배고파!"

정말 배고프다. 나는 배고픈 걸 참지 못하는 편이다. 캣타워 바로 밑에는 냥이 녀석이 먹다 남겨 놓은 사료가 남아 있었다.

"아무리 배고파도 그렇지."
그놈의 자존심 때문에 나는 냥이 녀석의 사료를 차마 먹을 수가 없었다. 빨리 엄마가 오셔야 할 텐데.

이럴 땐 드라마 한 편 보는 게 제격이다. 나는 리모컨을 누르기 시작한다.

"헉! 이럴 수가."

채널을 돌리던 나는 그만 숨이 멎을 것 같은 전율을 느꼈다. 나는 벌어진 입을 다물 수가 없었다. 뉴스의 한 장면이 이렇게 충격적일 줄은 예전에 미처 몰랐었다. 냥이처럼 생긴 녀석이 악어를 잡아먹다니. 사진을 보며 나는 경악했다.

냥이 녀석 캣타워 위에서 졸고 있다. 저런 녀석이 뭘.

엄마는 화가 나면 나를 "이 못난 악어 녀석"이라고 부른다. 악어가 나를 닮은 것인지, 아니면 내가 악어를 닮은 것인지 알 수는 없지만 어찌됐든 나는 불쾌하다. 남들은 나를 어떻게 생각할지 걱정이다. 그런데 오늘따라 너무 덥다. 에어컨까지 켰는데도 시원하지 않다.

"어디서 더운 바람이 들어오는 거지?"

"엄마는 도대체 꼬리가 얼마나 긴 거야. 내 꼬리가 길다고 타박하더니 엄마의 꼬리도 만만찮네."

문을 닫으려던 나는 문득 내가 정말 악어와 많이 닮았는지 그것이 궁금했다. 엄마와 아저씨의 주관적인 시각 말고 남들의 객관적인 시각에서 바라본 나의 모습이 궁금했다. 그리고 집 밖의 세상에 대한 강한 호기심을 억누를 수가 없었다. 사실 나는 태어나서 단 한 번도 집 밖으로 나가본 적이 없다.

나는 엄마를 마중 나갈 생각이다. 마중 나온 아들을 보면 엄마도 좋아할 것이 분명하다. 그런 생각을 하니 망설일 이유가 없었다.

　나는 앞으로 한 발짝 크게 내디뎠다. 그러나 막상 어디로 가야 할지 몰랐다. 오른쪽으로 가야 할지, 아니면 왼쪽으로 가야 할지. 아저씨의 발걸음 소리는 항상 왼쪽에서부터 들려온다. 그렇다면 왼쪽이 맞는 모양이다. 나는 왼쪽으로 걸어가려다가 슬며시 옆집을 바라보았다. 문득 옆집 아저씨가 생각났기 때문이다.

　그 겁 많은 아저씨, 우리 집에 망치를 빌리러 왔다가 나를 보고는 사색이 되어 도망치듯 달아나던 모습이 너무도 우스꽝스러워서 지금도 잊을 수가 없다.

　왜 이렇게 떨리는 걸까. 흥분이 내 몸 곳곳에 활력을 불어넣기 시작했다. 그런데 나는 얼마 가지 못하고 커다란 난관에 봉착했다. 가파른 계단이 떡하니 버티고 있었기 때문이다. 이런 계단을 엄마와 아저씨는 어떻게 지나다녔을까? 그렇다고 계단 때문에 내 모험을 포기할 수는 없다. 집으로 되돌아가기에 내 모험은 아직 무용담을 만들지 못했다.

　아, 별천지인 세상. 왜 엄마는 이런 세상을 보여주려 하지 않았던 걸까? 엄마는 아직도 내가 어린아이로 보이는 모양이다. 흥분이 채 가시기도 전에 나는 벌써 지치기 시작했다. 이럴 줄 알았으면 다이어트라도 해두는 건데.

　늦은 밤이라 그런지 행인들의 모습은 보이지 않았다. 나는 무작정 걸었다. 걷다 보면 금방이라도 엄마를 만날 수 있을 것 같았다.

저 앞에서 인기척이 들렸다. 다행이다. 그 사람한테 물어보면 어디로 가야 엄마를 만날 수 있을지 알려줄지도 모른다.

"야, 누군 그동안 다니고 싶어서 다녔는지 알아. 더러워서 내일 당장 회사 그만둔다."

남자가 비틀비틀 걸어오고 있었다. 걸음걸이와 목소리로 보아 술에 취한 것이 분명했다. 술에 취한 사람은 골치 아프다. 그건 우리 집 아저씨를 보면 알 수 있다. 평소에 말수 없고 무뚝뚝한 아저씨는 술만 마시면 개가 된다. 내가 터득한 진리는 술 마신 사람은 모두 가슴 속에 개 한 마리씩 키운다는 것이다.

"야, 너 이리 와 봐."

못 본 채 지나가려던 나를 남자가 대뜸 불러 세웠다. 이거 억세게 재수 없다. 나는 못 들은 척 서둘러 걸었다. 뒤도 돌아보지 않은 채 걸어가던 나를 남자가 가로막았다. 그리곤 다짜고짜 남자가 내 목덜미를 잡았다.

나는 벌써 준비를 단단히 했다. 우리 아저씨처럼 언제 불시에 공격해 올지 모르기 때문이다. 내가 제일 싫어하는 헤드록이나 암 바[arm bar]를 걸어온다면, 순간 아찔했다. 난 솔직히 레슬링에는 소질이 없을 뿐더러 자유형에는 특히 취약한 편이다. 언젠가 방송에서 UFC 경기를 본 적이 있었다. 경기를 보면서 사람들이 무엇 때문에 그렇게 열광하는지 이해할 수가 없었다. 나는 이 남자가 이종격투기 선수가 아니길 바랄 뿐이다.

"너도 내가 우습게 보여?"
"우습게 보인다니요. 전 단지 엄마 마중 나가는 길이에요."

"나도 할 만큼 했어. 그런데 안 되는 걸 어떻게 하니. 왜 세상은 내 중심으로 돌지 않는 거냔 말이야."

 남자는 손에 들고 있던 소주를 벌컥벌컥 들이마시기 시작했다. 그리곤 나에게도 술을 권했다. 나는 사양했지만 남자는 내 입에 소주를 붓기 시작했다.

"아저씨, 난 아직 술을 마실 줄 몰라요."

 아무리 말해도 소용이 없었다. 우웩 퉤퉤퉤. 왜 이렇게 쓴 거야. 이렇게 쓴 술을 도대체 왜 마시는지 모르겠네.

"내가 그렇게 우습게 보여?"
"아니요, 그러니까 이제 저 좀 놔주세요."

 나는 고개를 저었다. 그제야 남자는 술병의 남은 술을 모두 비우더니 빈 술병을 끌어안고 길바닥에 그대로 누워 버렸다. 기회는 이때다 싶어 나는 남자에게서 도망치기 시작했다. 그런데 얼마 가지 않아 남자가 걱정되었다. 나는 다시 돌아가 남자를 흔들어 깨웠다. 그러나 남자는 좀처럼 일어날 생각을 하지 않았다.

"이봐요, 아저씨. 여기서 이렇게 자다간 큰일 난다고요."

술기운 때문일까? 어찌 된 일인지 좀 전까지도 무겁게만 느껴지던 몸이 날아갈 것처럼 가벼워졌다. 이래서 술을 마시는 거구나. 나는 다시 남자를 흔들어 깨웠다. 남자가 잠시 눈을 떴다.

"아저씨, 물어볼 게 있는데요. 내가 악어로 보이나요?"

남자는 귀찮다는 듯 다시 눈을 감아 버렸다. 나도 더는 남자를 방해하고 싶지 않아 돌아섰다.

세상은 넓다. 정말로 넓다. 내가 상상했던 것보다도 넓다. 이 넓은 곳에서 엄마를 만날 수 있을지 걱정이다. 하지만 돌아가기에는 너무 늦었다. 걸어온 길이 너무도 까마득하게 느껴지기 때문이다. 무엇보다도 되돌아갈 자신이 없다. 조금만 더 가면 엄마를 만날 수 있을 거라고 나는 확신했다
.
아야! 나는 그만 깨진 유리 조각을 밟고 말았다. 맨발이다. 집 밖으로 나온 적이 없기 때문에 내게는 신발이 없다. 그러고 보면 내가 소유한 것은 그리 많지 않다. 리모컨, 그리고 내 전용 욕조. 또 뭐가 있더라? 생각해 보니 그것이 전부다. 너무 욕심 없이 살아온 것 같다. 눈물을 글썽이며 발바닥에 박힌 유리 조각을 빼내고 있을 때였다.

"oh my god."

저 앞에서 걸어오던 아저씨가 기겁하며 뒷걸음질 치기 시작했다. 외국인인가? 그런데 저 아저씨 설마 날 보고 놀란 건 아니겠지? 내가 그렇게 무섭게 생겼나? 엄마는 나를 귀엽다고 했는데. 사실 나는 내 외모가 마음에 들지 않는다. 거울을 볼 때마다 나도 깜짝깜짝 놀라곤 한다. 그렇다고 저렇게까지 호들갑을 떨 필요는 없는데.

"너무 그렇게 놀라지 말아요. 날씬한 사람이 있으면 뚱뚱한 사람도 있는 법이고, 키 큰 사람이 있으면 키 작은 사람도 있는 법이니까요. 잘생긴 사람이 있으면 못생긴 사람도 있잖아요."

내가 앞으로 다가가자 남자가 경악했다. 뒷걸음질 치던 남자는 급기야 돌아서서 도망치기 시작했다.

"사람 무안하게 왜 그래요?"

한국어라서 못 알아듣는 건가. 가만있어 보자 이럴 땐 뭐라고 해야 하지. 그렇지.

"excuse me. hello, hello."

나도 남자를 따라 달리기 시작했다. 어디서 그런 민첩함이 나오는지 나 자신도 놀랄 정도였다. 남자는 따라오지 말라며 손사래를 치기 시작했다.

"아저씨, 기다려요. 잡아먹지 않을 테니까 잠시만 서 봐요. 정말 왜 저렇게 도망치는 거야. 지치지도 않나 봐."

뭐야, 어디로 간 거야? 나는 숨을 몰아쉬며 남자가 사라진 쪽을 아쉽게 바라보았다.

이 좁은 도로에 차들은 왜 이렇게 많이 주차된 거야. 그런데 여기가 대체 어디야. 이 길은 정말 어둡네. 나는 호흡을 가다듬고 다시 길을 나섰다.

그 남자는 도대체 어디로 사라진 걸까? 이 근처 어딘가에 있을 것 같은데. 나는 주위를 두리번거리며 걷다가 얼마 지나지 않아 그 남자와 다시 만날 수 있었다. 남자는 나를 보자마자 다시 비명을 지르기 시작했다. 아이고, 깜짝이야.

"no, no."

남자는 주차되어 있던 차 위로 뛰어 올라갔다. 양손을 삭삭 비비며 눈물까지 글썽거리는 남자를 보면서 나는 서글픔을 느꼈다. 겁쟁이 아저씨.

한참을 걷다 보니 다리가 절여왔다. 이럴 땐 엄마의 손이 약손인데. 도대체 내가 지금 왜 이런 고생을 하는 건지 모르겠다.그런데 이건 또 무슨 냄새지? 어디서 이렇게 썩는 냄새가 나는 거야? 근처 쓰레기 더미에서 바스락거리는 소리가 들렸다. 검은 고양이였다. 나는 녀석을 유심히 살펴봤다. 냥이 녀석과 닮아도 너무 닮았다. 하지만 우리 냥이 보다는 핼쑥해 보였고 너무 초라했다. 쓰레기 더미를 파헤치던 녀석이 뒤늦게 나를 발견하고는 경계하기 시작했다. 뭘 봐, 이 녀석아. 나는 입을 크게 벌렸다. 하지만 녀석은 콧방귀도 뀌지 않았다.

"어라, 저 녀석이 간덩이가 부었군."

나는 녀석에게 슬금슬금 다가갔다. 여차하면 녀석을 혼낼 생각이다. 그런데 녀석은 그런 나를 빤히 쳐다볼 뿐 별 관심을 보이지 않았다. 그러다가 일순간 돌변해서 녀석이 날카로운 발톱으로 나의 얼굴을 할퀴었다.

아, 세상에 이런 일이. 내가 고양이한테 당하다니. 이거 정말 창피한 일이다. 나는 물불 가리지 않고 녀석에게 달려들었다. 한바탕 소란이 이어지고 녀석은 안 되겠던 지 줄행랑을 치고 말았다. 나는 씩씩거리며 분을 삭이지 못한 채 쓰레기봉투를 발로 힘껏 걷어찼다. 이런 제기랄, 하필이면 음식 쓰레기를. 정말 운도 지지리도 없다. 냄새 때문에 더는 참을 수가 없었다.

만만찮은 세상이다. 어쨌든 내가 생각하던 모험은 아닌 것 같다. 무용담이라고 보기에는 보잘것없는 만남이 나를 혼란스럽게 만들 뿐이다.

이 촉촉한 향기는 뭘까? 나는 마치 개라도 된 듯 바람에 묻어오는 향기를 따라 킁킁대며 걷기 시작했다. 향기를 따라가다 보니 어느새 발끝에 보드라운 감촉이 느껴졌다. 아스팔트로 포장된 도로에서는 느낄 수 없던 그런 감촉이었다. 폭신폭신하기도 하고 무슨 향수 냄새 같기도 하고. 알 수는 없었지만 그 냄새가 낯설지 않고 익숙했다.

바로 이것이 흙냄새구나. 난생처음 맡아보는 흙냄새. 내 가슴 깊은 곳에서 알 수 없는 본능이 꿈틀거리기 시작했다. 어쩌면 내가 찾는 것이 바로 이것이었는지도 모른다. 나는 흙 위를 뒹굴기 시작했다. 몸에 묻은 음식물 쓰레기의 고약한 냄새를 그렇게 털어내고서야 한결 기분이 좋아졌다. 냄새를 털어낸 나는 주위를 둘러봤다. 새로운 것에 대한 호기심이라고 할까.

나는 본능에 따라 움직이기 시작했다. 풀냄새, 꽃향기, 그리고 곳곳에 퍼져 있는 맑은 공기. 드라마를 보는 시각은 내가 세상을 바라보는 시각의 전부였다. 그래서 내 시각에는 거짓이 많았다. 색깔만 있을 뿐 향기가 없었다. 그러나 지금 내 앞에 펼쳐진 공원의 풍경은 향기가 있었다.

그것을 느낄 수 있다는 건 그 어떤 무용담보다도 큰 소득이다.

그러고 보니 중요한 것을 잊었다. 내가 악어와 많이 닮았는지, 악어가 나를 많이 닮은 것인지에 대한 궁금증이다. 그 생각을 하며 걷던 내 눈앞에 넓은 호수가 나타났다. 나는 넋을 잃고 호수를 바라보았다.

"저기요?"

어라. 이 늦은 시간에 여자의 목소리가 들리다니. 내가 잘못 들은 건가? 나는 여자의 목소리를 찾아 두리번거렸다. 하지만 여자의 모습은 그 어디에도 보이지 않았다.

"악어가 맞나?"

도대체 이게 어디서 나는 소리지? 소리의 출처는 바로 옆 벤치였다. 벤치에는 예쁜 여자가 앉아 있었다. 아, 이렇게 예쁜 여자를 본 것은 처음이다. 가슴이 왜 이렇게 뛰는 거지. 순식간에 불타오르는 가슴을 나는 주체할 수가 없었다. 숨이 막힐 것만 같았다. 아름다운 그녀는 하늘에서 내려온 천사가 분명하다. 저 표정, 저 얼굴. 내게 호감을 느끼고 있는 것이 분명하다. 여자가 내 머리를 쓰다듬었다. 아, 이렇게 황홀할 수가.

"그런데 내가 정말 악어처럼 생겼나요? 악어가 나를 닮은 게 아니라 내가 악어를 닮은 건가요? 내 생각에는 악어가 나를 닮은 것 같은데. 그렇잖아요. 세상은 인간을 중심으로 돌아가는 것 아니었나요? 그러니까 악어는 당연히 나를 닮아야 하는 거라고요."

그렇다. 내가 왜 그걸 이제야 깨달았을까.

여자는 더는 내게 눈길을 주지 않았다. 여자는 종이 위에 무언가를 쓰기 시작했다. 나는 그 모습을 지켜보며 행복한 상상을 했다. 이 여자 나에게 줄 사랑의 편지를 쓰고 있는 것이 분명하다. 나도 이제 그토록 기다리던 짝을 만난 것이다.

그런데 웬 눈물. 뭔가 심상치가 않다. 내 즐거운 상상은 여자의 눈물에 의해 산산이 부서지고 말았다.

"자, 악어야 이제 나를 잡아먹어."
"그게 무슨 소리예요. 잡아먹으라니요? 난 악어가 아니에요. 자세히 보세요."

악어로 보이든 아니든 간에 문제는 이 여자가 지금 잘못되어도 한참 잘 못된 생각을 하고 있다는 것이다.

"제발 다시 한번 생각해 봐요. 무슨 일인지는 모르지만, 세상은 당신이 생각하는 것처럼 야속하지만은 않아요. 지금 당장은 힘들더라도 살다 보면 좋은 날도 있을 거예요. 나를 봐요. 조금 뚱뚱해도 기죽지 않고 꿋 꿋하게 살아가고 있잖아요."

하지만 여자는 내 진심 어린 충고에도 뜻을 굽히지 않았다. 여자는 급 기야 호숫가에 신발을 벗어 놓았다. 그리곤 물속으로 걸어 들어가기 시 작했다. 앞을 가로막아 보았지만 소용이 없었다. 여자는 점점 물속으로 사라져 가고 있었다. 호수가 생각보다 깊은 것 같았다. 나는 여자를 구 하기 위해 물속으로 무작정 뛰어들었다.

"어푸어푸, 사람 살려. 난 수영할 줄 몰라요."

괜히 뛰어들어 물만 잔뜩 먹었다. 이럴 줄 알았으면 수영이라도 배워 두는 건데. 그러나 자책하고 있을 수만은 없었다. 나는 다시 호흡을 가 다듬고 물속으로 뛰어들었다. 어라, 되네. 내가 헤엄을 치고 있어.

물속으로 가라앉은 여자를 나는 어렵지 않게 찾아낼 수 있었다. 여자를 물가로 끌어낸 뒤에야 나는 안도의 한숨을 내쉬었다. 여자는 힘겹게 물 을 토해내며 울기 시작했다. 여자는 한 시간쯤 그렇게 울다가 돌아갔다. 여자가 남겨놓은 것은 벤치 위의 유서뿐이었다. 그리고 그곳엔 내 실연 의 상처도 남아 있었다.

헤엄을 잘 치는 걸 보면 난 전생의 악어였는지도 모른다. 아! 피곤해. 너무 무리했나.

아, 배고파!

치킨을 먹고 싶고, 떡볶이를 먹고 싶고, 햄버거를 먹고 싶다. 피자에 콜라 한 잔만 마시면 갈증이 풀릴 것도 같은데. 이 지긋지긋한 더위는 언제쯤 끝이 나려나. 정말이지 나는 여름이 싫다. 그리고 개떼처럼 달려 드는 지긋지긋한 모기들이 싫다.

집에 돌아가고 싶다. 집에 가면 냉장고에 먹을 게 쌓여 있는데. 얼음물 이 정말 그립다. 그리고 에어컨 바람도. 하지만 나는 집으로 돌아갈 수 가 없다. 집이 어딘지 통 기억나지 않기 때문이다. 이럴 줄 알았으면 애 초부터 말도 안 되는 모험은 하지 않았을 텐데. 도대체 엄마는 지금쯤 무엇을 하고 계실까? 내가 없어진 걸 알면 벌써 찾아 나서고도 남았을 텐데. 갑자기 눈물이 핑 돌았다.

아파트는 하나같이 다 똑같아서 도무지 콕 집어 우리 집을 찾을 수가 없 다. 저 아파트 단지 어디쯤인가에 우리 집이 있을 텐데. 그렇다고 이 더 위에 섣불리 집을 찾아 나섰다가는 마른오징어 꼴이 될 것이 뻔하다.

나는 먹을 것이 없나 이곳저곳 헤집고 다녔다. 그러나 내가 좋아하는 치킨 같은 건 눈을 씻고 찾아봐도 없었다. 지금쯤이면 내 전용 욕조에서 닭가슴살을 먹으면서 나른한 오후를 보내고 있을 텐데.

배고플 때는 잠이 보약이다. 나는 그늘을 찾아 호수 공원 한쪽에 있는 갈대숲으로 들어갔다. 더위 때문에 몸이 처지기 시작했다. 물 밖으로 코만 내민 채 호흡을 가다듬었다.

이글거리는 태양 탓인지 호수공원에는 산책 나오는 사람들을 찾아볼 수 없었다. 사람들에게 우리 집이 어디냐고 물어보면 알려줄 텐데. 해가 지면 그나마 사람들이 산책 나올 것이기에 그때까지 기다리는 수밖에 별도리가 없었다.

짜증 나!

코앞에서 이글거리는 태양을 한입에 삼켜 버릴까. 그럴 수 있을 것 같기도 한데. 그럼 한결 더위도 가실 테고. 에이, 물이라도 실컷 먹고 잠이나 자야지. 생수였으면 좋았을걸. 집에 돌아가면 냉장고를 통째로 삼키고 말 테다.

한숨 자고 일어나니까 한결 기분이 좋아졌다. 그런데 지금 몇 시쯤 된 걸까? 지금 이 시간이면 사람들이 산책을 나올 법도 한데 왜 이렇게 한산하지.

"가만있자. 그런데 이게 무슨 냄새냐?"

어디에서 낯익은 냄새가 났다. 맞아, 내 첫사랑. 그녀의 냄새다. 그녀에게서는 향기롭고 촉촉한 냄새가 난다. 호수공원 어딘가에 그녀가 있는 것이 분명하다. 하지만 나는 그녀를 쉽게 찾을 수 없었다.

나는 그녀를 찾는 것을 포기했다. 호수공원은 너무 넓기 때문이다.

"어라! 그런데 사람들이 어디서 이렇게 떼거리로 나타난 거지?"

호수공원에 마련된 야외무대에서 가요제가 열리는 모양이다. 무대 위에 오른 가수가 노래를 부르기 시작했다. TV에서 보던 것과는 사뭇 다르다. 앰프에서 흘러나오는 소리 때문에 나도 모르게 가슴이 쿵작쿵작 뛰기 시작했다. 절로 춤을 추고 싶은 기분이 들었다. 그래서 사람들은 노래를 좋아하는 모양이다. 어쨌든 저 많은 사람 중에 누구한테 우리 집을 물어본다. 괜히 잘못 나섰다가 사람들을 놀라게 하는 것은 아닐지 걱정이 앞섰다. 나는 가요제가 끝나고 한산해질 때까지 기다리기로 했다. 그동안은 수영이나 즐겨볼 생각이다.

그런데 누가 달을 반쯤 씹어 먹었다. 어떤 놈인지 걸리기만 해봐라. 내가만 안 둘 테다. 내가 먹고 싶어도 아끼고 아껴둔 달인데 그걸 날름 집어삼키다니. 하지만 상관없다. 달은 또 자랄 테니까. 그때를 기다렸다가 한입 베어 물면 되지 뭐.

집이었다면 드라마 할 시간에 맞추어 리모컨을 누르고 있을 텐데. 호수공원에서는 딱히 할 만한 것이 없다. 하지만 좋은 것은 있다. 엄마의 잔소리를 듣지 않아도 된다는 것이다. 엄마는 내가 냥이 때문에 가출했다고 오해할지 모른다. 어찌 됐든 엄마에게 혼날지도 모른다는 생각하니 절로 아찔해졌다.

어둠이 깊어져 가고 무대 앞에 모였던 사람들도 하나둘씩 돌아가기 시작했다. 이제 인상 좋은 아줌마를 찾아 우리 집이 어디냐고 물어보면 될 것이다.

"저기 벤치에 앉아 있는 여자한테 길을 물어보면 되겠네."

나는 물에서 나와 여자 쪽으로 걸어가기 시작했다. 여자에게 걸어갈수록 내 첫사랑의 진한 향기가 느껴지기 시작했다.

"이대로 이 녀석 도대체 어디로 사라진 거야. 그런데 이대로가 누구냐? 몰라서 묻는 거야? 야, 한소리 네가 언제 나한테 그 녀석을 소개나 해줬어."

내 첫사랑이 분명했다. 그런데 어라, 이건 또 무슨 상황이래. 혼자서 무슨 말을 그렇게 주고받는 거야? 이봐요? 내 첫사랑! 심심하면 나랑 이야기해요.

"네가 싫어서 도망쳤을 거야. 솔직히 네가 무슨 매력이 있기를 하니? 고분고분한 구석이 있기를 하니. 여자면 여자다워야지 너무 드세잖아. 뭐야! 아직 헤어진 게 아니라고."

"내 첫사랑. 당신 애인이 있었어요? 아, 실망인걸요. 하지만 괜찮아요. 골키퍼 있다고 골 안 들어가나요. 그런데 지금 누구와 그렇게 진지하게 얘기하는 거죠?"

아무리 둘러봐도 주위에 대화할 사람이 없었다. 내가 잘못 들은 것일까? 어쩌면 내 첫사랑의 취미는 연극 대사를 외우는 것인지도 모른다.

"피곤해. 너 계속 여기에 있을 거냐? 아니. 나도 피곤해. 어디로 튈지 모르는 네 성격 탓에 나만 힘들어. 이제 제발 너 혼자 다닐 수 없어? 나도 이제 네가 질렸어. 난 그만 돌아가야겠어. 너는 어떻게 할래? 난 조금 더 있을래."

"그래요. 좋아요. 그건 내가 기다렸던 말이라고요. 나도 얼마든지 당신과 이 뜨거운 밤을 함께 있을 수 있다니 기뻐요."

나는 신이 났다. 그러나 그것도 잠시 너무도 고요한 정적이 그녀와 나 사이에 흐르기 시작했다. 처음 이곳에서 그녀를 만났을 때처럼 그녀는 다시 한순간 외롭고 슬퍼 보였다.

밤이 깊어져 갈수록 나는 걱정되기 시작했다. 어디에서 불량배가 나타나 행패를 부릴지 모르기 때문이다. 살짝 겁이 나기는 했지만, 사랑을 쟁취하기 위해서는 감수해야 할 일이다. 나는 내 첫사랑을 지켜주고 싶었다. 내가 있는 한 내 첫사랑한테는 아무 일도 벌어지지 않을 것이다. 나는 그녀를 방해하고 싶지 않아 조용히 그녀의 옆에 앉아 있었다.

뚜벅뚜벅.

누군가가 걸어왔다. 그리고 넓은 호수를 바라보며 힘없이 한숨을 쏟아냈다. 남자는 흘깃 내 첫사랑을 보는가 싶더니 바로 옆 벤치에 슬그머니 앉았다. 남자는 내가 있다는 건 알아차리지 못한 모양이다.

어쨌든 내 첫사랑한테 작업이라도 걸면 그냥 바라보고 있지는 않을 생각이다. 혼쭐을 내어 다시는 얼씬도 못 하게 만들 생각이다. 그런데 그 발걸음 소리 어디선가 많이 들어 본 것 같다. 어디서 들었을까? 맞다. 우리 옆집에 사는 겁쟁이 아저씨의 발걸음이 확실하다. 우리 집에 망치를 빌리러 왔다가 나를 보고 기겁을 하며 도망쳤던 바로 그 겁쟁이 아저씨. 저 아저씨라면 우리 집을 쉽게 찾아줄 것이다.

내 첫사랑이 울기 시작했다. 내 첫사랑이 우는데 왜 내 가슴이 아픈 것일까? 정말 알 수 없는 일이다.

"내 사랑 울지 마세요. 당신이 우니까 내 가슴이 찢어지잖아요. 제발 나를 위해서라도 웃어 봐요."

내 첫사랑은 슬픔 가득한 얼굴로 종이에 뭔가를 쓰기 시작했다.

아! 또 유서를 쓰는 모양이다. 그러면 안 되는데. 또 자살을 결심한 모양이다. 왜 우리의 만남은 비극적일까? 왜 우리는 행복할 수 없는 것일까?

로미오와 줄리엣처럼 비극의 주인공으로 남고 싶지는 않다. 막아야 한다. 그리고 나는 기필코 사랑을 쟁취할 것이다. 내 첫사랑과 함께 토끼 같은 자식들을 많이 낳고 행복하게 살 것이다.

"악어가 맞나?"

내 첫사랑이 나에게 눈길을 주었다. 내 가슴이 두근거리기 시작했다. 내 첫사랑의 눈은 호수보다도 깊고 촉촉했다. 보고만 있어도 사랑이 철철 넘치는 내 첫사랑.

악어여도 좋다. 그녀의 옆에만 있을 수 있다면 야수라도 좋다. 미녀의 옆에는 늘 있는 존재니까. 그녀의 사랑을 먹고 산다면 더는 배고플 것 같지 않다. 사랑은 정말 배부른 것인가 보다.

"겁쟁이 아저씨. 아저씨도 이런 아름다운 사랑을 받아본 적 있나요? 아마 없을걸요. 아저씨는 겁쟁이잖아요. 겁쟁이는 사랑을 쟁취할 수 없어요. 부럽죠? 메롱"

나는 우쭐해졌다. 나는 내 첫사랑한테 순종할 것이다. 이제 나도 결혼해서 분가해야 할 나이다. 언제까지 엄마의 잔소리 삼매경으로 살아갈 수는 없다. 이 기회에 내 첫사랑을 따라나설 참이다. 결혼, 상상만 해도 즐겁고 행복한 일이다.

"악어야 나를 잡아먹어."

내 첫사랑이 두 팔을 벌린 채 나를 바라보았다. 처음 만났던 날처럼 내 첫사랑은 또다시 나를 실망하게 했다.

"배고프지 않니?"
"배고파요. 하지만......."
"이 녀석, 너 악어가 맞니?"

내 첫사랑이 내 머리에 꿀밤을 주었다. 이런, 눈물이 핑 돌았다. 나는 그녀의 관심이 마냥 좋았다.

나에게 사랑은 너무도 미묘하고 복잡한 것이다. 여자의 마음은 갈대이기 때문이다. 그래도 좋다. 내 첫사랑이 이리저리 바람에 흔들려도 좋다. 그렇게 흔들리다가 나에게 마음이 기울면 더 좋고.

"악어가 나타났다. 악어가 나타났어!"

지나가던 누군가가 소리쳤다. 그러나 겁쟁이 아저씨는 그 소리를 듣지 못한 모양이다.

"너무 힘들어."

그녀가 벤치 위에 유서와 신발을 가지런히 벗어서 올려놓고는 물가로 내려가기 시작했다. 내게는 눈길 한번 주지 않고 물가로 내려가는 그녀의 뒷모습은 결심이 확고한 듯 보였다.

"내가 못 살아. 왜 또 그래요. 내 첫사랑!"

그러나 그녀는 막무가내였다.

"이봐요 아저씨. 그대로 지켜보고만 있을 건가요? 내 첫사랑이 자살하려고 한단 말이에요. 그러니까 아저씨가 좀 말려 봐요."

겁쟁이 아저씨는 내 말을 들은 것인지 못 들은 것인지 딴 곳만 바라보고 있었다. 그사이 내 첫사랑은 첨벙첨벙 물속으로 걸어 들어가고 있었다.

"안 돼!"

나는 필사적으로 내 첫사랑을 막아섰다. 하지만 그녀는 물러서지 않았다. 내가 앞을 가로막고 또 가로막아도 그녀는 내 마음은 안중에도 없었다.

"겁쟁이 아저씨 제발 도와줘요!"

내 첫사랑과 승강이를 벌이고 있는 사이 겁쟁이 아저씨가 그제야 벤치에서 일어났다.

"악, 악어가......."
"빨리요 빨리 와서 내 첫사랑 좀 말려주세요."

겁쟁이 아저씨가 후다닥 물속으로 뛰어 들어왔다. 정말 다행이었다. 백지장도 마주 들면 났다고 하지 않던가.

휴, 안도의 한숨을 쉬기도 전에 나는 다시 당황했다. 겁쟁이 아저씨가 어디서 그런 힘이 났는지 내게 헤드록을 걸어왔기 때문이다.

내가 내 첫사랑을 잡아먹으려 한다고 착각한 모양이었다. 이런 제기랄!

"그래 맞아. 너 이 녀석 그 악어 지갑이구나. 여긴 어떻게 나왔지 설마 아줌마도 잡아먹은 거야?"

"아니에요. 그게 아니에요."

툼스톤 파일드라이버[Tombstone pile driver]와 저먼 수플렉스[German suplex] 그리고 암 바[arm bar] 기술까지. 아저씨는 타고난 레슬링 선수였다.

"그만! 항복, 항복!"
"너 죽고 나 살자."

아! 정말 못살아. 내 첫사랑은 물에 빠져 죽으려 하고 겁쟁이 아저씨는 나를 단단히 오해했다. 물속에서 두 사람을 상대하기란 정말 힘든 일이다. 내 첫사랑을 구하기 위해 나는 필사적으로 매달렸다. 얼마간을 그렇게 승강이를 벌였는지 모른다. 겁쟁이 아저씨는 내 첫사랑이 자살하기 위해 물속으로 뛰어든 것을 뒤늦게 알아차렸다.

"그래요. 아저씨 때문에 물만 먹었잖아요."
"이봐요. 지금 뭐 하는 거예요."

첨벙첨벙.

내 첫사랑은 우리의 만류에도 불구하고 자꾸만 물속으로 걸어 들어갔다. 그때 멀리에서 119구조대의 사이렌 소리가 들려왔다. 나는 안도의 한숨을 쉬었다.

"웬 여자가 이렇게 힘이 세요. 정말 못 말려."

나는 119구조대원이 빨리 와 주기만을 기다렸다. 달려온 구조대원들은 멀찍이 서서 좀처럼 물속으로 뛰어들려 하지 않았다.

"사람이 죽어 가요. 빨리 구해 주세요."
"악어에게서 최대한 멀리 떨어지세요."

저건 또 무슨 소리람. 악어에게서 멀리 떨어지라니. 이런 젠장 내가 악어로 보이는 모양이다. 사람을 구할 생각은 하지 않고.

탕!
어! 하늘이 노랗다. 어떻게 된 거지?

탕!

정신을 차릴 수가 없어. 나, 이대로 죽는 건 아닌지 모르겠다. 나 총에 맞은 거야? 그런 거야? 내가 왜? 왜 나한테 총을 쏜 건데? 난 내 첫사랑을 구하려고 한 것뿐인데.

또 한 발의 총성이 울리면서 내 피부를 뚫고 들어왔다. 정말 아파 죽겠다. 그 어떤 레슬링 기술보다도 아프다. 피가 나니까 더 아픈 것 같다. 몸에서 힘이 빠져나가기 시작했다. 나는 이제 움직일 힘도 남아 있지 않다.

"아저씨 내 첫사랑을 부탁해요."

겁쟁이 아저씨는 내 첫사랑을 끌어안고 물 밖으로 걸어 나갔다. 아저씨와 첫사랑을 향해 구조대원들이 몰려들었다.

"어떻게 된 거죠? 어떻게 이런 곳에 악어가 있는 거죠?"

"모르겠습니다."

"어쨌든 다행입니다. 어디 다친 곳은 없죠?"

"네. 하지만......."

"걱정하지 마세요. 악어는 우리가 알아서 하겠습니다. 정말 대단하십니다. 맨몸으로 어떻게 악어를 상대할 생각을 하셨습니까? 당신은 이 시대의 영웅입니다."

"그게......."

"내가 왜 여기에 있죠?"

정신이 들었는지 그녀가 말했다.

아! 다행이다. 그녀가 이제 제정신으로 돌아온 모양이다. 이제 쉴 수 있을 것 같다. 내 모험은 이렇게 끝이 나는 건가? 엄마가 보고 싶고, 아빠가 보고 싶고, 냥이가 보고 싶다. 이젠 아저씨를 아빠라고 부를 수 있을 것 같은데.

가만! 그런데 우리 집이 어디였더라.

"이봐요, 겁쟁이 아저씨 우리 집 좀 찾아 줘요. 아저씨는 알고 있잖아요."

소문도 빠르지, 어디에서 나타났는지 기자들이 몰려들기 시작했다. 기자들은 겁쟁이 아저씨와 내 첫사랑한테 몰려들어 사진을 찍었다.

"나도 한 방 찍어주지."

가만있어 보자. 그런데 왜 이렇게 졸린 거지. 난 집에 가고 싶은데.

"악어다, 악어가 호수공원에 살고 있었어."

 아 시끄러워 죽겠네. 엄마의 잔소리보다 더 시끄러워서 잠을 잘 수가 없네. 도시 한복판에 무슨 악어람! 그런데 정말 호수공원에 악어란 놈이 살고 있었던 걸까?

에라, 모르겠다. 난 한숨 자야겠다.

"그런데 난 악어일까? 인간일까?"

아무렴 어때!

상실에 대하여

눈을 뜬다.

지극히 당연하게 눈을 떴을 뿐인데 뭔가가 이상하다. 이런 기분은 처음이다. 마치 깊은 수렁 속으로 빨려 들어가다가 어중간한 지점에서 멈춘 것 같은 이 느낌. 온갖 오물들이 심장과 폐 속을 가득 채운 것 같은 아찔함. 뜬금없이 이대로 그 오물과 하나가 되어 하수구 속으로 가차 없이 버려질 것만 같은 허기진 생각이 든다.

일어나 앉을 수가 없다. 뭔가가 잘못돼도 한참 잘못된 것만 같다. 도대체 무엇이 잘못된 것일까? 그렇다. 잘못된 것이 한 가지 있다. 머릿속이 텅 비어 있다는 것. 그 어떤 기억의 실마리도 찾을 수가 없다. 내게서 무엇인가가 쏙 빠져나간 것이 분명하다. 칼날이 내 뇌의 한 부분을 도려낸 것 같다.

나는 왜 여기에 있는 것일까? 도무지 알 수가 없다. 멍할 뿐이다. 내가 할 수 있는 일이라고는 단순하게 숨을 쉬거나 눈을 끔뻑거리는 것밖에는 없다. 아마도 나는 외계인에게 납치되어 아주 심각한 생체실험의 대상이 되었을지도 모른다. 그것이 아니라면 도대체 뭘까? 무엇 때문에 나는 내 기억의 전부를 상실해 버린 것일까? 아니, 아직은 기억을 모두 잃어버렸다고 볼 수는 없다. 그러나 시간이 지날수록 나는 내 기억의 상실을 인정해야만 했다. 어이없는 일이다.

겁이 났다. 나는 눈을 감았다. 아무런 인기척도 들리지 않는다. 제아무리 귀를 기울여도 소리의 흔적을 가늠할 수가 없다. 시계의 초침 또한 존재하지 않는 이 방, 이 한쪽, 이 침대 위에서 나는 역겨운 숨을 쉬고 있다. 이곳에 있는 것은 나 혼자뿐이다.

심장이 터질 것만 같고 폐가 오그라들 지경이다. 이대로라면 나는 얼마 가지 않아서 과다한 호흡으로 죽게 될지도 모른다. 온갖 잡생각들이 나를 들었다가 내려놓는다. 그러다가 다시 또 들어 올린다.

내 존재의 부재. 나는 도대체 누구란 말인가? 누군가가 나에게 답을 줄 수 있었으면 좋겠다. 하지만 그 누군가도 나에겐 두려운 존재다. 경계해야 할 대상이다. 내가 믿어야 할 대상은 오직 나뿐이다. 그러나 나는 쇠약할 뿐이다. 삶의 방향도 시작도 없는 의미 없는 존재일 뿐이다.

이곳은 도대체 어디일까? 주위를 둘러보았다. 20인치 정도의 TV와 방 안을 고스란히 담고 있는 화장대, 그리고 낡은 옷장. 작은 창문과 에어컨도 있다. 모텔인가? 여인숙쯤으로 해두자. 요즘은 모텔도 호텔급으로 깨끗하게 잘 꾸며져 있을 터.

내가 알아낸 것은 아무것도 없다. 그러다가 화장대 위의 지갑을 발견했다. 나는 후다닥 화장대 쪽으로 다가갔다. 지갑과 휴대전화 그리고 자동차 폴딩 키. 나는 지갑을 꺼내 나에게 실마리를 제공해 줄 수 있을 만한, 이를테면 신분증 같은 것을 찾기 시작했다. 신용카드 두 장과 운전면허증, 그리고 마일리지 카드가 전부다. 운전면허증의 나는 바로 나다. 그렇다면 <장기하>라는 사람도 바로 나다.

머리가 복잡했다. 거울을 바라보면서 나는 주체할 수 없는 갈증을 느꼈다. 생수 한 통을 모두 비웠지만 아무 기억도 되찾을 수 없었다. 그렇다고 그렇게 넋을 잃은 채 서 있을 수만은 없었다. 샤워라도 하면 괜찮을 것 같아 욕실로 향했다.

온갖 복잡한 생각들이 머리를 쥐어뜯고 있었다. 나는 조심스럽게 욕실 문을 열었다. 욕실을 사용한 흔적은 없었다. 샤워 꼭지를 올렸다. 그 순간 나는 기겁을 했다. 찬물이 쏟아져 나왔기 때문이다. 온수는 나오지 않았다. 휴대전화가 울리기 시작한 것은 그즈음이었다.

발신 표시 제한의 전화벨. 누굴까? 어쩌면 나의 부재를 되찾아 줄 수도 있을 것이다.

"여보세요?"

낯설고 차분한 여자의 목소리. 대답이 없자 저쪽에서 조금은 담담한 목소리로 나를 찾았다. 아니 누군가를 찾았다.

"당신 정말 이러기예요?"

지금 여자는 화를 내려던 참인 듯했지만, 묵묵히 참고 있는 듯 보였다.

"누구세요? 누구를 찾으시는지요? 제가 누군지, 왜 이 전화를 받고 있는지도 알려주시면 더 고맙겠습니다만. 제가 누군지 아시죠? 이름은 알아요. 장기하라고. 그것도 좀 전에 운전면허증에서 알 수 있었어요? 전 누구죠? 제집은 어딘가요? 운전면허증에 나와 있는 주소로 찾아가면 그곳이 바로 제집인가요?"

한동안 저쪽에서 말이 없었다. 그리곤 어이없다는 듯 한숨을 내쉬며 전화를 끊어 버렸다.

장기하. 머릿속을 파고들었다. 그러나 아무 소리도 기억도 흔적도 찾을 길이 없었다. 나는 정말 이대로 모든 것을 상실한 채 발만 동동 구르고 있어야 하는가? 나를 채근하고 자책도 해 보았다. 그러나 소용이 없었다.

휴대전화를 들여다보았다. 지난밤의 흔적이라도 찾을 수 없을까 해서 뒤적이기 시작했다. 그러나 아무런 물증도 찾을 길이 없었다. 전화에 찍힌 발신 제한 표시가 전부였다. 그렇다고 휴대전화에는 친구들의 전화번호나 식구들의 전화번호가 입력되어 있지 않았다. 정말이지 낭패다.

시간은 12시를 향해 가차 없이 내달리고 있었다. 그렇다면 방을 비워줄 때가 된 것이다. 나는 찬물에 샤워를 끝낸 뒤 서둘러 옷장 앞에 섰다. 옷장 안에는 검은색 정작과 흰색 와이셔츠 그리고 검은색 넥타이가 걸려있었다. 나는 의심 없이 옷을 입었다. 그리고 화장대 앞에 섰다. 차림으로 보아 영락없이 문상객 차림이었다.

누가 죽었나? 격식을 갖추어 차려입은 것으로 보아 친한 사람이 죽은 것이 분명하다. 머리가 아파져 오기 시작했다. 약국에서 두통약이라도 사 먹어야겠다는 생각을 하면서 방안을 둘러보았다. 변한 것은 아무것도 없었다. 내가 기억을 잃은 것이 확실하다는 사실을 나는 인정해야 했다. 하지만 이 방을 나서면 기억들이 한순간 확 깨어날 것만 같았다.

나는 곧 방문 앞에 섰고 망설였다. 이대로 기억이 영영 되돌아오지 않는다면 난 어떻게 해야 하는가? 막막했지만 나는 문을 열 수밖에 없었다. 문을 열고 담담하게 걸어 나갔다. 순간 아찔해졌다. 금방이라도 그 자리에 쓰러질 것만 같았지만, 문을 잡고 가까스로 버틸 수 있었다. 나는 호흡을 가다듬었다. 심장이 급격하게 뛰기 시작했다.

다닥다닥 붙은 방문을 지나 나는 안내대 앞에 섰다. 관리인은 없었다. 나는 텅 빈 곳을 향해 소리 질렀다.

"아무도 없어요?"

몇 차례 더 불렀지만 대답이 없었다. 대답 대신 잠에서 덜 깬 50대 중반의 여자가 안내대 안으로 연결된 방에서 문을 열었다. 여자가 눈에 낀 눈곱을 손으로 비비기 시작했다.

"벌써 가시게요?"

벌써 라니, 정오가 지났는데. 모텔을 찾는 사람들은 피곤을 무기로 낯선 방에서 밤을 보낸 뒤에 아침 9시가 되기도 전에 방을 나서기 마련이다. 아니면 연인이나 불륜의 관계가 두어 시간 시간을 벗 삼아 즐기는 곳이 바로 이곳이다.

"제가 여기 몇 시에 들어왔나요?"
"그때가 아마 새벽 5시였을 거예요."

새벽 5시면 나는 지난밤을 어디에서 보낸 것일까? 더욱 궁금해지기 시작했다. 6시간 동안 나는 방에서 잠을 청했을 것이다. 하지만 이런 칙칙한 곳을 택한 이유가 있어야 할 것이다.

"혼자 들어 왔나요?"
"네. 혼자 오셨어요. 왜 그러시는데요?"

"아, 아닙니다. 기억이 나지 않아서요. 한 가지만 더 물어보겠습니다. 여기가 어딘가요?"

"홍성이에요."
"홍성이요?"

내가 집에서 떨어진 이 먼 곳까지 오다니. 이해가 되지 않았다. 하지만 옷차림에서 나는 한 가닥 지푸라기를 잡았다.

"그렇다면 여기 장례식장이 있나요?"
"네. 10분만 걸어가면 홍성의료원장례식장이 있어요."

실마리 하나를 찾았다. 내가 조문객이라면 그곳에 가면 나를 알아보는 사람 한 명쯤은 있을 것 같았다. 나는 모텔을 나섰다. 그리고 장례식장으로 가려다가 아까부터 손에 들려져 있던 자동차 키를 그제야 의식했다. 모텔 근처에 차를 세워 두었을 것이다. 모텔 앞에 서서 자동차 열쇠의 버튼을 눌렀다. 그러자 멀지 않은 곳에서 삑삑 소리를 내며 자동차의 잠금장치가 풀리는 소리가 들려왔다. 검은색 승용차였다. 가까이 다가가자, 뒷바퀴 윗부분 차체에 접촉 사고가 난 볼품없는 모습을 확인할 수 있었다.

그렇다면 지난밤에 교통사고를 당했다는 말인데. 통 기억이 나지 않았다. 나는 물끄러미 그곳을 쳐다보고 있다가 승용차에 올라탔다. 혹시 내가 교통사고를 내고 뺑소니를 친 것은 아닐까? 알 수 없는 일이다. 조수석 옆에는 명암 한 장이 놓여 있었다.

 나는 다시 기억을 찾기 위해 명암을 집어 들었다. 그리고 그곳에 적혀 있는 번호로 전화를 걸었다. 신호가 간 지 얼마 되지 않아서 저쪽에서 흔쾌히 전화를 받았다.

"차에 명암이......."
"아, 내. 죄송합니다. 몸은 좀 어떠세요?"

 내가 교통사고를 내지 않은 것은 분명했다.

"지난밤에 사고가 있었나요?"

"죄송합니다. 그때는 경황이 없어서요. 제가 바쁜 일 때문에 보험 처리하기로 했는데요. 그리고 몸이 아프시면 병원에 입원하셔야 하지 않을까요. 제가 곧 그리로 갈게요. 거기가 어디쯤이죠?"

"아닙니다."

 나는 전화를 끊었다. 사실 나에 대해 아무것도 모르는 상황에서 다른 사람을 만난다는 것이 꺼려졌기 때문이다. 우선은 나를 찾아 나서는 것이 우선이었다.

장례식장을 향해 시동을 걸고 출발했다. 장례식장은 어렵지 않게 찾을 수 있었다. 나는 서둘러 주차를 한 뒤에 장례식장을 향해 걸어 들어갔다. 그런데 이게 어떻게 된 일인가. 장례식장에는 아무도 없었다. 그 넓은 장례식장에 상갓집 한 곳도 없다니.

막다른 길에서 나는 당황할 수밖에 없었다. 이제 어디로 가야 할지 그것이 막막할 따름이었다. 지갑을 꺼내 운전면허증을 살폈다. 운전면허증에 나와 있는 주소로 찾아가면 끊겼던 실마리도 다시 이어질지 모른다. 나는 다시 승용차에 올라탔다. 주소는 서울이다. 내비게이션에 주소를 입력하고 나서야 나는 홍성에서 출발할 수 있었다.

서울로 향하는 내내 나는 온갖 생각들로 어지러웠다. 가끔 현기증과 구토를 느꼈다. 휴게소에서 한바탕 속을 게워 낸 후에야 한결 기분이 좋아졌다.

휴게소 우동은 그런대로 먹을 만했다. 국물 맛이 잠시 식욕을 불러오기도 했지만, 면발은 먹을 수 없었다. 입안에서 느껴지는 면발의 통통함이 마음에 들지 않았다. 나는 아마도 우동을 싫어했을 것이다. 국물을 반쯤 마시다가 식판을 반납하고 나서 커피 판매대 앞에 섰다. 그러나 무엇을 먹을 것인지 망설여졌다. 커피의 종류가 그렇게 많은지 새삼 놀라웠다. 나는 판매원에게 아무것이나 달라고 하고 종류도 알 수 없는 커피를 받아서 휴게소 한편에 자리를 잡고 앉았다.

커피 맛을 느낄 수가 없다. 나는 나에 대한 생각에 다시 빠져들었다. 아무런 대책도 없는 나는 주소지로 등록된 그곳에 신경을 곤두세웠다. 만약에 그곳에서도 내 실체를 알 수 없다면 나는 어떻게 해야 하는가? 또다시 겁이 나기 시작했다.

오늘은 월요일이다. 월요일이라는 것은 휴대전화로 알 수 있었다. 그런데도 휴게소에는 사람들로 만원이었다. 저들은 어디를 향해 저렇게 몰려들 가는 것일까? 저들에게는 내가 없는 것이 있다. 그것은 바로 기억이다. 그래서 저들은 웃을 수 있고 울 수 있다. 나는 울 수도 웃을 수도 없다. 나는 혼자다. 그런 생각 때문에 나는 아찔함에서 벗어날 수 없었다.

식은 커피는 맛이 없다. 커피를 쏟아버리고 쓰레기 분류함에 던져 넣었다. 저렇게 내 인생도 분류되어 쓰레기통에 버려지는 것은 아닐까? 지금 내게 닥친 상황을 나는 감당할 수 없을 것만 같았다. 하지만 감당해야 하는 것 또한 현실이다. 나는 휴게소의 사람들과 어울릴 수 없다. 가자, 나의 기억을 되찾으러.

승용차에 올라탔다. 조수석에는 미처 확인하지 못했던 노트북이 놓여 있었다. 노트북을 켜자, 바탕화면에 한 여자의 사진이 떴다. 여자는 상당한 미모를 지니고 있었다. 어쩌면 이 여자가 나의 연인일지도, 아내일지도 모른다. 여자는 나에게 희망이 되었다.

노트북의 내 문서라는 폴더를 열었다. 그리고 그곳에는 또 여러 개의 폴더가 있었다. 그중에서 또 내 작업실이라는 폴더를 열었다. 또 폴더가 여러 개 보였다. 장편소설, 단편소설, 시, 수필, 드라마, 동화, 평론 등의 폴더를 하나씩 열었다. 작품들이 우수수 쏟아져 나왔다. 짐작하건대 나의 직업은 작가다. 그렇지 않고서는 이런 문서는 존재하지 않을 것이다. 아니면 출판사를 다니는 회사원일지도 모른다. 하지만 모두가 장기하의 이름으로 정리된 것으로 보아 나는 작가다. 하나씩 하나씩 나는 옷을 벗어가고 있다.

내 사진이라는 폴더를 열었을 때 바탕화면의 그녀가 화면 가득 장식된다. 내 생각이 틀리지 않았다면 여자는 나와 아주 긴밀한 인연이 있을 것이다. 나는 노트북에 좀 더 많은 시간을 할애했다.

인터넷을 클릭했다. 대뜸 떠오른 것은 SNS 화면이었다. SNS를 시작 페이지로 설정해 놓은 것을 보면 나는 SNS를 즐기는 편일 것이다. 하지만 SNS에 접속할 수 없었다. 아이디와 패스워드를 모르기 때문이다. 그러나 아이디는 어렵지 않게 찾아낼 수 있었다. 아이디 입력창에 마우스를 대는 순간 내 아이디로 보이는 영문 단어가 떴기 때문이다. 그러나 패스워드가 문제였다. 패스워드를 찾기 위해 생각나는 단어들을 입력했지만, 소용이 없었다. 한계에 부딪히자 나는 그만 노트북을 접고 말았다.

비단 기억을 잃고 살아가는 사람들은 나뿐만이 아닐 것이다. 그 사람들은 잃은 기억을 어떻게 생각할까? 스스로 기억을 지운 사람도 있을 것이다.

내 기억의 상실은 교통사고에서 비롯되었을 것이다. 교통사고로 인한 뇌진탕. 그렇지 않고서는 다른 빌미를 제공할 만한 일이 없다. 빌어먹을 교통사고. 먼저 병원을 찾아야 하는 것은 아닌가 하는 생각이 들었다. 하지만 이대로 내가 누군지도 모른 채 병원에 입원할 수도 없는 노릇이었다. 나의 존재를 확인해야만 한다. 나는 다시 길을 오른다. 길 위에서 또 길을 잃지 않기를 바라며 운전했다.

무뎌진 정체성에 허우적거리고 있을 수만은 없다. 늦장을 부린다면 나는 영영 기억을 되찾지 못할 수도 있다. 그러므로 나는 조급할 수밖에 없었다. 그렇지만 내 마음과는 달리 사고가 났는지 도로는 정체를 반복했다. 짜증이 날 즈음 다시 전화벨이 울렸다.

"여보세요?"
"실망이야."

발신 번호 제한의 바로 그 여자였다. 내가 말하기도 전에 전화는 끊기고 말았다.

도대체 이 여자는 누굴까? 누구기에 발신 제한까지 해가며 나를 비난하는 걸까? 알 수 없이 나는 짜증이 났다. 그것은 나에 대한 자책이었다. 기억만 잃지 않았더라도 여자의 정체를 쉽게 알아냈을 텐데. 여자의 존재가 궁금했다.

노트북 바탕화면의 그녀는 아닐까? 만약 그렇다면 그 여자는 도대체 나에 대해서 무엇을 그렇게 실망했다는 것인가? 생각할수록 머리만 복잡해졌다. 그것도 모자라 길을 잘못 들어 나들목으로 빠지고 말았다. 내비게이션은 재탐색에 들어갔지만, 나는 달리는 것을 멈출 수가 없었다. 재탐색을 감행한 내비게이션은 왔던 길로 되돌아가라며 아우성쳤다. 되돌아가면 다시 정체를 벗어나지 못할 것이다. 이대로 국도를 타는 것도 좋을 것 같았다.

노트북 바탕화면의 그녀를 만나고 싶다. 내 생각이 틀리지 않는다면 나는 곧 그녀를 만나게 될 것이다. 내 주소지에 가면 그것은 저절로 해결될 일이었다.

내비게이션이 정신이 나간 모양이다. 자꾸만 이상한 길로 방향을 제시하는 것을 보면 알 수 있다. 틀에 박힌 내비게이션의 특성. 혹시 나도 그런 길을 걸어오지 않았을까? 어쩌면 나도 그 틀에 박혀 내 실마리를, 기억의 정체성을 찾아 나서는 것은 아닐까? 그렇다. 다시 홍성에서부터, 홍성의 그 여인숙 같은 모텔에서부터 다시 시작해야 할지도 모를 일이다. 그렇다고 홍성으로 다시 발길을 돌릴 수도 없는 노릇이다. 목적지는 내 주소지다. 이미 출발한 이상 되돌아설 수는 없다.

도로의 정체는 계속되고 있었다. 이럴 줄 알았으면 차라리 내비게이션이 가리키는 곳으로 발길을 옮길 걸 그랬다. 나는 내비게이션의 추종자가 되고 만다. 내비게이션이 알려주는 대로 발길을 옮기고 있다. 내겐 시간이 촉박하므로 어쩔 수 없었다.

나를 찾고 싶다. 내 지난 기억을 모두 끌어안고 싶다. 하지만 그럴 수 있다는 보장은 없다. 그 어떤 조건도 달고 싶지 않다. 단지 내 기억에 대한 회상을 나는 찾고 싶은 것이다.

시간이 흐를수록 조급해진다. 정체가 심해질수록 나는 안절부절못한다. 나란 존재의 정체성 때문일 것이다. 나는 나를 찾고서야, 나란 존재를 알고서 후회하게 될지도 모른다. 하지만 포기할 수는 없다. 나는 나이기 때문이다.

나에 대해서 속 시원하게 말해 줄 수 있는 그 누군가가 나는 절실히 필요하다. 나는 막돼먹은 사람일지도 모른다. 그러기에 휴대전화기에 친구들이나 가족들의 전화번호가 없는 것인지도 모른다. 나는 제 잘난 맛에 살아온 독불장군인지도 모른다. 그래도 좋다. 나를 발견할 수 있다면 불행하든 행복하든 간에 안심할 수 있을 것이다. 나는 달린다. 무감각해진 내 기억 속을.

목적지에 거의 도착해 간다. 길 위에서 헤매는 사이 날은 저물어 가고 있었다. 넉넉잡아 3시간이면 도착했을 거리였다. 가당치도 않은 오기로 내비게이션을 신용하지 못한 탓이다. 나는 하마터면 더 긴 시간을 길 위에서 허비할 뻔했다. 다행이다. 그동안 휴대전화는 실어증에 걸린 듯 아무런 대꾸도 하지 않았다. 그래 넌 잘난 녀석이다. 나도 너처럼 이렇게 길 위에서 헤매지 않았으면 좋겠다.

주소지의 도착은 그리 중요한 것이 아니다. 중요한 것이 있다면 그 주소가 확실한지 아닌지가 문제다. 나는 한 가닥 희망을 품고 주차장에 승용차를 주차한다. 하지만 두렵다. 내가 생각하던 내가 아니라면 나는 좌절하게 될 것이 뻔하다.

주차하고 나는 망설인다. 나를 알게 되는 것이 무섭고 두렵다. 하지만 언젠가는 겪어야 하는 일이다. 이렇게 망설이고 있을 수는 없다. 시간이 길어질수록 나에 대한 존재감을 완전히 잃어버리게 될지도 모른다.

나는 과연 누구인가? 두꺼운 기억의 옷을 벗어갈수록 나는 점점 초라한 나를 발견하게 될지도 모른다.

내비게이션이 종료되었다. 종착역이다. 이 종착역에서 나를 확인하지 못한다면 나는 돌이킬 수 없는 악몽에 빠져버릴지 모른다.

시동을 껐다. 이제 차에서 내려야 한다. 나를 찾아온 기나긴 여정을 끝내야 한다. 습기 가득한 찬 바람이 불어와 나뭇잎이 우수수 떨어졌다.

가을의 은행나무는 일찌감치 옷을 벗는다. 그리고 고약한 냄새의 열매를 떨어뜨린다. 그 열매의 본질은 겉과 속이 다르다. 속은 영양가가 풍부하지만 겉은 열매를 보호하기 위해 고약한 냄새를 풍긴다. 은행나무는 번식의 방법을 스스로 깨닫고 있다. 그러기에 그 많은 열매를 떨어뜨리며 안전장치를 해 둔 것이 아닌가. 나 또한 안전장치를 해 두었다. 그것은 운전면허증에 나와 있는 주소지다. 그렇다고 방심은 금물이다.

차에서 내렸지만 나는 주소지로 발길을 옮길 수가 없었다. 한 번쯤 더 생각을 가다듬어야 할 것 같았다.

놀이터 벤치에 앉았다. 아이들이 뛰어놀고 있을 법도 한데 아이들은 눈을 씻고 찾아봐도 없다. 아이들은 다 어디로 간 것일까? 아이들의 부재로 놀이터는 휑하다. 나는 놀이터를 걸었다. 낙엽이 제법 깔렸다. 하지만 마른 낙엽이 아니라서 그런지 바스락거리지 않았다.

주인 잃은 벤치, 주인을 잃은 놀이터, 기억을 잃은 나. 동병상련이랄까, 나는 침울하다. 내 인생도 이처럼 침울하다면 굳이 찾을 필요는 없을 것이다. 하지만 찾아봐야 그 결과를 알게 될 것이기에 나는 용기를 내어 본다.

놀이터를 서너 바퀴 돌다가 나는 상가의 호프집으로 들어가 맥주를 마셨다. 제정신으로는 주소지로 발길이 옮겨지지 않을 것 같았기 때문이다. 두어 잔을 마셨을까? 취기가 올라오기 시작했다. 취기라고 해봐야 새하얀 백지의 어중간이다. 지금 내가 할 수 있는 일은 주소지로 찾아가는 것밖에 없다.

"저 혹시 저를 본 적이 있나요?"

계산을 마치고 종업원에게 물었다. 종업원은 고개를 저었다. 이곳이 주소가 맞는다면 아마도 나는 이 호프집에서 몇 번은 술을 마셨을 것이다. 그런데도 모른다고 하니 다시 걱정되었다.

운전면허증을 꺼냈다. 그리고 동수를 확인했다. 이제 올라가면 알 일이다. 엘리베이터 앞에 섰다. 그리고 막 내려온 엘리베이터에 올라타 7층 버튼을 눌렀다. 알 수 없이 느껴지는 이 중압감은 무엇이란 말인가. 불쾌하기 짝이 없다. 엘리베이터는 느리게 7층에서 멈추었다.

701호 앞이다. 나를 반겨줄 바탕화면 속의 그녀가 나오길 나는 내심 기대했다. 그녀는 분명 나를 일깨워 줄 것이다. 그렇지 않고서는 내 노트북 바탕화면의 주인공이 될 수 없다. 나는 한껏 기대하며 초인종을 눌렀다.

"누구세요?"

뭔가 잘못됐다. 인터폰에서는 아이의 목소리가 흘러나왔다.

"여기가 701호 맞나요?"

나를 반겨줄 사람이라면 나의 목소리를 기억하고 있을 것이다. 나는 깊은숨을 몰아쉬었다. 꼭 그녀가 나오길 기대했다. 그러나 문은 열리지 않았다.

"누구세요?"

여자의 목소리가 새어 나왔다. 낯선 목소리다. 휴대전화 속 발신 제한 표시로 전화를 걸어오던 여자의 목소리도 아니었다. 그렇다면 이 여자는 뭐고, 또 아이의 목소리는 또 뭐란 말인가.

"제가 누군지 모르시겠습니까?"
"누구시죠?"
"잠시 문 좀 열어주시면 안 될까요?"

문을 열 턱이 없었다. 낯선 사람에게 누가 문을 열어 주겠는가.

"그러고 보니 전에 사시던 분이네요."
"전에 살다니요?"
"부동산에서 만났던 것 같은데요. 급하게 집을 처분해야 한다고 해서 제가 샀잖아요. 기억 안 나세요?"

"저는 무슨 말씀인지 통......."
"우리가 이사 온 지 일주일쯤 됐어요. 착각하셨나 보네요."

이 상황을 어떻게 극복해야 할지 난감할 따름이었다. 그렇다고 초인종을 다시 누를 용기도 나지 않았다. 여자의 말을 믿을 수밖에 없었다. 그렇다면 나는, 나란 존재는 어디에서 찾아야 하는가. 땅이 꺼지는 것만 같았다. 나는 계단을 통해 아파트를 내려왔다. 한 계단 한 계단 되씹으며 나 자신을 갈구했다. 나 자신을 갈구하면 할수록 나는 더없이 초라해지기 시작했다. 내 보금자리는 어디란 말인가? 내가 쉴 수 있고 나를 받아 줄 수 있는 곳을 나는 찾아낼 수 있을까. 나는 내 인생의 전환점에 서 있었다.

승용차로 돌아왔을 때 사람들이 모여 있었다. 그리고 경찰도 와 있었다. 나는 영문을 알지 못했다.

"무슨 일이죠?"
"이 차의 주인 되세요?"
"네, 그렇습니다만."
"운전면허증 좀 제시해 주시겠습니까?"

경찰이 내 차와 옆 차를 번갈아 쳐다보며 말했다. 경찰은 내 운전면허증을 조회한 후에 다시 돌려주었다.

"사고가 났는데 당신 차가 옆의 흰색 승용차를 들이받은 것 같습니다."
"그럴 리가요. 접촉 사고는 없었는데요."
"그럼, 이 접촉 사고 흔적은 뭡니까?"
"그건 홍성에서 접촉 사고가 있었기 때문입니다. 이곳에서는 접촉사고를 낸 기억이 없습니다."

홍성에서 있었던 접촉 사고 당사자의 명함을 내밀었다. 경찰은 그 당사자와 통화를 시도했고 사실을 확인하고서야 명함을 되돌려 주었다. 경찰은 다시 승용차의 접촉면을 비교하기 시작했다. 비교해 본 결과 비슷한 접촉면이 아니라는 것을 확인할 수 있었다. 피해자도 수긍했다. 하마터면 접촉 사고의 당사자가 될 뻔 있었다. 경찰은 사고 수습하기 시작했다. 나는 그런 경찰의 요청으로 차를 빼주어야 했지만, 술을 마셨기 때문에 경찰에게 키를 내밀었다. 대신 경찰이 다른 곳으로 차를 주차 시켜주었다. 수습을 마친 경찰이 되돌아가려 했다.

"저, 저 좀 찾아 주시겠어요?"

의지할 것은 이제 없었다. 의지할 수 있는 것은 경찰의 도움뿐이었다. 그 생각이 들자 나는 바로 실행에 옮겼다. 더는 내게 남은 실마리가 없었기 때문에 당연한 일인지도 모른다.

나는 차에서 노트북을 꺼낸 뒤에 경찰차를 타고 지구대로 향했다.

"그러니까 기억이 전혀 나지 않는다는 말씀이죠?"
"기억을 잃어버렸습니다. 아무리 찾아내려 해도 찾을 길이 없네요. 제발 좀 도와주십시오."

경찰은 나를 앞에 앉혀 둔 채 내가 제시한 운전면허증으로 나를 조회하기 시작했다. 주민등록 번호를 입력하는가 싶었다. 그리고 주소를 확인했다. 운전면허증에 나와 있는 주소지와는 다른 곳이었다.

"다행히 우리 관내에 주소가 있네요. 결혼하셨고요. 우선 가서 확인해 봐야 할 것 같습니다. 자 일어나시지요."

경찰은 조급해하는 나를 일으켜 세웠다. 나는 경찰차에 함께 탄 채 내 근거지를 향해 출발하기 시작했다. 얼마 가지 않아 경찰차는 새로 지은 아파트 앞에서 멈추었다.

나는 경찰을 뒤따라 집을 향해 걸어가기 시작했다. 이렇게 간단한 것을 괜히 시간만 낭비했다. 하지만 두려움을 느꼈다. 집을 찾는다 해도 나에 대한 기억을 잃었기 때문에 마주치게 될 누군가가 두려울 뿐이다. 나에 대해서 받아들이기 힘들지도 모른다.

경찰이 벨을 눌렀다. 그러자 안에서 즉각적인 반응이 왔다. 문이 열렸고 안에서 낯선 여자가 나왔다. 그러나 노트북 바탕화면의 여자가 아니었다.

"당신, 어떻게 된 거예요?"

발신 번호 제한 표시로 온 전화 속의 목소리였다. 그리고 그건 내가 물어봐야 할 소리였다.

"기억을 잃었다고 하십니다. 아시는 분인가요?"
"네. 우리 남편입니다."
"당신은 누구죠? 난 당신을 모르는데. 나에 대해서 알고 있나요? 아니야. 분명 당신은 내 아내가 아니야."
"아무래도 병원에 한 번 모시고 가보는 것이 좋을 듯합니다. 그럼, 저희는 이만 가보겠습니다."

경찰이 되돌아갔다. 그러나 나는 집 안으로 들어갈 수 없었다.

"조문을 간다고 하고서 이틀 동안 연락이 되지 않더니 어떻게 된 거예요?"

내가 조문을 갔다는 걸 알고 있는 사람이라면 분명 나를 알고 있는 것이 분명했다. 나는 그 말에 조심스럽게 안으로 들어섰다. 하지만 여자를 내 아내로 인정하기에는 일렀다. 집안으로 들어서자 거실 쪽에 결혼사진이 걸려 있었다. 여자와 나였다. 그렇다면 이 여자가 나의 아내라는 말인데. 그럼 노트북 바탕화면의 그 여자는 누구란 말인가?

"정말 기억이 없어요?"

"네. 정말 내 아내가 맞습니까?"

"당신 정말 왜 이래요? 무슨 일이 있었던 거예요? 잘 기억해 봐요? 내가 정말 기억나지 않아요?"

여자의 눈이 그렁그렁 해졌다. 자칭 아내라는 여자는 집안 곳곳을 가리키며 내 기억을 돌이키려고 했지만 아무 소용이 없었다. 나는 거실 소파에 멍하니 앉아 있었다. 적응할 수 없는 낯섦에 나는 이방인이 되어 버리고 말았다. 그러다가 노트북을 켰다. 그리곤 아내라는 여자를 불렀다.

"이 여자 아세요?"

"그 여자는 인기가수 하은지잖아요. 당신이 좋아하는 연예인 말이에요."

하은지? 그 말에 무언가가 떠오르는 듯도 했다. 인터넷에 접속해 SNS를 열었다. 그리곤 장기하라는 내 아이디를 치고서 패스워드로 하은지를 입력했다. 그러자 굳게 잠겨 있던 문이 열렸다.

"기억나는 게 있어요?"

아내라는 여자는 내 기억의 한 부분을 잡고 싶어 했다.

"그런데 왜 발신 제한으로 전화를 걸었습니까? 아내라면 그럴 필요까지는 없는데."

"당신, 웬만해선 전화를 받지 않잖아요. 그래서 발신 제한으로 전화하면 받지 않을까 해서."

SNS의 타임라인이 쉴 사이 없이 움직이기 시작했다. 그 속에서 내가 쓴 글을 찾아 읽어 내려갔다. 하지만 별 도움이 되지 않았다. 내가 장기하라는 것 외에는 마땅한 것을 꿰맞출 수는 없었다.

"기다려 봐요. 자기가 좋아하는 커피를 타올게요. 혹시 모르잖아요. 익숙한 것을 접하게 되면 다시 기억이 되돌아올지도."

아내라는 여자는 주방으로 향했다. 내 생각과는 달리 나는 커피를 무척 좋아했던 모양이다. 나는 타임라인을 살폈다. 그러다가 글을 쓰기 시작했다.

「어느 날 갑자기 당신의 기억을 몽땅 잃어버린다면 당신은 어떻게 하시겠습니까? 저는 절박합니다. 누군지도 모르는 여자와 살아야 한다는 것이 겁이 납니다.」

그들을 만나다

한순간 세상이 멈추어 버린다면? 나의 존재는 그대로 존재하는 것일까? 아니면 스스로 망각의 길을 걸으며 끝도 없는 어둠 속에서 헤매는 무의미한 존재가 되는 것일까?

길을 걷다가 문득 멈추어진 세상을 생각했다. 어쩌면 나는 존재하면서도 존재하지 않는 현실의 삶을 살아가고 있는지도 모르겠다.

멈춤과 거리 두기가 일상이 되어버린 세상을 되돌아보면서 마치 얼마 되지 않는 야산의 어느 길 위에서 헤매는 것 같아, 피로하고 나른한 것 같아 걷는 것이 아찔하게 느껴지기도 하지만 그렇다고 마냥 제자리걸음을 하고 있을 수는 없을 것 같은데. 조증인지 울증인지 차마 가늠하기도 힘든 일상에 나는 외톨이처럼 서 있었다.

마스크가 자꾸 콧등 아래로 흘러내리고 입안에서 돌던 마름의 쓴맛이 불쑥 튀어나온다. 혓바닥을 차는 순간 짜증 나는 오늘을 걸을 용기가 나에게서 아련하게 멀어진다. 코끝의 시큼한 입내를 애써 참아가며 한 발짝 내디뎌 보지만 눈앞이 아른거리고 울렁거려 이내 주저앉고 만다.

"오늘은 어디를 걸을까?"

계절을 가늠하다가 너를 생각한다. 몸이 허락하지 않아도 악착같이 걷고 또 걷던 너의 얼굴에서 황달 가득한 웃음이 스쳐 지나갔고 너는 한 가닥 지푸라기를 놓지 않기 위해 애쓰고 있었다. 그것이 안쓰러워 나는 너의 만남을 외면할 수 없어서 항상 너의 옆을 걸었다.

마음껏 하천변을 걸었고 걷다가 지치면 벤치에 앉아 땀을 식히곤 했다. 너는 산을 오를 때면 얼마 오르지 못해 상기된 얼굴로 몇 번이고 밭은 숨을 내쉬었다. 그러다가 안 되겠다 싶으면 뒤따라 올라가겠다며 손짓을 해댔다. 네가 정상까지 걸은 적은 없었다. 그러나 그날 너는 힘겨움을 내색하지 않은 채 기어코 정상에 발을 올렸고 우리는 한참을 쉬다가 둘레 길을 걸었다.

어디든 무작정 걷던 시절, 맛집을 찾아 걷기도 했던 그때가 나의 기억 속에서 여전히 생생하게 남아 있는데 시간이 흐르면서 허전해지는 건 왜일까? 이제는 혼자여서 더 무기력해지는 것일지도 모르겠지만 그렇다고 너의 탓은 아니다. 모두가 시간의 흐름 탓일 것이다. 그때의 그 시간은 그대로 계속될 것 같았지만 그것은 그저 바람일 뿐이었다. 그리고 너에게는 시간이 불공평하게 작용했다. 이제 네게 남은 시간은 0이 되었고 가끔은 0.1이 되기도 하지만 너는 결코 미련을 남기지 않는다. 아니 남길 수 없는 존재가 되어버려 희망이라는 꿈을 꾸지 못하는 것이다.

어찌 되었든 그 모든 것이 살아 있음의 흔적들이다. 너를 대신해 더 많은 길을 걷고 싶지는 않다. 그저 내게 주어진 시간만큼 내가 가야 할 거리만큼만 걸으면 그거야말로 다행일지도 모르겠다.

나는 어느 순간부터 너를 시간으로 생각했다. 그 시절 멈추어 있던 너, 그 장면들이 슬라이드처럼 잠시 끊어졌다가 연결되기를 반복하며 너는 항상 그 시간 속에 존재하고 있었다. 만약 내 삶이 멈추어진다면 나도 그렇게 누군가에게 존재하게 될 것이다.

나는 멈추기를 원했고 너는 항상 진행되는 것이라고 나를 토닥였다. 네가 있을 때나 없을 때나 변함은 없지만, 삶은 늘 진행형이라는 것을 나는 뒤늦게 깨달았다.

"아직은 늦지 않았어."

그 언젠가 네가 했던 말이다. 그래서 나는 너의 부재중에도 내 방향을 놓치지 않는 모양이다. 부질없는 너를 생각하기로 했다. 부정할 수 없는 너를 외면할 수 없음이다.

그렇게 시간을 잡아 본다. 손을 뻗어보지만, 시간은 뒤돌아보지 않은 채 저만치 앞서간다. 내게 남는 것은 지금이라는 그림자다. 그리고 지금은 또 다른 지금으로 밀려난다. 현실 자각의 지금은 언제나 그렇게 뒤로 숨어버린다. 지금은 현재가 아닌 돌이킬 수 없는 과거가 되는 것이며 기억해야 할 근원이 되는 것이다. 그러므로 미래와 현재와 과거는 공존하는 것이 아닌가 하는 생각이 들기도 하는데 그만큼 멈춤은 힘든 것이다.

시간을 잡는다는 것은 역시 무리였다. 무작정 흐름을 따라 걸어 본다. 그렇게 얼마나 걸었는지 추적추적 비가 흩어지기 시작했다. 나는 왜 그것을 억지로 짜내는 눈물이라고 생각했을까? 짜내도 계속해서 쏟아져 내릴 것만 같은 서글픔의 응어리라고 믿어버린 것일까?

한없이 무뎌지는 시간.
아마도 이맘때쯤이었을 것이다.

너의 전화로 너의 영원한 부재를 알리는 문자 메시지를 받은 것이. 그렇게 떠나리라고는 어림잡아 짐작도 하지 못했었다. 그리고 시간은 너를 저편에 내려놓고 재빠르게 달리기 시작했다. 뒤도 돌아보지 않은 채, 한눈도 팔지 않은 채 제 갈 길 서둘러 가버린 야속한 녀석.

오늘은 너의 그림자를 찾아 걷기 시작했다. 그렇게 시작된 그림자밟기는 멈출 기미 없이 느리게 진행되었다. 그러나 너의 그림자는 찾을 기미 없이 점점 흩어지기만 했다.

너에게 가는 길. 왜 나는 이 길을 외면하려고만 했을까? 아니, 믿고 싶지 않았기 때문이었는지도 모르겠다. 너와 함께 걸었던 길은 익숙하기도 했지만 생소하기도 했다. 아마도 시간이 그렇게 만들었을 것이다. 기억 속에서만 존재하는 너 이기에 희미해지는 것은 당연한 일일 것이다.

너와 함께 등산을 즐기던 등산로 입구에서 나는 멈추었다. 너의 잔영이 눈앞에서 일순간 선명해지다가 흐릿해지더니 어느 순간에 흩어지고 말았다. 그렇지만 나는 망설이지 않고 너의 손을 잡았다.

괜히 왔다 싶었지만 나는 돌아설 수 없었다. 망설이는 동안 멍울졌던 비는 소리 없이 흔적만을 남긴 채 종적을 감추었다. 나는 벤치에 앉아 옷을 바짝 여민 채 너를 생각했다. 연인도 아니면서 왜 그렇게 붙어 다녔는지 모르겠다. 그 시절의 추억은, 시간은 그대로 남아 있었다. 뭐, 내가 살아가는 동안은 지울 수 없는 것들이다.

달려와 되돌아 나가려는 택시에 급하게 올라타고는 추모 공원으로 향했다. 그 길 위에서 많은 생각이 지나갔다. 남겨진다는 것, 산다는 것, 존재한다는 것. 그사이 나는 너의 앞에 서 있었다. 너는 이제 숫자로 남았다. 그리고 그 안에 네가 환하게 웃는 사진 속 모습으로 나를 반기고 있었다.

"그곳은 어떠니? 그러고 보니 빈손으로 왔네."

이럴 줄 알았으면 꽃이라도 사 오는 건데. 꽃은 너무 닭살인가? 아니면 캔맥주라도 사 올 걸 그랬나.

"아이스아메리카노 마시고 싶으면 같이 가던지."

나는 돌아섰다. 그렇다고 별다른 감정은 없었다. 무뎌진 발걸음으로 터덜터덜 길을, 시간 위를 넋을 놓고 걸었다. 시간의 흐름은 슬픔 따윈 안중에도 없었다. 나도 언젠가는 흔적으로 남겠지. 물론 그 시간 어디쯤의 기억 속에서 나는 나 자신을 그나마 아끼고 사랑하겠지만 그것만이 전부는 아닐 것이다.

여전히 황달 가득 품은 너와 마주 앉았다. 너는 아이스아메리카노를 마시겠다고 하겠지만 나는 에스프레소 더블샷을 주문했다. 그리고 밖이 훤히 보이는 포근한 자리를 찾아 앉았다.

"너는 존재에 대해서 어떻게 생각하니?"

항상 스스로 묻는 말이기도 했지만 나는 아직 딱히 결론을 내리지 못했다. 아마 너는 알지도 모르겠다. 나도 어느 순간에는 그 물음에 대답할 수 있지 않을까? 잠시 입가에 미소가 머물다가 사라진다. 나의 한때도 그 미소와 함께 기억될 수도 있겠다.

오늘은 너의 그림자를 찾아 걷기를 잘했다. 하지만 함께했던 추억들은 점점 무뎌질 것이다. 나는 가끔 오늘처럼 너의 그림자를 찾아 시간 위를 걷겠지. 아니면 핑계를 만들어 너를 외면할지도 모르겠다. 그렇다고 서운해하지는 마라. 나는 네가 없어도 이렇게 씩씩하게 걷고 또 걷다가 지치면 쉬어야 한다는 것을 알고 있으니 말이다.

너는 그냥 걷는 것이 좋다고 했다. 그리고 만날 때마다 우린 걸었다. 그때그때 마음 내키는 곳을 걸었다. 그때는 나름의 객기도 있었다. 그러나 지금의 나에게 객기는 사치가 되어버리고 말았다.

삶을 걸어오면서 객기를 부리며 젊음을 흥청망청 써 버렸기 때문이다. 젊음이 한창일 때는 당연히 그래야 한다고 생각했다. 하지만 이제는 소심한 젊음만 남았다. 그래도 아직 젊다는 것이 얼마나 다행인가. 젊음은 나이와 상관없는 것일 테다. 너는 변함없는 그 시절의 그 모습으로 영원히 변하지 않을 테지만 나는 그런 너를 부러워할 수 없다.

에스프레소의 맛과 향이 기쁘지도, 슬프지도 않고 무덤덤하다. 그래도 지루한 맛이 아니어서 다행이다. 다가갈 수 있는 맛이어서 더 가까이하고 싶다.

너는 자유로울 수 있어서 좋겠다. 물론 어디든 가고 싶은 곳 마음대로 갈 수도 있겠지. 그래, 너를 잡아 둘 수는 없다. 걷고 싶은 길이 아직도 남아 있을 테니까. 미련이 없다면 그것은 거짓일 것이다. 예전의 너는 그만큼 꾸밈이 강하지 않은 사람이었다.

나는 앞으로 어떤 길을 걷게 될까? 언제나 부정할 수 없는 시간의 평행선 위를 걸을 것이다. 그러나 막연하게 걷고 싶지는 않다. 커피의 은은한 향기처럼 느리지도 빠르지도 않게 걷고 싶다. 그리고 언제나 자연스럽고 한결같아지고 싶다.

눈을 살며시 감는다. 그리고 귀를 활짝 열어 둔다. 스쳐 갈 시간이 달려오는 소리가 커피숍 안의 음악 소리와 함께 뒤섞인다. 모였다가 흩어지는가 싶으면 다시 모이기를 반복하며 나를 보채기도 하면서 푸념하기도 한다.

여긴 어디인가?

익숙하지만 낯선 곳이다. 이곳에서 나의 존재는 흐름이다. 주저하지 않고 흘러가 본다. 흘러가다 보면 깨달을 수 있다는 믿음이 실려 있기 때문이지만 그렇다고 온전히 운명에 나를 맡기고 싶지는 않다. 운명이라는 것은 그저 나에 대한 비약이기 때문이다. 그렇다고 시간에 얽매이고 싶지 않을뿐더러 나 자신을 낮추고 싶지도 않다. 단지 지금에 충실할 뿐이며 그에 대해 만족하고 싶어질 뿐이다.

진한 에스프레소 한 잔에 나를 가득 담는다. 아니 가득 담았던 너를 애써 가볍게 비운다. 앞으로도 그렇게 비우면서 가야 할 것이기에 미련을 남기지 않기 위해 지금을 만끽한다.

"처리해야 할 급한 일이 생겼어. 너 먼저 출발하면 안 될까? 일 끝나는 대로 바로 출발할게. 미안해 친구!"

먼저 낚시를 가겠다고 전화했던 그에게서 전화가 왔다. 낚시 가자던 친구의 말에 혹하기는 했지만 그렇다고 마음에 내키는 것은 아니었다. 그저 바람이나 쐬고 오면 복잡했던 머릿속도 정리가 되지 않을까 하는 생각이었다.

어차피 그 친구가 오든 말든 상관은 없었다. 나는 마음에 내키면 언제든 찾아 들곤 했던 익숙한 곳이기에 혼자여도 꺼릴 일은 아니었다. 언제나 그렇듯 시간을 내어 가면 그만이었고 또 여유가 생긴다면 더 많은 시간을 투자할 수 있는 곳이었다. 그 드넓은 호수가 나를 기다리고 있다. 그래서 새벽부터 차에 짐을 실었고 나는 당장이라도 출발할 준비가 되어 있었다. 하지만 재촉할 필요는 없었다.

아침부터 움직이면 출근길에 막혀 시간을 길 위에서 소비할 것이 뻔하다. 그래서 그곳에 갈 때는 웬만하면 새벽에 움직이든가 아니면 오전 10시 이후에 출발하곤 했다. 길 막힘없이 움직이기 위해서 한껏 여유를 부려본다. 뭐 이른 오후도 상관이 없지만 두 시간을 넘게 달려 도착하면 사이트도 구축해야 해서 오전 중에는 움직여야 한다.

혼자이기에 내려야 할 짐도 많고, 산으로 둘러싸인 그곳은 해가 일찍 떨어지기 때문에 오전 중에 서두르는 것이 낫다. 하지만 나는 서둘지 않았다. 그만큼 그곳은 나에게는 집과도 같은 곳이기 때문이다.

언제는 밤늦게 도착해 짐을 내릴 엄두가 나지 않아 그곳 매점 사장의 집으로 갔었다. 문은 굳게 잠겨 있고 또 사장 부부를 깨우고 싶지 않아서 집 앞 비닐하우스에 찾아들기도 했던 적도 있었다. 그때는 너와 함께 술을 마시다가 갑자기 성사된 일이었다.

너는 술을 마시지 않았기 때문에 네 차에 있는 것 없는 것 다 싣고 그 밤에 출발했었다. 산길을 내려갈 생각은 애초에 하지 않았다. 비닐하우스에서 토마토며 딸기를 그리고 상추를 따서 고기를 굽기 시작했다. 볼륨을 낮춰 노래를 들었고 삼겹살을 구우며 우린 유쾌한 시간으로 이런저런 이야기를 하며 삶의 방향 위에 서 있었다.

새벽까지 이어진 술자리에 우린 곯아떨어졌고 하우스 문이 열리는 소리가 들렸다. 그때까지만 해도 우린 비몽사몽이었고 문이 열리든 말든 상관하지 않았다.

"이게 누구야! 광명 사장님 아니야?"

그제야 눈을 떴을 때 매점 사장님 사모님께서 우리를 발견하고는 깜짝 놀라며 우리를 어이없이 쳐다보았다. 사모님께서는 한동안 말문을 닫고 고개를 저어댔다.

"난 깜짝 놀랐어. 밤에 불빛이 깜박거려서 도둑이 들었나 했지."
"그 시간에 짐 내리기가 힘들어서 여기로 왔지. 죄송합니다."

그때도 늘 한때였다.

내비게이션의 안내 목소리는 재잘거리고 나는 늘 다니던 대로 방향을 틀었다. 그때마다 내비게이션은 경로를 확인하느라 재빠르게 머리를 쓰고 있었다.

내비게이션은 되도록 빠른 길로 나를 인도하겠지만 초행길도 아닌 묵은 길을 나는 애써 외면한다. 어차피 목적지는 같지만, 더 빨리 가려 잔머리를 쓰는 내비게이션이 썩 마음에 들지는 않는다.

예전에는 비포장 산길을 두 번이나 넘어야 했다. 이제는 그 비포장 길의 울렁거림이 그리울 지경이다. 지금은 옛길이 사라지고 터널이 뚫렸지만, 한때의 그 길이 그리워지는 건 왜일까? 어쨌든 핸들은 무거움 없이 가볍고 유연하다.

그 옛길을 되짚어 찾아갈 수 있을까? 아니 자신이 없다. 예전에는 그 길에서 꿀도 사고 화분도 산 적이 있지만 지금은 어떻게 변해 있을지 모르겠다. 그렇게 시간은 흩어지지 않고 그 지점을 선호한다. 나는 뚫린 터널로 그 지점을 가늠할 뿐이다.

빼놓은 것은 있나 없나? 그렇다면 가다가 무엇을 사야 하나? 뭐 낚시를 가는 것이기에 채비와 떡밥은 다 챙겼고 먹을 반찬과 소주, 그리고 버너도 두 개나 챙겼으니 모두 준비된 셈이다.

예전처럼 호황이 아니기에 낚시점에서도 내가 살 것은 한정되어 있다. 이를테면 가스등 심지나 가끔 돼지비계를 달아 던져둘 장어 바늘. 하지만 요즘처럼 인터넷으로 클릭 한 번 하면 살 수 있기 때문에 굳이 낚시점을 찾을 필요는 없었다. 그래도 혹시나 해서 빠진 것이 없나 차근차근 되짚어 보지만 오늘은 완벽했다.

가평쯤 지나갈 때 집사람에게서 전화가 왔다.

"출발했어요?"
"네. 지금 가평 지나고 있어요."
"네. 조심해서 잘 다녀와요."

집사람은 이런저런 토를 달지 않고 몇 년 만의 외출을 응원하는 듯했다. 사실 근래에는 바다낚시를 주로 다녔었다. 왜 그런지 이쪽으로는 끌리지 않았다. 너의 부재 때문이기도 했지만, 바닷물의 짠맛이 무작정 좋았기 때문이기도 했다. 입술에 묻어나는 짠맛의 그 짜릿함이 좋았다. 드넓은 바다의 일원인 것 같아 그것이 좋았다.

어쨌든 나는 달린다. 그 예전의, 내 젊음의 흔적을 찾아 달려보기로 한다. 찾을 수 없어도 좋다. 그곳 어디엔가는 너와 함께했던 추억과 나의 모습을 찾을 수 있지 않을까 하는 생각 때문이다. 기대해 보기는 하지만 혹시 너의 그림자가 없다면 나는 아마 황망해질 것이다.

너의 기억을 지우고 싶지 않기 때문이다. 어쩌면 너의 기억을 지우기 위해 돌고 돌아 지금에 이르렀는지도 모르겠다. 살아 있음의 기억이다. 내가 아니어도 기억해 줄 수 있는 사람은 많겠지만 살아 있음으로써 너를 기억하는 것은 어쩔 수 없는 것이다.

달리다 보니 어느새 목적지는 얼마 남지 않았다. 나의 가슴은 벌써 설레기 시작하지만 애써 담담한 척 오음리에 차를 세우고 낚시점으로 향한다. 예전의 호황을 무색하게라도 하듯 얼마 안 되는 낚시용품만 초라하게 먼지를 뒤집어쓰고 있었다.

마땅히 살 것 없어서 마트에 들렀지만 나는 먼지 쌓인 매대 사이에서 비타민 음료만을 사서 다시 차에 오른다. 시동을 걸던 나는 문득 겁이 나기 시작했다. 전혀 예상하지 못했던 상황들이 나의 앞에 펼쳐져 있기 때문이었다.

저 앞에는 분명 중국음식점이 있었는데. 그 자리에는 커피숍도 아닌 다방이 자리 잡고 있었다. 몇 년 만에 오는 것이기에 그럴 만도 하다. 몇 년이 흐르는 사이 여기도 많이 변해 있었다. 모두가 소홀했던 나의 탓이다. 그렇게 얼마를 더 가는데 월남가든이 눈에 뜨인다. 하지만 예전처럼 닭백숙집이 아니라 다른 메뉴를 선보이고 있었다.

처음 출발했을 때의 산뜻함은 어디론가 사라져 버리고 너의 그림자도 위태롭게 저 앞에 놓여 있었다.

변한 것이 없어 보이지만 실제로 변한 것이 너무 많았다. 호수를 둘러싼 낚시터의 낡은 간판들이 그랬고 도로도 조금은 변형되어 있었다.

혹시나 해서 유격장으로 핸들을 돌렸다. 그러나 내가 생각했던 그림과는 너무도 거리감 있는 풍경이 펼쳐졌다. 저 위로 조금만 올라가면 너와 함께 찾던 계곡이 있을 것이다. 낚시하다가 지치면 잠시 쉴 겸 찾았던 곳. 하지만 너와 물놀이를 즐기던 곳은 정비가 되어 하천처럼 변했고 그 많던 바위들은 어디로 사라졌는지 흔적을 찾을 수 없었다. 아마도 계곡 정비를 하면서 누군가가 그 많은 자연석을 팔아버렸을 것이다. 그렇게 너와 함께했던 흔적은 사라지고 말았다. 그저 어디쯤일까? 너와 함께했던 그 위치를 짐작해야 할 뿐이다. 흐름은 멈추지 않았다.

너에게로 향하는 길이 이렇게 희미할지는 몰랐다. 너의 흔적을 찾는 것이 왜 이렇게 자신 없어지는지 모르겠다.

먼저 출발하라던 녀석에게서는 전화 올 기미도 보이지 않고 나는 휑한 길을 따라 달릴 뿐이다. 그래도 상관은 없다. 나는 아직은 너를 찾을 희망을 버리고 있지 않기 때문이다.

생각에 잠겨 달리는 사이 매점 사장님의 집을 지나치고 말았다. 차를 돌릴까, 하다가 나는 포기하고 바로 앞에 있는 목적지를 향해 달렸다. 어깨너머로 살짝 파로호의 수위를 확인하면서 저 높이면 어느 지점에서 낚싯대를 던져야 할지 짐작하고 있었다.

내가 원하는 수위는 얼추 맞는 것 같은데. 어차피 내려가 봐야 위치를 잡을 수 있을 것 같았다. 조금 더 달려 샛길로 빠졌다. 그리고 비포장길로 들어서자 낡은 낚시터 입간판과 주차 공간이 나타났다. 벌써 대물의 기대로 가슴이 들뜨기 시작했지만 아직은 이른 설렘에 불과했다. 우선 30미터가 넘는 산길을 걸어 내려가 수위를 확인하는 것이 먼저였다. 두 번 일하지 않기 위해서는 먼저 위치를 잡고 짐을 내리는 것이 순서였다.

숨을 크게 들이쉬자 도심의 묵은 때가 맑은 공기와 함께 씻겨 내려가는 것 같았다. 낯이 익은 길, 언제나처럼 나를 기다리고 있었을 그 길을 여유롭게 걸어 내려가자 물가가 서서히 보이기 시작했다. 그리고 나는 그렇게 매점 앞에 섰다.

문이 굳게 닫혀있는 매점과 바로 앞에 놓여있는 나무로 만든 낡은 탁자는 두 개의 다리가 부러진 채 금방이라도 쓰러질 것처럼 아슬아슬하게 자리를 잡고 있었다. 나는 다시 물가를 확인했다.

그 정도면 내가 가장 좋아하는 물때였다. 내가 항상 찾아와 앉던 그즈음의 자리가 보였다. 대물에 대한 기대치는 점점 상승하고 있었다. 나는 서두르기 시작했다. 짧은 일정이 아니라 이 주일 정도의 장박을 하기 위해 왔기 때문에 그만큼 짐도 많았다. 아직 점심을 먹지 않았지만 짐을 내리는 것이 우선이었다.

짐을 모두 내리고 사이트를 구축하기 위해 나무 탁자를 옮기기 시작했다. 물가에 사이트를 구축할까도 생각했지만 그렇게 되면 시간이 너무 많이 걸릴 것 같아 매점 앞에 자리를 잡기로 했다.

비가 온다는 말은 없었지만, 흙을 다지고 물길을 낸 뒤에 텐트를 쳤다. 그 위에 커다란 타프를 설치했다. 그늘이 생기자 나는 잠시 땀을 식히기 위해 의자에 앉았다. 이제 남은 것은 떡밥을 개서 포인트에 던져주면 그만이었다.

나는 대낚시보다는 릴낚시를 더 선호하는 편이기에 떡밥은 되도록 하루에 한 번 혹은 때에 따라 두 번을 던져놓지만 대체로 한 번 던지기를 원칙으로 한다.

다른 때 같았으면 두어 명의 낚시꾼들이 있을 법도 한데 오늘은 나 혼자뿐이었다. 아직 해가 기울지 않았으니 그사이에 내려올지도 모를 일이다. 혹은 초저녁부터 장어를 잡기 위해 꾼들이 몰려올지도 모른다. 나는 혼자라는 것이 마음에 걸렸지만 뒤늦게 올 친구를 위해 낚시 준비에 몰두했다.

가파른 낭떠러지 위에 받침대를 박고 그 위에 낚싯대를 세웠다. 남들은 보통 그곳에서 낚시하지 않는다. 대낚시 자체를 하기에는 자리가 험하고 협소하기 때문이었다. 처음 그곳에 자리를 잡은 것은 이곳이 한참 호황일 때였다. 자리가 없어서 할 수 없이, 혹시나 하는 마음에 자리 잡고 던져본 것인데 대물이 쏟아져 나왔다. 매점 사장도 모르던 자리였다. 누가 그 험한 곳에서 낚시하려는 생각이나 했겠는가.

이제 준비는 다 되었고 남은 것은 기다리는 것이다. 얼마의 시간을 기다려야 할지 모르겠다. 그 기다림이 지루하게 끝나게 될지도 모르겠지만 이번에는 단단히 마음을 먹고 왔기에 해볼 만하다고 나는 생각하고 있었다. 어차피 기다림은 온전히 내 몫이었다.

저녁을 준비하기 위해 아직 가져 내려오지 못한 아이스박스를 차에서 가져왔다. 그다지 배고프지는 않았지만, 대물을 만나보기도 전에 지치지 않기 위해서는 어둡기 전에 식사 준비를 마쳐야 했다.

마스크를 쓰지 않아도 탓할 사람은 없었다. 그런데도 아직 마스크를 쓰고 있었으니 나 자신이 답답하다고 생각했다. 마스크를 벗어 나뭇가지에 걸어놓고 주위를 찬찬히 둘러보기 시작했다.

저쪽, 이쪽, 그리고 저 앞! 금방이라도 말을 걸어 올 것 같은 너의 모습이 그리고 친구들의 모습이 생생하게 일어서고 있었다. 영상을 보는 것처럼 선명해지는 너. 그래 이곳에도 네가 있었구나. 너와 함께했던 곳이 여기뿐만은 아닐 것이다. 찾아보면 문득 너를 발견할 수 있는 곳은 곳곳에 숨겨져 있을 것이다.

사람들의 발길이 오래되어 낡아가는 이곳. 점차 사람들의 기억에서 사라지고 있는 이곳이 안타깝기만 하다. 어스름한 어둠을 랜턴으로 뚫고 화장실 쪽으로 향했다. 형체만 보일 뿐 숲이 우거져 발길들이기도 음산한 그곳을 헤치고 화장실을 확인했다. 사용하지 않은 지 너무 오래되어 무용지물이 되어버린 화장실을 뒤로 하고 좀 더 가까운 곳에 땅을 파서 임시로 화장실을 만들었다.

모든 것은 완벽했고 시간도 여유롭게 흐르기 시작했다. 가스등을 켜자 더 한적해졌고 바람도 적당히 불어와 틀어놓은 음악과도 제법 어울렸다. 너였으면 가사를 따라 부르며 한껏 흥에 취해 있을 텐데. 생각해 보면 너는 언제나 낙관적이었고 자유로운 영혼이었다. 짜증내는 법이 없고 항상 얼굴에 웃음기 가득했다. 그런 너를 마지막으로 본 것은 병원에 입원해 있던 거멓게 타들어 간 너의 웃음이었다.

생각해 보면 예전의 그 젊음이 좋았다.

나는 밑반찬을 꺼내 놓고 맥주를 마시기 시작했다. 그때 시도 때도 없이 울리기 시작하는 방울 소리에 나는 기다렸다는 듯이 물가 쪽으로 달리기 시작했다.

입질이 온 것이다. 방울에는 감지 센서가 달려 있었기 때문에 쉽게 찾을 수 있었다. 녀석의 힘은 금방이라도 낚싯대를 끌고 들어갈 것처럼 받침대까지 뽑을 기세였다. 먼저 방울을 떼고 재빠르게 챔질했다. 느껴지는 묵직함에 낚싯대를 모두 펴고 끌어당기기 시작하자 녀석의 크기를 가늠할 수 있었다.

먼저 물 위로 끌어 올려 공기를 먹여야 한다. 그래야 녀석이 힘을 쓸 수 없기 때문이다. 그러면 손쉽게 제압할 수 있다. 녀석이 물 위에서 안간힘을 쓰기 시작했다. 착용하고 있던 헤드라이트 빛에 녀석이 보이자, 뜰채를 준비해 녀석의 앞으로 밀어 넣었다. 녀석의 몸부림에도 나는 거뜬하게 녀석을 끌어 올릴 수 있었다.

역시 갯바위용 뜰채를 가져오기를 잘했다. 어림잡아 85cm 정도 남짓한 잉어였다. 살림망에 넣으려다가 포기하고 녀석의 목에 넥타이처럼 목줄을 걸었다. 그렇게 묶어놓으면 상처 없이 오래도록 살려 둘 수 있기 때문이다. 그리고 다시 떡밥을 달아 힘껏 던지자, 기분 좋게 낚싯줄 풀려나가는 소리가 들렸다.

대물 측에는 들지 못하지만 그래도 첫 성과치고는 그래도 괜찮은 편이었다. 하지만 아직은 성에 차지 않았다. 나는 사이트로 올라가 낚싯대가 보이는 곳에 의자를 놓고 앉았다. 더 큰 입질을 기대했지만 생각과는 달리 입질은 쉽게 오지 않았다. 그사이 나는 짙은 어둠 속에서 아직도 도착하지 않은 친구에게 전화를 걸었지만 통화는 이루어지지 않았다. 약속을 어긴 적이 없는 친구이기에 재촉할 필요는 없었다.

예전 같으면 가끔 내려오던 장어 꾼들도 오늘은 소식이 없었다. 이럴 때는 소주 한잔에 지루함을 달래는 것이 제격이기에 불판을 꺼내놓고 삼겹살을 굽기 시작했다. 삼겹살이 익어가며 지글거리는 소리가 풀벌레의 울음소리와 함께 뒤섞이기 시작했다. 그즈음 아이스박스에서 차가운 소주를 꺼내 컵에 따르자 소주병에서 흘러나오는 소주의 소리가 경쾌하게 들렸다. 그사이에도 나는 혹시 입질이 오지 않았나 확인하고 있었다.

소주의 짜릿함이 입에서 목으로 그리고 위장으로 싸하게 흘러 들어갔다. 나는 멈춤을 만끽하고 있었다. 아니 잠적이라는 표현이 더 옳을지도 모르겠다.

혼자라는 것, 때로는 즐길 만한 것이다. 하지만 이 짙은 어둠의 중간에서 혼자라는 것은 가끔 두려움을 몰고 오기도 한다. 한잔을 더 마시고 노릇하게 익은 삼겹살을 소금에 찍어 먹자 고소함이 밀려들어 왔다.

주위는 온통 어둠뿐이었다. 건너편 좌대에도 오늘따라 한 팀도 들어오지 않은 모양이다. 벌써 시간은 자정을 향해 달리고 있었다. 한 일도 없는데 시간은 빠르게도 흐른다. 잠시 멈추는 것을 용납하지 않으려는 듯 악착같이 달리고 있었다.

잠시 음악이 멈춘 사이 나도 모르는 사이 등골이 오싹했다. 어둠 속의 혼자라는 것이 나를 더욱 위축시키고 있었다. 달도 별도 뜨지 않은 흐린 날씨가 마음에 걸려 기상예보를 확인했지만, 비가 온다는 말은 없었다.

"왔는가?"

어둠 속에서 뜬금없이 들려온 소리에 나는 소스라치게 놀라고 말았다. 귀에 익은 목소리였지만 친구의 목소리는 아니었다. 가스등 불빛에 목소리의 주인공이 나타났다. 다름 아닌 매점 사장이었다.

"아니, 이 늦은 밤에 랜턴도 없이 여길 어떻게 내려오셨어요? 그나저나 잘 지내셨어요? 아까 댁에 들리려고 했는데. 같이 오신 분은 친구분이세요?"

나는 말벗을 만난 즐거움에 달려가 사장의 손을 잡았다. 그리고 그들과 함께 불판 앞에 둘러앉았다.

"친구는 아니고 내려오다가 만난 분일세. 왜 이렇게 오랜만에 왔는가? 그동안 많이 기다렸는데."

"제가 온 건 어떻게 아셨어요? 그리고, 다리는 좀 어떠세요. 내려오기 만만찮으셨을 텐데."

"말해야 아나. 자네를 보고 가려고 왔어. 자, 나도 한 잔 주시게."
"네, 두 분 한 잔씩 받으세요."

술을 마시며 우린 이런저런 이야기를 나누었다. 그동안의 일들과 사장의 낚시 경험담이 장황하게 밤을 장식하고 있었다. 사장은 술을 즐겨하는 편이 아니었다. 그런데 오늘은 평상시와 달리 술에 흥을 불어 놓고 있었다.

"나는 가끔 이곳에 산책 나오곤 한다네. 이런 곳에 혼자 있기 무섭지 않나?"

처음 보는 노인이었지만 표정이며 모습이 범상치 않았다.

"무섭긴요. 낚시하는 사람들이 다 그렇죠."
"그런데 함께 다니던 친구가 있지 않았나? 오늘은 혼자 왔네. 그 친구 말이야 그때 내 사위로 욕심내고 있었는데. 아까운 친구야. 가끔 요 앞에서 낚시하는 걸 보긴 했는데.

"하하하. 그럴 리가요. 그 친구는......."

그 친구의 삶은 멈춘 지 오래였다. 말하려다가 나는 잠시 멈추었다. 술을 따르려 했지만 마침 술이 떨어져서 나는 잠시 차에서 술을 가져오겠다며 자리에서 일어섰다.

산길을 따라 주차장으로 올라가자 내 차만 덩그러니 있었다.

"뭘 타고 오신 거지?"

매점 사장은 사륜오토바이로 집과 매점을 오가곤 했다. 그것도 없이 이 늦은 시간에 오다니. 나는 다시 주위를 살폈지만, 사륜오토바이는 보이지 않았다.

그럴 수도 있겠거니 생각하며 소주를 몇 병 챙겨 사이트로 향했다. 밤이라 그런지 오싹함이 느껴졌지만 나는 대수롭지 않게 생각했다.

가스등 아래에는 매점 사장은 없었고 같이 왔던 노인만 앉아 있었다.

"사장님은 어디 가셨나요?"
"약속이 있다고 서둘러 가던걸. 몇 잔 더 마셔도 괜찮겠지."
"그럼요. 그런데 내려오면서 사장님을 보지 못했거든요."
"길이 엇갈렸겠지."

뭐 그럴 수도 있겠다. 하지만 다른 길은 숲이 우거져 70대 후반의 노인이 걸어가기에는 힘든 길이었다. 간혹 그곳으로 낚시꾼들이 내려오기는 하지만 건너편으로 돌아가는 길이었다.

삼겹살이 익어갈수록 거나하게 술이 올라와 기분이 좋아졌다.

"그 친구 말이야."
"네?"
"여기 매점 사장이 사위로 삼고 싶다던 자네 친구 말이야. 나도 가끔 보기는 해. 낚시를 꽤 잘하던걸. 성격도 좋고. 그래서 나도 지켜보는 중이야. 좋은 친구를 만났어."
"그 친구는 오래전에 죽었는걸요."

나의 기분이 잠시 가라앉았고 노인은 의미 있는 표정으로 고개를 끄덕였다.

"자네는 삶이 뭐라고 생각하나?"
"시간 위를 걸어가는 것!"

"그럼, 자네는 가장 이루고 싶은 것이 무엇인가? 그것과 바꾸고 싶은 것은 또 무엇이고?"

노인은 알 수 없는 이야기를 하고 있었다.

"뭐 돈! 로또라도 당첨됐으면 좋겠네요. 아니면 내 분야에서 최고가 되는 것! 젊음......."

나는 말끝을 흐렸다. 솔직히 그러한 것을 생각해 본 적이 없었다.

"자네 친구는 환생이라고 하더군. 뭐 누구나 다 꿈꾸는 것이니까. 여기에도 그런 영혼들이 많지. 특히 물가에는....... 지켜보는 중이야. 그들의 소원을 들어줄지 말지."
"그렇군요."

노인이 술에 취해 한 말이라고 나는 생각했다. 점점 짙어지는 밤. 나는 핸드폰을 찾아 들었다.

"소용없네. 약속한 친구는 내일 오후에나 올 거야."

핸드폰을 꺼내 번호를 눌렀지만, 전화는 연결되지 않았다. 그즈음에 노인이 자리에서 일어섰다.

"내 다음에 만나면 그때 다시 한번 물어보지."
"어두우니까 위까지 모셔다드릴게요."

그 말을 하는데 나는 그만 휘청거리고 말았다.

"괜찮아."

노인이 돌아섰다.

술을 과하게 마신 것도 아닌데 잠시 멍해졌다. 나는 뒤늦게 헤드랜턴은 쓰고 노인이 올라간 쪽을 향해 뒤쫓아 걸어갔다. 하지만 노인의 흔적은 찾을 수가 없었다. 랜턴도 없이 가파른 비탈길로 사라져 버린 노인의 잰 걸음을 나는 믿을 수가 없었다.

"너를 만나고 싶다고 말할 걸 그랬나?"

나는 피식 웃음을 삼켰다. 그리고 몇 잔을 더 마셨는데 술에 취해 기억이 나지 않았다.

이른 아침 사이트에는 굽다 만 삼겹살과 술병이 흩어져 있었다. 술을 그렇게 많이 마셨는데도 몸은 개운했고 숙취는 느낄 수 없었다.

차에 사둔 비타민 음료가 생각났다. 올 때 매점 사장님 댁에 들리지 못한 것이 마음에 걸려 물도 떠 올 겸 산길을 오르기 시작했다. 그 때도록 약속했던 친구에게서는 아무런 연락도 없었다.

매점 사장님의 집을 향해 차창 문을 열고 달리기 시작하자 가슴이 들뜨기 시작했다. 저절로 콧노래를 흥얼거리기 시작했다. 그리고 곧 사장님의 댁에 도착했고 사모님의 모습이 보였다.

"안녕하셨어요. 어제 들린다는 것이 좀 늦었네요. 어젯밤에 사장님을 뵙기는 했는데."

"무슨 소리야. 그이는 돌아가셨는데. 어제가 49재였고."

나는 말문이 막혔다. 분명히 어젯밤에 사장님을 만났는데. 나는 혼란스러웠다. 낚시터로 돌아오는 동안 내내 어젯밤 만난 그들에 대해 생각했다. 그리고 그들이 만났다는 너에 대해서도.

꿈을 꾼 것인지 아니면 귀신에 홀린 것인지 도통 알 수가 없었다. 주차장으로 들어서자 친구의 차가 보였다.

"친구는 오후에나 올 거야."

그들과의 만남이 진짜였을까? 나는 내가 만난 그들을 부정도 긍정도 할 수 없었다. 그들은 누구며 또 어떤 존재였을까?

한순간 세상이 멈추어 버린다면 어젯밤 나는 그것을 경험했는지도 모르겠다. 막상 나는 사이트로 내려가지 못했다.

나는 누구인가

내가 꿈에서 깬 건 옆방에서 들려오는 여자의 신음 때문이었다. 또 그 짓을 하는 모양이다. 밤새 그 짓을 하고도 모자라 대낮에도 그 짓을 하는 것을 보면 김 씨는 오늘도 인력시장에서 허탕을 치고 들어온 모양이다.

김 씨가 일거리를 찾지 못하고 공칠 때면 김 씨의 방에서는 늘 그 소리가 들린다. 그 소리는 변함없이 벽을 타고 넘어와 내 귀에 대고 음탕하게 속삭인다.

신음은 내 허기짐을 난도질한다. 신음은 마치 배고픔을 경멸하는 것 같다. 꼬르륵꼬르륵, 신음이 계속되면 내 위장은 주체하지 못한 채 위산을 쥐어짠다.

나는 의미 없이 눈을 두어 번 끔뻑인다. 기지개를 켜자 기다렸다는 듯 한숨이 새어 나온다. 천장이 와르르 무너져 내릴 것만 같다. 검게 피어오른 곰팡이가 혼자 간신히 누울 수 있는 어두컴컴한 쪽방에 가득하다. 칠흑 같은 어둠 속에서 나는 오늘도 그렇게 상실과 마주하고 있다.

내가 누구인지 나는 모른다. 한 달 전, 나는 쪽방촌 골목을 걷고 있었다. 그것이 내 기억의 시작이며 전부다. 하늘에서 떨어졌는지 아니면 땅에서 솟았는지 알 길이 없다. 한순간 엄습해 오던 불안과 공포를 나는 지금도 잊을 수 없다. 그리고 잔인하게 위장을 뒤틀던 그 배고픔도 생생하게 기억하고 있다. 그렇게 쪽방촌 골목에서 길을 잃고 헤매고 있을 때 김 씨가 나타났다.

"이봐 이 씨! 여기서 뭐 하고 있는 거야?"

이 씨? 나는 쪽방촌에서 이 씨로 통한다. 그것이 나에 대해 알게 된 전부다. 내가 누구인지 알 수 있는 실마리는 그 어디에서도 찾을 길이 없었다. 나는 단지 쪽방촌의 이 씨다.

하루의 시작은 곤혹스럽다. 하지만 그것도 이제는 무뎌진 지 오래다. 나는 쪽방의 어둠에 익숙하다. 온통 백지뿐인 과거와 현실들이 입을 다문 채 쪽방의 작은 공간을 유영하고 다닌다. 그 공간에서 덩달아 허우적거리는 것이 나의 몫이다.

편두통이 밀려온다. 시작이 편두통이라면 그 끝은 늘 체념이다. 나는 오늘 역시 체념을 끝으로 이불 속에서 게으른 하품을 맞이하게 될지도 모른다.

김 씨 부부의 질퍽한 몸부림의 흔적은 내 청각과 후각을 정신없이 후벼내고도 모자란 모양이다. 도대체 뭘 그리 게워 내려고 저리도 안간힘을 쓰고 바둥거리는 것인지 알 수가 없다. 내 아랫도리는 묵직해지지 않는다. 나는 그 어떤 것에도 의욕을 느낄 수가 없다. 나는 누운 채 신음을 듣는다. 어떨 때는 선 채로 멍하니 그 소리를 듣기도 한다.

신음이 사그라질 즈음 누군가가 방문을 두드린다. 그 누군가가 삶의 의욕을 일깨워 줄 수 있는 사람일지도 모른다는 희망을 나는 애써 저버리고 만다. 게으름이 덕지덕지 달라붙은 이불을 밀어내려는 순간 현기증이 밀려온다.

쪽방 주인아줌마가 앞에 서 있다. 며칠째 내지 못하는 방세 때문에 아줌마의 안색이 달갑지 않다. 그만큼 나는 쥐구멍을 찾아 고개를 숙이고 만다.

"밥은 먹은 거야? 쯧쯧. 젊은 사람이 일을 해야지."

아줌마는 밀린 방세를 탓하지 않는다. 젊음을 탓한다. 그래서 나는 적당히 아줌마를 외면해야 한다. 주인아줌마가 돌아가고 난 후에 나는 다시 게으른 하품을 쏟아낸다. 하품의 언저리에 배고픔이 허하게 달려 있다. 언제나 맞이하는 배고픔의 그늘이다.

내 쪽방엔 살림살이란 찾아보기 힘들다. 시커멓게 그을린 냄비와 가까스로 불이 붙는 고물 가스버너, 그리고 낡은 담요가 내가 소유한 전부다. 벽에는 잠시 머물다 갔을 누군가의 흔적들로 넘쳐난다. 그 흔적들을 나는 조심스럽게 거슬러 올라간다.

나 여기에 있었다.
누구일까? 나는 다시 벽을 거슬러 올라간다.
나도 여기에 있었다.

각기 다른 글씨체들이다. 한 사람이 쓴 것 같지는 않았다. 나는 유심히 그 글귀들을 살핀다.

나는 누구인가?

그렇게 내가 쓴다. 나는 스스로 '나'가 되어 버렸다. 그러나 도대체 내가 누구인지 나는 정작 알지 못한다. 한순간 머리가 복잡해진다. 쪽방의 '나'가 되어버린 나는 다시 막막해진다.

원만하지 않은 삶을 살아오는 동안 나는 나를 생각해 본 적이 없었을 것이다. 단지 앞으로 걸어가야 한다는 생각뿐이었을 것이다. 걷다 보니 어느새 나는 나에 대해 무뎌지고 말았을 것이다. 그리고 이제는 생소한 '나'가 되어 쪽방에 있는 거라고 나는 나를 추정해 본다.

이곳 쪽방촌은 분주하지 않다. 하루는 느릿느릿 슬로모션으로 흐른다. 하루 종일 안개가 깔린 희미한 형국의 분위기가 쪽방을 짓누른다. 그 짓누름이 소리를 만들면 나는 그 소리를 즐긴다. 김 씨를 따라 인력시장에 나갔다가 허리를 다쳐 들어온 날부터 나는 쪽방에서 만들어지는 소리에 귀 기울이기 시작했다. 처음에는 그 소리가 듣기 싫어 귀를 막았고 덩달아 소리를 지르며 화를 내기도 했다. 하지만 시간이 흐르면서 나는 쪽방의 소리에 동화되었다. 쪽방촌의 '나'로 익숙해진 것이다.

쪽방에 있는 동안은 늘 소리에 귀 기울인다. 옹색한 쪽방의 곳곳을 방문하다 보면 소리의 매력에 감탄하게 된다. 이제는 잠시라도 그 소리를 듣지 않으면 좀이 쑤셔 견딜 수가 없을 지경이다. 쪽방의 미로 찾기를 소리로 즐긴다. 굳이 귀 기울이지 않아도 쪽방의 소리는 제 색깔을 내며 벽을 넘어 들락거린다.

발걸음을 옮길 때마다 볼썽사납게 슬리퍼가 껌을 씹는다. 슬리퍼가 바닥에 끌리는 소리로도 슬리퍼 주인의 기분을 짐작할 수 있다. 슬리퍼의 주인은 가출한 만삭의 임산부 여학생이다.

그녀의 이름을 나는 알지 못한다. 알고 싶지도, 그렇다고 알아야 할 이유도 없다. 그녀의 슬리퍼 끄는 소리는 경쾌하기 짝이 없다. 하지만 언제부턴가 매력이 사라지기 시작했다.

요사이 그녀의 쪽방에서는 흐느껴 우는 소리가 자주 들린다. 동거남의 부재 때문이다. 며칠째 동거남은 쪽방을 찾지 않는다. 여학생의 동거남역시 가출 청소년이다. 밤마다 우는 탓에 그녀의 얼굴은 퉁퉁 부어 있기일쑤다. 나는 그녀와 아는 척을 하지 않는다. 그녀에게 동정을 보일 만큼 나에겐 여유가 없기 때문이다. 그리고 쪽방에서의 동정은 배부른 참견일 뿐이다.

배꼽시계가 울린다. 줄을 서야 할 시간이다. 한 끼라도 해결하기 위해서는 남들보다 재빠르게 움직여야 한다. 줄은 곧 서열이다. 하지만 이미서열을 가리기에는 늦은 시간이다. 이제 한 끼에 연연할 자격은 없다. 역전 무료 급식 차량 앞에는 사람들이 굶주린 독수리 떼처럼 새까맣게모여 있을 것이다.

문득 건너편 쪽방의 비렁뱅이가 부러워진다. 비렁뱅이는 역전 옆 굴다리 위에서 구걸한다. 지금쯤 비렁뱅이는 역전 무료 급식 차량 앞에 있을것이다. 쪽방에 데려와 함께 살기 시작한 반쯤 정신 나간 여자와 갓난아기도 함께 있을 것이다.

갓난아기의 자지러지는 소리가 비렁뱅이의 쪽방에서 들린다. 비렁뱅이의 쪽방은 부재중일 텐데. 어찌 된 일인지 알 수가 없다. 벌써 들어왔을리는 만무하다. 왜냐하면, 역전의 무료 급식 차량에서 식사를 마친 후에비렁뱅이 식구들은 굴다리에서 구걸할 것이기 때문이다.

나 역시 역전에서 한 끼를 해결하는 터이기에 그들과 자주 마주치곤 한다. 하지만 그들과 말을 섞지는 않는다. 비렁뱅이의 식구들과 다를 것이 없는 처지임에도 그 잘난 자존심이 말 섞는 것을 용납하지 않는다.

비렁뱅이는 고개를 들지 않는다. 비렁뱅이의 여자도 고개를 들지 않는다. 온종일 고개를 숙이고 있을 뿐이다. 그들은 고개를 들면 구걸을 할 수 없다는 것을 잘 알고 있다. 쪽방을 출입할 때도 그들은 고개를 들지 않는다. 어쩌면 그것은 비렁뱅이 식구들의 마지막 남은 자존심인지도 모른다.

비렁뱅이는 늘 서열의 앞에 있다. 여자와 갓난아기 역시 그 앞에 있다. 그러나 나는 언제나 그들의 뒤에 있다. 어떨 때는 서열에 밀려 굶을 때도 있다. 꼭 그것만을 따지지 않더라도 나는 늘 비렁뱅이가 먹고 남은 밥을 먹는 서열상 하위다. 나는 배부름에 만족한다. 하지만 비렁뱅이 식구는 배부름의 미학을 알려고 하지 않는다. 그래서 나는 비렁뱅이를 경멸할 수가 없다. 난 그 누구도 경멸할 수 없다. 그렇지만 나는 하루에도 수십 번씩 나 자신을 경멸한다.

갓난아기의 울음소리가 공간을 뒤흔든다. 여자는 발을 동동 구르며 덩달아 흐느껴 울기 시작한다. 모성은 슬프다. 그러나 나는 잔인하게 그 소리에 귀를 기울인다. 비렁뱅이의 쪽방 문을 나는 열 수가 없다. 쪽방 문을 여는 순간 비렁뱅이의 행복이 깨질지도 모르기 때문이다. 나는 비렁뱅이의 행복을 침해하고 싶지 않다. 얼마 후 갓난아기의 울음소리가 잦아든다.

쪽방의 소리는 한순간 생겨났다가 한순간 사라지고 만다. 무뎌진 일상의 단조로움 때문이다. 소리의 근원이 어떠할지는 모르지만, 나는 소리의 끝과 시작을 중요하게 생각하지 않는다. 단지 그들의 소리를 무의식 중에 즐길 뿐이다.

검게 그을린 냄비에 수돗물을 가득 채운다. 이제 나에게 남은 것은 라면수프와 교회에서 노숙자들에게 나눠준 건빵이 전부다. 건빵은 온전하지 않은 형태의 부스러기뿐이다. 가까스로 불이 오른 가스버너에 냄비를 올리고 불을 켜면 라면수프가 파르르 끓어오른다. 뒤이어 건빵 부스러기가 자지러들며 입수한다. 그러면 한참을 파들파들 떨다가 건빵 부스러기가 임산부 여학생의 얼굴처럼 퉁퉁 부어오르기 시작한다. 나는 입맛을 다신다. 건빵이 부풀어 오르다가 죽처럼 퍼지기를 기다리는 것이 내가 할 일이다. 그래야 걸쭉한 기운을 느끼며 텅 빈 위장을 가득 채울 수 있기 때문이다.

트림 한 번이면 끝이다. 트림하고 나면 불룩했던 배는 일순간 푹, 꺼지고 만다. 배부름의 미학도 느끼지 못한 채 허무해지는 순간이다. 오늘의 식사는 그것이 마지막이자 끝이다.

내일은 새벽 일찍 인력시장에 나가 볼 생각이다. 입에 풀칠하고 밀린 방세라도 내려면 내일은 꼭 일거리를 얻어야 한다. 그러나 요즘 같은 불경기에 일거리를 얻을 수 있을지는 미지수다. 기술자인 김 씨도 일거리가 없어서 공치는 날이 많은 터에 허리까지 부실한 나를 고용할 사람은 없을 것이다. 하지만 쪽방에서 언제까지 게으른 체념만을 하고 있을 수는 없다. 일거리를 구하지 못하더라도 역전 무료 급식 차량 앞에서 한 끼를 해결해야 한다.

나는 다시 이불 속으로 들어가 숨는다. 딱히 할 일이 없음이다. 허리가 욱신거린다. 날씨가 궂은 모양이다. 김 씨의 쪽방 문이 덜컹거리기 시작한다. 이제 시작이다. 기다렸다는 듯이 나는 귀를 쫑긋 세운다.

"뭐야, 이 **년아."

김 씨가 술을 마신 모양이다. 김 씨는 일거리가 없을 때면 자신의 처지를 비관하며 술로 소일 삼는다. 김 씨의 욕설은 시간이 흐르면서 더 거칠어지고 쌍스러워진다. 술만 마시면 김 씨의 푸념은 게걸스럽다. 그러나 쪽방 식구 그 누구도 김 씨의 주정에 대꾸하지 않는다.

손뼉도 마주쳐야 소리가 나는 법이다. 김 씨의 주정은 손뼉이다. 그 손뼉에 마주치고 싶어 하는 쪽방 식구는 없다. 쪽방 식구 그 누구도 내다보지 않는다. 그럴 때면 또 다른 손뼉은 영락없이 아주머니가 되고 만다. 김 씨의 화풀이 대상은 늘 아주머니다.

우당탕. 깨부술 만한 것도 없는 쪽방 살림이 사방으로 날아다니며 산산조각이 난다. 김 씨의 욕지기가 더욱 사나워진다. 쪽방 문이 열리고 신발도 제대로 신지 못한 아주머니가 황급히 도망쳐 나온다. 아주머니가 도망쳐 나간 후에도 여전히 분을 삭이지 못한 김 씨의 욕지기는 대상을 찾아 곰팡이가 핀 쪽방 구석구석을 호령한다.

비렁뱅이의 쪽방에서 갓난아기가 운다. 겨우 달래서 재웠던 갓난아기가 자지러진다. 쪽방의 난장판은 좀처럼 수그러들 기미를 보이지 않는다. 나는 그 세세한 것들을 묵인한다. 그것은 쪽방의 익숙함에서 비롯된 것이다.

갓난아기의 울음소리는 쪽방을 더 처량하게 만든다. 정신이 반쯤 나간 비렁뱅이의 여자도 운다. 아기가 울어서 그녀도 운다. 울음소리는 이중주다. 나는 갓난아기가 불쌍하다는 생각을 한다. 그러나 그것은 섣부른 판단이다. 하모니카가 노래한다. 하모니카의 노래가 비렁뱅이의 쪽방에서 날개를 단다.

춤을 춘다. 역전 굴다리 위에서 노래하던 비렁뱅이의 하모니카 음색이 아니다. 아비의 노래고 부모의 노래다. 갓난아기의 울음소리가 잦아들고 비렁뱅이 여자의 웃음소리가 어렴풋이 들려온다. 갓난아기가 잔기침을 해댄다. 비렁뱅이의 노래는 갓난아기를 따뜻하게 감싼다.

나도 비렁뱅이를 따라 흥얼거린다. 그사이 김 씨의 쪽방에서도 코 고는 소리가 들려오기 시작한다.

김 씨 아주머니는 어디로 도망친 것일까? 문득 나는 김 씨 아주머니가 걱정되기 시작한다. 지금쯤이면 쪽방의 눈치를 살피고 있어야 할 아주머니다. 하지만 아주머니의 인기척은 전혀 느낄 수가 없다. 아주머니의 부재는 김 씨의 코 고는 소리로 무색해져만 간다. 무색함을 뒤로하고 아주머니의 맨발은 도심의 밤거리를 방황하고 있을 것이 분명하다.

내 쪽방은 언제나 무료하다. 쪽방에는 나이면서 내가 아닌 내가 나를 가장한 채 누워 있다. 나는 다시 백지상태인 나로 되돌아온다.

비렁뱅이의 노래는 더 이상 들리지 않는다. 비렁뱅이는 꿈을 꾸고 있을지도 모른다. 비렁뱅이는 쪽방 식구 중에서 제일 행복한 사람일지도 모른다. 나는 비렁뱅이가 부럽다. 김 씨가 부럽고, 김 씨 아주머니가 부럽고, 임산부 여학생이 부럽다. 그들에게는 소리가 있어서 그것이 부럽다.

나는 누구일까? 내게서는 어떤 소리가 날까? 나는 쪽방의 나 아닌 나를 되삼켜 본다. 나는 상실의 아찔함에 늘 혼란스럽다.

다시금 게으른 하품으로 하루를 마감하려 한다. 그러나 막상 잠을 이룰 수는 없다. 다시 시작될 내일의 불안이 나를 주눅 들게 하기 때문이다. 얼마간을 뒤척인 후에야 나는 잠이 든다. 나는 공간을 유영하고 다닌다. 엄밀히 말하면 공간 속이다. 그 공간에서 나는 나를 찾아 헤매기 시작한다.

숨이 막혀 온다. 무엇인가 나의 몸을 옥죄어 오는 것만 같다. 누군가의 신음이 들려온다. 아주 익숙한 소리다. 신음은 벽을 넘어 나에게로 스스럼없이 다가온다.

손길이다. 여자의 신음과 손길은 질퍽하다 못해 감미롭고 부드럽다. 의식 없는 의식 중에 나는 아랫도리가 묵직해지는 것을 느낀다. 신음과 함께 김 씨 아주머니의 얼굴이 다가온다. 김 씨 아주머니의 신음은 더욱 질퍽해진다. 나는 결국 아주머니의 손길을 받아들이고 만다. 알몸이 된 그녀가 나의 가슴에 입김을 불어 넣는다. 가슴이 풍선처럼 부풀어 오르기 시작한다. 배가 부르고 포만감이 느껴진다.

나는 또 다른 꿈속의 꿈을 꾼다. 밥상이 보인다. 진수성찬의 상다리가 금방이라도 부러질 것만 같다. 나는 허겁지겁 음식을 먹기 시작한다. 먹는다는 말보다 입으로 쓸어 담는다는 표현이 맞을 것이다. 그런데 아무리 먹어도 배가 부르지 않다. 먹으면 먹을수록 배가 고프다. 그러다가 어느 순간 내 얼굴과 마주친다. 내 얼굴은 김 씨의 얼굴로 변해 버린다. 나는 화들짝 놀라고 만다. 동시에 역겨움을 참지 못하고 속을 게워 낸다. 나의 의식은 점점 혼미해져 간다.

꿈일 것이다. 분명 꿈일 것이다. 나는 발버둥 친다. 경멸하듯 아주머니가 나를 쳐다본다. 아주머니의 얼굴은 점점 김 씨의 얼굴로 변하여 나의 목을 움켜잡는다. 한참 뒤에야 나는 발버둥 치다가 가까스로 정신을 가다듬는다. 못된 상상의 반격일 테다. 온몸은 식은땀으로 흠뻑 젖어 싸한 한기가 느껴진다.

어디선가 신음이 들려온다. 나는 진땀을 닦으며 도리질 친다. 그러나 여자의 신음은 계속해서 들려온다. 자세히 들으니 김 씨 아주머니의 신음이 아니다. 신음은 심상치가 않다.

신음은 좀처럼 그칠 기미를 보이지 않는다. 소름 끼치는 신음에 나는 귀를 막는다. 그래도 들린다. 나는 할 수 없이 신음을 추정해 본다. 소리는 벽을 넘어 들어와 내 청각을 예민하게 자극한다. 신음을 따라가다 보니 임산부 여학생의 방이다. 그러나 평상시 여학생의 방에서 들려오던 흐느낌의 흔적이 아니다. 뭔가가 다르다.

진통인가? 애를 낳으려는 거야? 그럴 리가. 나는 다시 담요를 덮고 눕는다. 하지만 소리의 출처를 확인한 이상 내 청각은 무뎌지지 않는다.

끙끙 앓고 있다. 간격을 두고 신음의 고조도 차이를 보인다. 신음은 사그라졌다가 다시금 피어나기를 반복한다. 누군가를 절실하게 부르는 소리 같기도 하다. 꿈을 꾸고 있는 것인가? 가위에 눌린 것인가? 이런저런 생각들이 나의 발목을 잡는다.

"아, 아줌마. 누, 누구....... 없어요."

사태가 심상치 않은 것만은 분명하다. 쪽방촌의 누군가 그 소리를 들었을 법도 한데 아무런 반응이 없다. 나는 누군가가 그 소리를 듣고 나오기를 기다린다. 더 이상 아무런 기척도 신음도 들리지 않자 나는 불안해지기 시작한다. 나는 할 수 없이 방문을 열고 나간다. 그리곤 임산부 여학생의 쪽방 앞에서 귀 기울인다.

아무 소리도 들리지 않는다. 나는 망설인다. 단 한 번도 쪽방 식구들의 방을 들여다본 적이 없다. 그들의 삶에 관여하고 싶지 않았기 때문이다. 그러나 이번은 달랐다. 어떻게든 그 심상치 않은 신음을 확인해야 한다. 혹시라도 산통이 시작된 거라면 서둘러야 한다. 나는 다급하게 주인아줌마를 불렀다.

문을 두드렸지만 안에서는 여전히 인기척이 없다. 주인아줌마가 방문을 열자 역한 피 냄새가 쪽방 안에서 진동한다. 임산부 여학생은 이미 실신한 상태였다. 놀란 아줌마가 여학생을 흔들지만 아무런 반응도 보이지 않는다.

나는 임산부 여학생을 안고 좁은 쪽방촌 골목길을 달리기 시작한다. 여학생은 금방이라도 숨이 멎을 것만 같다. 하혈은 계속되고 나는 계속 달린다. 태아를 살려야 한다는 생각밖에 없다. 쪽방 동네를 향해 119구급차가 달려온다. 임산부 여학생을 태운 구급차는 두 눈을 부릅뜬 채 쪽방촌을 빠져나간다.

쪽방으로 돌아온 나는 그제야 손과 옷에 묻은 여학생의 하혈을 발견한다. 마치 살인자가 된 기분이다. 마치 쪽방의 익숙함을 도륙당한 기분이다. 역한 피 냄새 때문에 헛구역질을 참을 수가 없다. 몇 번의 헛구역질로 콧등에 땀이 맺힌다.

비렁뱅이의 방에서 갓난아기의 울음소리가 들린다. 좀 전의 소란에 아기가 깬 모양이다. 쪽방 동네에는 다시금 비렁뱅이의 하모니카가 노래한다. 노래는 쪽방을 지나, 굴다리를 지나 역전 무료 급식 차량 앞에서 따끈한 국밥을 기다린다.

새벽 인력시장으로 향한다. 하루 일당 거리라도 잡으면 다행일 터이지만 재수가 좋으면 며칠 일거리라도 얻을지 모른다. 나는 김 씨를 찾기 위해 이곳저곳 어슬렁거려 보지만 김 씨를 찾을 수가 없다. 김 씨가 있었다면 잡부로라도 따라붙을 심산이었다. 그러나 나의 욕심은 배고픈 허기로 변하고 만다. 마땅한 기술이 없는 나로서는 인력시장의 서열 중에서도 말단일 뿐이다.

날이 서서히 밝으면서 사람들은 인력시장을 하나둘 떠난다. 혹시나 하는 생각에 나는 자리를 뜨지 못하지만 부질없는 미련일 뿐이다. 이제 갈 곳은 한 곳뿐이다. 나는 새벽녘에 들던 비렁뱅이의 하모니카 노래를 따라 역전으로 향한다.

역전의 한쪽에 자리 잡고 앉아 꾸벅꾸벅 졸음을 삼킨다. 그리고 배식 시간에 맞춰 줄을 서야 한다. 그곳에서 서열을 다투어야 한 끼를 차지할 수 있기 때문이다. 하지만 그 알량한 자존심 때문에 나는 적당한 자리에 몸을 숨긴다.

비렁뱅이는 언제나 서열 1순위를 고수한다. 그런데 오늘은 웬일인지 비렁뱅이가 보이지 않는다. 눈 씻고 비렁뱅이를 찾아봐도 비렁뱅이는 코빼기도 보이지 않는다. 비렁뱅이의 여자도, 갓난아기도 보이지 않는다. 하모니카의 노래도 오늘은 들리지 않는다. 비렁뱅이가 없기 때문일까? 왠지 그 자리가 익숙하지 않다. 나는 어색하게 주위를 두리번거린다.

경찰관이 지나간다. 나는 고개를 돌리고 만다. 무슨 죄를 지은 것도 아니다. 그런데 경찰관을 보면 죄지은 사람처럼 제 발이 저린다. 아마도 나는 범죄자였을 것이다. 살인강도, 그보다 더한, 이를테면 유괴범이나 연쇄살인범일지도 모른다. 추정하며 나는 절망한다. 나에 대한 상실을 그 무엇으로 되찾을 수 있을지 난감하기만 하다.

식판을 받아 길가 아무 곳에나 쪼그리고 앉아 입을 벌린다. 어찌 그 상태로 배부름의 미학을 느낄 수 있겠는가? 하지만 나는 미학을 확인한다. 자신을 상실한 나로서는 그 이상을 바랄 수가 없다. 배부름의 미학은 어쩌면 배고픔일 것이다.

굴다리를 걷는다. 비렁뱅이가 보이지 않는다. 여자도 갓난아기도 보이지 않는다. 비렁뱅이가 앉아 있던 굴다리 위를 배회하다가 굴다리 한쪽 구석에 쪼그리고 앉는다. 어디에선가 동전이 데구루루 굴러온다. 손을 뻗으면 닿는다. 나는 망설이다가 고개를 숙인다. 그리곤 손을 뻗는다. 동전이 라면으로 변하며 눈앞에 아른거린다. 나는 동전을 슬그머니 주머니에 찔러 넣는다.

흔들리는 자존심을 나는 채근한다. 알량한 자존심은 이제 동전이다.

쪽방으로 향한다. 그러나 쪽방은 조용하기만 하다. 그 어디에서도 인기척을 찾을 길이 없다. 주인아줌마가 임산부 여학생의 방을 청소하고 있다. 나는 여학생에 관해 묻는다.

"쯧쯧."

비렁뱅이에 대해서도 물었지만, 주인아줌마는 혀만 걸어찬다. 나는 그 것이 무엇을 의미하는지 모른다. 밤이 되어도 쪽방에서는 아무런 소리도 들리지 않는다. 김 씨 부부의 신음도, 여학생 임산부의 슬리퍼 소리도, 비렁뱅이의 하모니카도, 갓난아기의 울음소리도 더는 들리지 않는다. 어찌 된 일일까? 나는 귀를 바짝 곤추세운다. 하지만 역시나 쪽방의 그 어디에서도 소리를 찾아낼 수는 없다.

쪽방은 부재중이다. 내 지난 과거가 부재중인 것처럼 모두가 부재중이다. 그날 밤 나는 한숨도 잘 수가 없었다. 며칠이 지난 후에도 여학생과 비렁뱅이 그리고 그의 여자와 갓난아기, 김 씨 부부를 볼 수는 없었다. 나는 쪽방의 소리에서 소외되었다.

쪽방에는 다른 식구들이 들어왔다. 새로 들어온 쪽방 식구들에게서 나는 흥미를 느끼지 못했다.

쪽방의 소리는 너무도 단조로운 반복과 반복의 연속이었다. 어찌 보면 그 반복의 연속 때문에 나는 다른 소리를 듣지 못하게 되었는지도 모른다. 익숙함을 찾아 나는 안간힘을 쓰며 일방통행을 시작한다. 역시 아무 소리도 들리지 않는다.

모두 어디로 간 것일까? 온통 숨 막히는 정적뿐이다. 어찌 된 일인지 이제는 내 숨소리조차 들리지 않는다. 그렇다. 쪽방의 소리에 익숙해지면서부터 나에게서 만들어지는 소리를 나는 정작 들을 수 없게 된 것이다. 어쩌면 상실은 나로부터 시작되었는지도 모른다.

언젠가 내가 지녔을 과거의 소리 들을 나는 찾을 수 있을까? 그 소리 들이 너무도 그립다. 하지만 소리를 되찾기에는 그 기억들이 너무나도 모호하다. 그러나 언제까지 상실의 나날을 보낼 수는 없다. 뒷짐 진 채 나 자신을 방관할 수만은 없다.

나는 눈을 뜬다. 나는 벽에 글씨를 쓰기 시작한다.

'나 아닌 내가 여기에 있었다. 그리고 그들도 여기에 있었다. 비렁뱅이 식구도, 여학생 임산부도, 김 씨 부부도…….'

나는 자살을 꿈꾼다.

나를 스스로 죽인다는 건 나의 숙제이기도 했다. 그동안 숙제를 풀기 위해 예습 복습을 밥 먹듯이 해왔다. 그러나 그것은 소스를 찾기 위한 준비 과정에 불과했다. 소스에 버무릴 내 몸뚱이는 아직 준비되지 않은 것 같지 않다. 내 삶은 반복의 일상이었다. 그 반복되는 일상에서 또 다른 나를 발견하고 싶었다. 하지만 좀처럼 새로움을 찾을 수 없었다. 나는 마른오징어에 간장과 마요네즈가 들어간 소스를 찍어 먹는 방식으로 삶에 미련을 품고 있다.

독의 유혹

담배 연기가 못된 상상과 함께 내 폐를 가득 채운다. 잠시 머물다 사라져 버리는 유혹. 마음은 그 유혹을 피해 뒷걸음질 친다. 머물지 않을 거라면 차라리 자리하지도 말지. 왜 겁을 잔뜩 주고 떠나가 버리는 것인가.

　녀석은 나를 폐허 속으로 꾸역꾸역 밀어 넣는다. 처음부터 만나지 말았어야 했을 인연이었다. 그러나 그 인연은 벌써 15년이 넘도록 나의 발목을 잡고 있다. 어쩌면 죽을 때까지 나의 발목을 잡고 놓아주지 않을 것이다.

　내 아내가 이혼서류를 내밀었듯이 나도 담배의 유혹에 금연의 서류 한 장 내밀고 싶다. 한 걸음 앞서 나가면 두 걸음 먼저 걸어가는 유혹을 나는 따라잡을 수 없다.

　아내는 이혼서류를 내밀고 그 길로 조금의 망설임도 없이 내 곁을 떠나고 말았다. 버려진 그 이후의 시간은 척박한 악몽뿐이었다.

　이혼한 그날 나는 사표를 썼다. 그리고 조금의 망설임도 없이 은둔하며 스스로 상실의 늪으로 빠져버렸다. 술만 실없이 퍼마셨다. 그 이상의 의지는 없었고 그러면 그럴수록 몸은 형편없이 망가졌다.

　나는 드디어 상상도 못 했던 꿈을 꾸기 시작했다. 나는 철저하게 혼자가 되는 법을, 그 누구의 기억에도 남아 있지 않고 사라지는 법을 찾고 있었다.

시작은 복잡함 없이 아주 단순했다. 차라리 죽자 했다. 하지만 아직도 미련이 많은 탓에 죽을 수 없었다. 그리고 내게는 나에게서 나를 빼앗아 갈 용기가 없었다.

자살이 용기로 둔갑해 버리는 데는 그리 긴 시간이 걸리지 않았다. 그 순간 나는 돌이킬 수 없는 자살 중독에 빠지고 말았다. 그리고 스스로를 망가뜨리며 그동안 별짓을 다 했지만 나는 번번이 자살에 실패하고 말았다.

이 순간 말 그대로 나는 죽지 못해 살아가는 중이다.

이미 스쳐 지나간 시간은 돌아오지 않는다는 것이 더 고약하다. 돌아온다고 해도 이제는 생소할 것 같지도, 의미가 있을 것 같지도 않다.

더는 연연하지 않기로 했다. 오직 나에게는 삶의 그 마지막 순간 나를 대하는 자세에 대해서만 생각했다.

아내와의 관계는 그다지 돈독하지는 않았다. 조금이라도 사랑이 남아 있었다면 아내는 떠날 생각을 하지 않았을 것이다. 아니 그 조금의 사랑 때문에라도 아내는 떠났을 것이다.

10년 동안 아내의 뒤에 숨겨져 있었던 내연의 남자. 그 때문에라도 더는 자신을 용서하지 못했을 것이다.

"미안해."

그 말뿐이었다. 아내는 단호했고 단 한마디도 용서라는 단어를 언급하지 않았다.

생각해 보면 아내는 단 한 번도 사랑한다는 말하거나 표현한 적이 없었다. 우리에게는 어차피 없었던 사랑이었다. 내 삶에 사랑이 없었다는 것에 나는 분노할 수밖에 없었다. 그렇다고 이미 마음이 떠나간 아내를 잡고 싶은 마음도 없었다. 울분이 쌓이면 쌓일수록 나는 나를 괴롭히는 일에 열중했다.

나란 인간은 막돼먹은 인간이 분명하다. 혼자라는 것이 이렇게 아픈 것이라는 것을 알았다면 나는 절대 혼자가 되지 않았을 것이다. 오늘도 미련하게 삶의 가닥을 놓지 못하고 신경안정제를 먹는다. 그러나 약은 나에게 아무런 도움이 되지 않는다. 무뎌지지 않고 예민해지는 나에 대한 최소한의 배려일 뿐이다.

새로운 시작이 필요하다. 하지만 그 시작은 결코 쉬운 일이 아니다. 아니 어쩌면 쉬운 일일지도 모른다. 나는 이혼을 한 그 순간부터 새롭게 시작하고 있었는지 모른다. 그렇지만 이런 내가 나는 싫고 모든 것이 다 귀찮다.

베란다에서 담배를 피우며 나는 아래를 내려다본다. 떨어지면 그만이다. 그 어떤 것에도 연연할 필요가 없을 것이다.

창문을 연다. 그러나 나는 차마 아래를 내려다보지 못한 채 눈을 감는다. 그 무시무시한 중력의 무게를 감당할 수 없다. 창문을 닫는다. 차라리 살자. 자살은 결코 용기가 될 수 없다. 자살이 용기가 될 수 있었다면 이 세상 사람 중의 3분의 1은 자신을 원망하거나 탓하지 않을 것이다. 그중에는 분명 나도 끼어 있었을 것이다.

거실로 돌아와 텔레비전을 켰을 때 나는 또 다른 유혹을 느꼈다. 독의 치명적인 유혹. 유혹은 바람을 타고 술렁이며 내게로 왔다.

주방장의 날 선 눈빛에 복어도 빠드득 바드득 이빨을 갈았다. 바다를 놀이터 삼아 뛰어놀던 삶의 믿음은 저 푸른 바다를 뒤로한 채 도마 위에서 이빨을 잃었다. 그리고 타의에 의해 하늘을 훨훨 날 수 있는 한 마리 학으로 변신 중이다. 푸른 하늘을 복어는 바다라고 생각할 것이다. 복어는 죽어서도 꿈을 꾼다.

복어는 말한다. 울지는 말자. 차라리 몸에 남아 있을지 모를 맹독으로 유혹하자. 그리고 복수하자. 그러나 그것은 복어의 희망 사항일 뿐. 칼 하나로 무장한 베테랑 조리사는 그 치명적임을 용납하지 않는다. 그 치명적임을 오히려 맛의 유혹으로 승화시킨다.

나는 테트로도톡신에 매력을 느꼈다. 그것이라면 죽음도 비껴가지 못할 것이다. 게다가 손쉽게 구할 수 있지 않은가. 가자, 수산시장으로. 그러나 준비가 되지 않았다. 먼저 나를 아는 만큼 복어를 알아야 한다. 그리고 한 번쯤 먹어봐야 하지 않을까.

옷을 갈아입고 나는 밖으로 나선다. 거리는 내게 항상 낯설다. 거리를 걷고 있는 나는 내가 아니다. 가면을 쓰고 걸어가고 있는 나. 나는 또 누구일까?

드디어 녀석과 마주하고 앉았다. 불쌍한 녀석, 하지만 은밀한 유혹으로 항상 비수를 감추고 있는 녀석. 주방장의 실수로 나는 죽을지도 모른다. 혼수상태에 빠질지도 모른다. 그러나 주방장의 칼 솜씨를 깎아내릴 생각은 없다.

소주를 마주하고 앉아서 입맛을 다신다. 너는 한 마리 학이다. 너는 당장에라도 날개를 퍼덕이며 하늘로 날아오를 기세다. 날아오르려고 부리를 내미는 순간 나는 가볍게 깃털 하나를 뽑는다. 녀석의 깃털은 입으로 가져가자 입안에서 사르르 녹는다.

정말이지 치명적인 맛이다. 그 맛을 느끼면서도 나는 테트로도톡신을 생각한다. 나는 연연한다. 제발 테트로도톡신이 남아 있기를. 하지만 소량의 테트로도톡신도 존재하지 않을 것이다. 경력 25년의 주방장이 실수할 리 만무하다.

학 한 마리가 내 입속으로 날아 들어왔다. 반주로 마시던 소주도 그 맛을 더해 주었다. 그 맛을 느끼는 사이 홀 안은 사람들로 가득 찼다.

나만 혼자다. 저들은 함께할 수 있는 누군가가 있어서 행복해 보인다.

반면 나만 유일하게 외롭다. 죽음과도 맞바꿀 수 있는 치명적인 유혹도 더는 내 입에서 맛을 뽐내지 못한다.

즐겁지 않다. 나는 앞으로도 즐겁지 않을 것이다. 빌어먹을 세상. 혼자라는 것이 이렇게 비참하리라고는 생각하지 못했다. 진즉에 알았더라면 인간관계를 더욱 돈독하게 했을 텐데. 내 삶이 우울해지는 순간이다.

떠들고 즐겁게 마시라지. 나는 너희가 즐거운 만큼 더 무감각하게 술잔을 기울일 것이며 그런 나를 느끼며 최대한 불쌍해질 것이다.

앞으로의 일들이 기대된다. 복어를 만난 것이 내게는 어쩌면 행운일지도 모른다. 그래 운명일지도 모른다. 나는 테트로도톡신을 동경하기 시작한다. 나는 더는 혼자가 아니다. 내게 엄청난 녀석이 소리 없이 뛰어들어왔다. 반갑다 녀석아. 하지만 섣부른 판단은 금물이다. 녀석의 테트로도톡신을 빼앗을 때까지는. 그때 동경해도 무방하다.

다행히 내게는 한식 조리사 자격증이 있다. 군대에서 조리병으로 있을 때 따 두었던 것이 이렇게 도움이 될 줄은 몰랐다. 지금 당장에라도 요리학원에 등록해서 복어조리사 준비를 해야겠다. 새로운 도전은 열정을 동반한다.

나는 테트로도톡신을 소주잔에 가득 따른다. 그리고 망설이지 않고 단번에 비워낸다. 맛이 일품이다. 먹은 후 20분부터 중독이 시작될 것이다. 섭취한 양에 따라 그 시간은 빨라질 수도, 느려질 수도 있다. 2mg으로 중추신경과 말초신경이 마비되어 나를 잃는 것이다. 그다음은 나의 못된 상상이 결말을 이룰 것이다. 마시자. 마시고 죽자. 나는 못된 상상을 꿈꾸며 소주를 마셨다. 그렇게 3병쯤 마시고서 자리에서 일어섰다.

집에 어떻게 돌아왔는지 기억이 나지 않는다. 지난밤, 학 한 마리가 내 입안으로 들어온 것밖에는 기억이 없다. 지긋지긋한 블랙아웃이다. 블랙아웃은 뒤이어 숙취를 동반한다. 짬뽕 한 그릇을 시켜 먹고서야 나는 숙취를 해결할 수 있었다. 완벽한 해소는 아니다. 적어도 오늘 하루는 두통과 속 쓰림을 동반한 채 악몽 속을 걸어야 할 것이다.

복어와 같은 맹독이 나에게도 있었으면 좋겠다. 그러면 좀 더 대범할 수 있을 텐데. 살아오면서 나는 단 한 번도 대범했었던 적이 없었다. 늘 중간만을 선호했다. 그 이상을 원했던 적이 없었다. 세상이 흘러가는 대로 시간이 흘러가는 데로 나는 우직하게도 살아왔다. 그러면서 스스로 행복하다고 생각했다. 하지만 그것은 결국 파국으로 치닫고 말았다.

이혼서류를 접수 시키면서 내 삶을 되짚어 보았지만 나는 결국 체념하고 말았다. 무질서한 일상에서 나는 과연 무엇을 할 수 있을까? 라는 생각으로 일상을 보냈다. 그리고 이제야 삶의 방향을 잡았다. 못된 상상과 함께.

살아야 할 이유는 내게 없다. 그렇다고 죽어야 할 이유도 내게는 없다. 단지 나 자신이 싫을 뿐이다. 그리울 것도 없다. 그리워할 대상도 없다. 외롭게 살다가 외롭게 떠나면 그뿐이다. 누가 나에게 안주하겠는가. 체념은 더 처참해질 뿐이며 스스로를 깊은 병에 이르게 한다.

가족이 없는 내게는 미래도 없다. 가족이 생기더라도 내게는 미래가 없다. 2세를 낳을 능력도 내게는 없다. 무정자증이라는 것을 알게 되었을 때 아내가 냉담했던 것처럼 누군가도 그렇게 나를 또 떠날 것이다. 그래서 나는 혼자인 것을 고집해야 한다. 연연하지 않을 것이다. 연연해 봐야 남는 것은 자괴감뿐일 것이기에.

늦은 오후를 맞이한다. 집 근처에 요리학원이 있었던가? 나는 노트북을 켜고 검색을 시작한다. 오늘이 아니면 다시는 용기를 내지 못할 것이다. 꼭 오늘이어야 한다는 의미는 없지만 그렇다고 내일로 미루어야 할 이유도 없다. 나른한 오후 검색을 시작하자마자 집 근처에 요리학원이 있다는 것을 알았다. 그리고 전화를 걸었다.

"시험 접수는 하셨나요?"
"아직 접수하지 않았습니다. 접수 기간이 어떻게 되죠?"

"오늘까지입니다. 먼저 시험 접수부터 하시고 특강 신청을 하시죠. 그러는 편이 나을 것 같은데. 되도록 시험 장소를 인천으로 해 주세요. 그쪽이 합격할 확률이 높거든요. 빌려 쓰는 곳이 아니라서 시험장도 깨끗합니다. 동선도 좋아요. 우리 학원에서는 그곳으로 원생들을 많이 보내거든요. 그럼, 언제든지 방문해 주십시오."

"꼭 접수해야 하는 건가요?"
"그럼요. 이왕 하시는 거 자격증은 따셔야죠."

하필이면 오늘까지라니. 가는 날이 장날이라고 하질 않았던가. 그래도 다행이다. 시험 접수를 할 수 있어서. 인터넷 접수사이트에 가입하고 사진을 등록시킨 후에 나는 시험 장소를 선택했다.

애초에 자격증까지 딸 생각은 없었다. 단지 복어에 대해 알고 싶었을 뿐이다. 내친김에 포털사이트의 복어 자격증 카페에도 가입했다. 어쨌든 복어를 알기 위해서는 나도 어느 정도 무장을 하고 있어야 한다. 솔직히 복어를 알고 싶은 생각은 없다. 단지 테트로도톡신에 대해서 알고 싶을 뿐이다. 무색, 무미, 무취. 그 성격도 나와 많이 닮았다.

마음이 변하기 전에 나는 옷을 갈아입고 외출준비를 했다. 집에서 그리 멀지 않은 곳이라 걸어가도 좋을 것 같았다. 포근한 날씨, 내 두꺼운 옷차림이 너무 투박해 보인다. 가벼운 티셔츠 차림이 어울릴 법한 날씨다. 나는 괜스레 움츠러든다. 계절의 변화에 민감했던 내가 이제는 둔한 존재가 되어 길을 걷고 있으니. 내게 소홀한 탓이다. 다 외로운 탓이다. 모두가 나의 탓이다.

학원에서 알려 준 대로 방향을 잡았다. 그러나 생각처럼 쉽게 찾을 수 없었다. 이제 길치까지 된 모양이다. 그래도 포기하지 않고 학원을 찾아 헤맸다.

행인의 어깨가 스쳐 지나가기도 하고, 누군가의 폐에 들어갔던 담배 연기가 찌든 냄새와 함께 내 코끝을 자극하기도 했다. 역겨웠다. 생각 같아서는 그 누군가를 물씬 때려주고 싶은 생각이 들었다. 그러나 나는 그럴 용기가 없다. 단 한마디 건넬 자신감도 없다. 그것은 내가 살아온 방식이다. 나도 담배를 피우면서 남을 욕하다니 그건 있을 수 없는 일이다. 그렇게 나는 살아왔고 앞으로도 그렇게 살아갈 것이다. 이제는 그런 내가 지겹다.

나이가 아깝고, 날씨가 아깝고, 시간이 아깝다. 빨리 학원을 찾아야 할 텐데. 길을 빙빙 돌아 겨우 3층에 있는 요리학원을 찾았다. 하지만 막상 요리학원으로 들어가려니 망설여졌다. 못된 상상이 현실로 되돌아오는 것을 감수해야 하기 때문이다.

나는 일순간 겁을 집어먹었다. 무슨 일을 하든 간에 나는 겁부터 집어먹는 성격이다. 잠시 마음을 다독인다. 저 문을 들어서지 못한다면 나는 테트로도톡신을 소유하지 못할 것이다. 그리고 나는 무료한 나날을 나약하게 살아가다가 어느 길가 모퉁이에 쪼그리고 앉아 초라한 마지막을 마주하겠지. 아니면 스스로 만들어 놓은 감옥 아닌 감옥 같은 공간에서 백골이 된 후에나 발견될 것이다. 그렇게는 절대 살지 않을 것이다.

문을 열었다. 그리고 이제부터가 시작이다.

"어떻게 오셨죠?"
"아까 전화했던 사람입니다. 복어 특강 신청하러 왔습니다."
"아, 그러세요. 이쪽으로 앉으세요."

원장으로 보이는 50대 여성이 맞이한다. 말을 꺼냈으니 이제 되돌아 나
갈 수도 없는 일이다.

"칼은 있으세요?"
"없는데요."

원장은 복어 실기시험에 필요한 칼과 도구들을 장사치처럼 내 앞에 내
밀었다. 위생복, 앞치마, 위생모, 계량컵, 계량스푼, 회칼, 생선칼 등
등. 필요한 것이라니 사야 했다. 그리고 수강비와 함께 카드로 결제했
다. 그것은 온전히 못된 상상에 대한 투자다.

"그럼, 내일부터 시작하죠."
"저 혼자 하나요?"
"아닙니다. 여자 한 분이 더 계십니다. 내일 오후 두 시부터 시작하는
것으로 하죠."

"그분도 처음인가요?"
"네."

혼자가 아니라니 다행이다. 얼핏 인터넷 검색 중에 봤던 것이 생각났
다. 여자보다는 남자들이 더 선호하는 것이 바로 복어조리사라고. 그만
큼 힘들고 고된 일일 터이다. 어쨌든 내일부터 시작이다.

나는 왔던 길을 되돌아 걸어간다. 집으로 돌아오는 데는 긴 시간이 걸리지 않았다. 그사이 숙취가 말끔히 사라졌다. 아마도 새로운 도전에 대한 흥분 때문일 것이다. 처음 시작이라 설레기 시작했다. 테트로도톡신이 내 온몸의 엔도르핀으로 되살아나는 기분이다.

나는 복어에 대해 다시 알아볼 심산으로 노트북을 마주하고 앉았다. 독의 유혹, 나는 그 유혹에서 벗어나지 못하고 카페를 이리저리 돌아다녔다. 테트로도톡신에 노출되면 검은콩을 끓여 그 물을 마신다거나, 물을 많이 마셔 구토를 유도하여 위 속에 남은 독소를 제거해야 한다거나, 이뇨 효과가 있는 녹차를 마셔 몸속에 남아 있는 독을 배출할 수 있도록 해야 한다는 민간요법까지 샅샅이 훑었다. 뭐 최대한 빨리 병원으로 옮기는 것이 나을 테지만.

복어를 제독하는 방법과 복어의 난소에 가장 많은 양의 테트로도톡신이 있다는 것과 청산가리의 10배가 넘는 맹독이라는 것까지. 복어 한 마리가 수십 명을 한 번에 죽일 수 있다니 이 얼마나 경이로운 일인가. 정말이지 복어라는 녀석은 내가 생각했던 것보다도 더 대단한 놈이다. 해마다 테트로도톡신에 중독되어 죽는 사람들이 종종 있다고는 들었지만.

난 테트로도톡신에 대해 완전 정복을 꿈꾸었다. 그 얼마나 간단한 일인가. 생각 같아서는 복어 난소와 내장을 푹푹 삶아 배불리 먹고 싶다. 또못된 상상이다. 그 대단함에 매료되면 될수록 나는 복어의 추종자가 되어가고 있었다.

몸속의 테트로도톡신이라는 어마어마한 독을 품고 드넓은 바다를 돌아다니다가 재수 없이 잡혀 독을 빼앗긴 채 죽음을 맞이하는 복어의 영혼이 안타깝기는 하지만 그래도 나는 복어처럼 몸속에 독을 품고 싶다.

독의 유혹은 나를 가만히 내버려 두지 않았다. 설렘은 곧 기쁨으로 내게 다가왔다. 내 선택은 확고했다. 나는 마지막을 복어와 함께할 것이다. 매력 있는 녀석. 나는 녀석을 사랑하게 될지도 모른다.

시곗바늘은 제각각 흘러간다. 먼저 선두 주자로 초침이 달리면 그 뒤로 분침이 달린다. 그렇게 한 바퀴 돌았을 때 그제야 시침이 게으른 한숨을 내뱉는다. 이 얼마나 불공평한 일인가. 초침이 마라톤을, 분침이 장거리를 달린다면 시침은 고작 100m를 달리는 꼴이다. 그것은 빌어먹을 규칙이다. 시계가 없는 세상에서 살고 싶다. 나는 여태까지 초침에 불과했다. 그 나머지는 상위 계층이 나누어 먹은 셈이다. 그래서 홧김에 사표를 냈다. 이혼도 아주 큰 작용을 했다. 하지만 이혼이 아니었더라도 나는 사표를 던질 생각이었다. 틀에 박힌 일상이 싫었고 그 틀에 맞추어지는 내가 싫었다. 나는 오로지 자유로워지고 싶었다.

결혼생활도 문제였다. 만약 내가 아이를 가질 수 있었다면 나는 더 자유롭지 못했을 것이다. 여하튼 나는 이제 자유다. 하지만 자유라고 보기에 나 자신을 너무 틀에 가두어 두는 것만 같아 그것이 싫다. 자유를 만끽하자. 새로운 시작이 바로 눈앞에 있다. 아니, 새로운 마지막이다.

새롭게 시작하는 그 하루다. 요리학원 문을 열고 안으로 들어섰다. 실습을 마치고 나오는 여자들이 보였다. 아마도 주부 수강생인 듯했다. 나는 부끄러움을 많이 타는 성격이다. 그래서 수강생들을 똑바로 볼 수가 없었다. 그 시간에 수강 신청을 한 남자라면 분명 직업이 없을 것으로 생각할 것이다. 그래, 나는 직업이 없다. 그러나 직업을 갖고 싶은 생각도 없다. 한 달만 견디면 된다. 아니 그전이라도 나는 생의 마침표를 찍을 수 있을 것이다.

문을 열고 30대 초반의 여자가 안으로 들어왔다. 아마도 나와 함께 실습할 수강생인 모양이다. 주부 수강생들과는 뭔가가 달랐다.

나는 여자와 가벼운 눈인사를 하고 실습실로 들어갔다. 여자도 따라 들어왔다. 우리는 서먹함을 감추지 못한 채 원장이 들어오기를 기다렸다. 복어 실습은 원장이 직접 한다고 들었다.

복어란 녀석을 처음 만져본다. 비록 살아 있는 복어가 아닌 냉동 복어지만. 등과 배에서 까슬까슬한 가시가 미묘하게 만져진다. 원장이 능숙하게 복어 잡는 요령을 선보였다. 우린 마주하고 서서 원장이 선보인 방법을 복습하기 시작했다.

독한 녀석, 이빨이 그토록 튼튼한지 몰랐다. 역시 내가 생각했던 것처럼 대단한 녀석이다. 그래서 제일 먼저 이빨을 제거하는 모양이다. 그다음으로 지느러미와 껍질을 제거하고 독이 가장 많이 들어 있다는 내장을 제거한 다음 눈도 제거한다. 머리를 반으로 자른 후에 골을 빼내고 물에 담그는 것으로 일차적인 제독은 끝이 난다. 그런데 녀석의 내장은 너무 지저분하다. 비린내가 올라와 내 코끝을 삼켜버렸다. 아마도 냉동 복이기 때문에 그런 것 같다.

나는 그 내장이 탐이 난다. 여자는 벌써 쩔쩔매기 시작했다. 역겨운 내장 냄새에 당혹스러운 표정을 지으며 난감해하고 있었다. 나는 복어 중에 내장에 가장 관심이 많이 갔다. 독이 가장 많은 부분이기 때문이다. 복어는 각 부분에 독을 지니고 있다. 내장, 눈, 골, 그것만 제거하면 복어는 힘을 지닌 강자가 아니다. 무장해제를 당하고 전쟁터에 버려진 시체다.

몸통은 석 장 뜨기를 하고 물에 담가 남아 있는 여분의 테트로도톡신을 제거한다. 그리고 겉껍질 안쪽의 점막을 제거한 다음 겉껍질의 가시 부분을 칼로 민다. 몸통 살은 면보에 싸서 물기를 빼고 기다리면 된다. 그 동안 나는 버려진 내장을 이리저리 살폈다. 지독한 악취, 녀석의 게걸스러운 식욕을 대변한다. 원장은 틈틈이 실습을 도왔다.

이제 속껍질을 정리하고 몸통 살을 회로 떠야 한다. 그 어떤 회보다도 얇게 떠야 한다. 하지만 냉동 복이라 그런지 생각처럼 회를 뜰 수 없었다. 물컹물컹 손에 익지 않았다. 원장은 냉동 복이라 그렇다고 말했다. 시험장에서도 같은 복어가 나온다는 말을 덧붙였다. 그렇다면 할 수 없는 일이다. 냉동 복어의 특성에 맞추어 손에 익히는 수밖에.

회를 뜨고 접시에 올리고 있을 때까지도 여자는 복어 겉껍질에서 헤어 나오지 못하고 있었다. 여자에게는 좀 버거운 듯 보였다. 그래도 여자는 최선을 다하고 있었다. 이마에 맺힌 땀, 실습하는 모습이 여려 보였다.

여자에게는 향긋한 냄새가 난다. 복어 내장의 역겨운 냄새를 잡아먹는 향기. 여자는 도대체 어떤 독을 품고 싶은 것일까. 어쨌든 접시에 회를 떠서 부채모양으로 올려놓았다. 처음이라 엉망이기는 했지만 그래도 나름대로 마음에 들었다.

다시 안쪽으로 회를 떠서 마찬가지로 올려놓았다. 원장이 고개를 끄덕이며 처음치고는 잘한다는 칭찬을 곁들였다. 남은 회로 가운데에 장미 꽃을 만들고 그 위에 옆 지느러미로 나비를 만들어 올렸다. 데친 겉껍질과 미나리를 가지런히 올려놓고 남은 겉껍질로 작은 갈매기 만들어 놓았다. 그렇게 실습은 끝이 났다.

여자는 어떤 생각을 하고 있을까? 어떤 생각으로 이 무시무시한 녀석을 상대하려고 하는 것일까? 겉모습을 보아 여자는 이럴 일을 할 사람이 아니다. 하여튼 나는 여자의 시선을 얼핏 살폈지만 단 한 번도 여자는 나에게 시선을 주거나 한눈을 팔지 않았다.

실습을 끝내고 접시를 닦아 조리대 밑에 넣어 두었다. 그로서 복어와의 첫 만남은 무사히 끝났다. 하지만 손에 배어 있는 복어의 체취는 아무리 닦아도 가시지 않았다. 질긴 녀석이다. 여자도 실습을 끝내고 접시를 닦기 시작했다. 나는 먼저 실습실을 나왔다.

여자와의 대화는 한마디도 없었다. 여자 또한 실습하는 동안 단 한마디도 하지 않았다. 여느 사람 같았으면 궁금한 점을 쉴 사이 없이 물었겠지만, 여자는 그런 귀찮은 일에는 신경을 쓰지 않았다. 오직 원장이 가르쳐 주는 대로 실습에 열중했다. 그 놀라운 집착에 주눅이 들 정도였다. 하지만 익숙해진다면 언젠가는 몇 마디 주고받을 사이가 되지 않을까.

그 어떤 생선보다도 더 맛있다는 녀석. 너와의 만남은 영원히 기억될 것이다. 하지만 녀석을 돈벌이로 이용할 생각은 전혀 없다. 나는 단지 직업을 얻기 위해서 녀석과 마주하고 선 것이 아니기 때문이다.

아까운 날씨, 나는 길을 걷는다. 집으로 돌아갈 생각은 없었다. 내가 향한 곳은 병원이었다. 신경정신과, 이혼 후 나는 정신과 약을 먹기 시작했다. 하지만 별 도움이 되지는 않았다. 약을 먹으면서 바깥출입이 줄어들었고 술 먹는 횟수가 줄었다는 것밖에는.

병원에서는 기다리는 시간이 곤혹이다. 한번 들어가면 나올 생각을 하지 않았다. 무슨 할 말이 그리 많은지 시간을 잡아먹기 일쑤다.

내 앞으로 아직 6명의 사람이 있으니 족히 한 시간은 넘게 기다려야 할 것 같다. 그냥 돌아갈까도 생각했지만, 그동안 기다린 시간이 아까워서 돌아가지 못하고 있다.

의사와 마주하고 앉은 자리. 의사는 내게 공황장애와 우울증이 있다고 했다. 의사는 근황을 물어 왔다. 운동은 하는지 그동안 무슨 일을 하면서 지내왔는지. 나는 복어에 관해 이야기했다.

"테트로도톡신이라고 아세요? 저는 요즘 복어에 미쳐 있습니다. 취업 때문에 배우는 것은 아닙니다. 그래도 복어라는 놈 참 매력 있는 녀석입니다. 때론 그 테트로도톡신을 가진 녀석이 부러울 때도 있습니다. 저는 가진 것이 없기 때문입니다. 어떻게 생각하십니까?"

"그거 흥미롭군요. 하지만 이상한 생각을 하고 계시는 것은 아니겠죠? 그럼 안 됩니다."

"혹시 모릅니다. 죽음과도 맞바꿀 수 있는 맛에 테트로도톡신을 약간만 가미한다면 꿀맛이지 않을까요?"

"위험한 발상입니다. 그리고 수영장에 다닌다고 들었는데 요즘은 어떠세요?"

나는 의사와의 대화에 별다른 흥미를 느끼지 못했다. 의사의 추천으로 수영장도 몇 주 다녔었지만 별 도움이 되지 않았다. 언제부턴가 나는 의사에게 불신을 갖기 시작했다. 그렇다. 나를 도울 사람은 없다.

의미가 없다. 그래도 나는 길을 걷는다. 누구도 준비하지 못한 나만의 방식으로 의미가 없다. 그래도 나는 길을 걷는다. 누구도 준비하지 못한 나만의 방식으로 나는 나를 부추기고 있었다. 그 부추김은 곧 끝을 보게 될 것이다.

꽃들이 난무한 계절, 나는 과연 꽃의 진정성을 알고 있는가? 그렇다. 꽃은 단지 아름다울 뿐이다. 향기가 있을 뿐이다. 같이 수강하게 된 그 여자, 아카시아 향기였었던가. 아직도 그녀의 향기에서 나는 벗어나지 못하고 있다. 꽃의 향기보다 그녀는 아름답다. 그 집착이 아름답고 그 노력이 기특하다. 그녀와 난 무언가 알 수 없는 인연을 지니고 있는 듯하다. 복어는 이맘때쯤 강한 독을 품는다지.

특강은 한 달 뿐이다. 그녀와 만날 수 있는 날 또한 한 달 뿐이다. 그런데 나는 왜 그녀와의 실습을 기다리고 있는 것일까. 하지만 나는 사랑을 꿈꾸지 않는다. 그녀로 인해 내 삶을 돌이키고 싶지 않기 때문이다. 사랑은 의미가 없다. 적어도 나에게는.

20일이 흘렀지만, 그녀와 나는 한마디도 섞지 않았다. 그저 눈인사가 그만이었다. 그리고 오늘도 나는 못된 상상을 꿈꾸며 복어와 마주하고 선다. 그녀와 마주하고 선다.

평상시처럼 나는 실습을 마치고 밖으로 나왔다. 엘리베이터가 올라오기를 기다리고 있었다. 그녀가 나왔다. 항상 나보다 늦게 나오던 그녀가 다급하게 학원 문을 열고 나와 내 옆에 섰다. 나는 별 의미 없이 엘리베이터를 기다린다. 그녀도 엘리베이터를 기다린다. 의미가 있어야 할 조건은 아무것나는 나를 부추기고 있었다. 그 부추김은 곧 끝을 보게 될 것이다.

꽃들이 난무한 계절, 나는 과연 꽃의 진정성을 알고 있는가? 그렇다. 꽃은 단지 아름다울 뿐이다. 향기가 있을 뿐이다. 같이 수강하게 된 그 여자, 아카시아 향기였었던가. 아직도 그녀의 향기에서 나는 벗어나지 못하고 있다. 꽃의 향기보다 그녀는 아름답다. 그 집착이 아름답고 그 노력이 기특하다. 그녀와 난 무언가 알 수 없는 인연을 지니고 있는 듯하다. 복어는 이맘때쯤 강한 독을 품는다지.특강은 한 달 뿐이다. 그녀와 만날 수 있는 날 또한 한 달 뿐이다.

그런데 나는 왜 그녀와의 실습을 기다리고 있는 것일까. 하지만 나는 사랑을 꿈꾸지 않는다. 그녀로 인해 내 삶을 돌이키고 싶지 않기 때문이다. 사랑은 의미가 없다. 적어도 나에게는.

20일이 흘렀지만, 그녀와 나는 한마디도 섞지 않았다. 그저 눈인사가 그만이었다. 그리고 오늘도 나는 못된 상상을 꿈꾸며 복어와 마주하고 선다. 그녀와 마주하고 선다.

평상시처럼 나는 실습을 마치고 밖으로 나왔다. 엘리베이터가 올라오기를 기다리고 있었다. 그녀가 나왔다. 항상 나보다 늦게 나오던 그녀가 다급하게 학원 문을 열고 나와 내 옆에 섰다. 나는 별 의미 없이 엘리베이터를 기다린다. 그녀도 엘리베이터를 기다린다. 의미가 있어야 할 조건은 아무것도 없다.

엘리베이터에 올라탔을 때 그녀의 목소리가 들려왔다.

"술 한잔 하실래요?"
"네."

난 얼떨결에 대답하고 말았다. 그리고 요리학원 맞은편 호프집으로 우리는 자리를 옮겼다. 나는 서먹하게 앉아서 술이 나오기만을 기다렸다. 그녀도 마찬가지였다.

"결혼은 하셨어요?"

왜 그 말을 했는지 모르겠다. 그러나 그녀는 그 말에 별로 신경 쓰지 않는 듯했다.

"네, 했어요. 하지만 지금은 혼자예요. 남편이 떠나더군요. 사실 처음부터 이런 말을 하는 것은 좀 그렇지만. 난 아이를 낳을 수 없는 여자거든요. 그 사실을 알고 남편이 떠났어요."

"그녀 역시 떠나더군요. 내가 무정자증이라는 걸 알았을 때 떠나면서 그러더군요. 우리의 만남은 악몽이었다고. 잘못된 만남이었다고."

어쩌면 그렇게 같을까? 정말 인연이란 말인가? 우린 이런저런 말을 서슴없이 주고받았다. 동병상련의 아픔을 공유했다.

여자는 끝내 자신의 이름을 밝히지 않았다. 나 또한 이름을 밝히지 않았다. 그렇지만 시험 날짜는 공유했다.

21일 같은 시간, 그녀와 내가 시험을 보는 날이다. 나는 합격이든 불합격이든 상관이 없다고 말했고 그녀 역시 자신도 시험에 연연하지 않는다고 말했다. 우린 같은 면이 많은 것 같았다. 나는 그녀를 사랑하게 될지도 모른다는 불안감을 느꼈다. 그녀는 충분히 사랑받을 수 있는 여자이기 때문이다.

"우리 시험 보는 날 축제를 열어요?"

나는 그 말이 무슨 말인지 알 수가 없었다.

"시험 본 그날 살아있는 복어를 잡아 보는 것은 어때요? 함께 말이에
요. 장소는 어디든 좋아요. 집이면 좋겠네요. 우리 집으로 할까요? 아
니면 그쪽 집도 좋고요."

"좋아요. 어디든."

재미있는 제안이었다. 나 역시 거부할 이유가 없었다.

"난 가끔 자살을 꿈꿔요. 당신도 그렇죠?"
"네?"
"당신의 눈에서 나를 발견하곤 하거든요."

여자는 취한 것 같았다. 하지만 나도 취했다. 우린 그날 저녁 못된 상상
에 대해 많은 이야기를 나누었다. 그렇다면 과연 테트로도톡신은 우리
에게 어떤 작용을 할까?

시간은 중요하지 않다. 단지 결과가 중요할 뿐이다. 우린 요리학원에서
나오면 함께 술을 즐겼다. 술보다도 못된 상상을 즐겼다는 말이 더 옳을
것이다. 그렇게 열흘을 함께 보낸 뒤에 우린 시험을 쳤다. 시험을 잘 봤
든 못 봤든 그것은 우리에게 중요하지 않았다. 중요한 것은 바로 오늘이
라는 것이다.

우리는 가벼운 마음으로 수산물 시장을 찾았다. 그리고 그곳에서 살아 있는 복어를 샀다. 큼지막한 두 마리. 시장에서 지리용 재료를 사서 집으로 돌아오자마자 제독을 시작했다. 독이 가장 많은 난소는 따로 빼두었다. 그것으로 우리의 치사량은 충분하다. 아니, 차고 넘친다.

못된 상상은 늘 미련을 남기기 마련이다. 하지만 그녀는 달랐다. 그녀는 거침이 없었다. 복어 난소를 소금으로 닦아내고 맑은탕에 넣었다.

복어회는 내가 떴다. 그녀보다는 내 실력이 좀 더 났기 때문이다. 우리는 복어 맑은탕을 먹기 전에 회를 먹으면서 술을 곁들였다.

막상 테트로도톡신을 마주하고 있자니 미련이 남았다. 그래서 술만 마셨다. 그렇게 복어 맑은탕이 식기를 기다렸다가 다시 끓이기를 반복했다. 그리고 우린 술에 절었다.

복어 맑은탕을 먼저 먹은 것은 나였다. 뒤이어 그녀가 맑은탕을 먹었다. 우리의 인연은 그것으로 끝이다. 못된 상상의 결말이다. 나는 속이 후련했다. 복어의 뼈까지 발라가며 맛있게 먹었다. 그녀 또한 지지 않으려는 듯 게걸스럽게 복어 맑은탕을 먹었다. 그리곤 기억을 잃었다.

머리가 아프다. 숙취 때문일 것이다. 잠에서 깨어났을 때 나는 한쪽에서 웅크리고 쓰러져 있는 그녀를 보았다. 죽었구나. 그럼 같이 먹은 나는 왜 죽지 않았을까?

나는 그녀의 곁으로 다가가 기척을 살폈다. 살아 있다. 숨을 쉬고 있다. 그렇다면 어제 우리가 먹은 것이 복어 난소가 아니란 말인가? 그럼, 복어의 정소?

우린 복어 난소와 정소를 제대로 구분하지 못한 치명적인 오류를 범했다. 아! 못된 상상이 날아가는 순간이다. 그녀가 눈을 떴다.

"여기가 지옥인가요? 아니면 천국인가요?"
"여긴 지옥도 천국도 아닌 현실입니다. 우린 복어 난소를 먹은 것이 아니라 정소를 먹은 겁니다. 안타깝게도."

우리의 못된 상상은 그것으로 끝이 났다. 그렇게 우린 다시 태어났다.

안경을 잃어버렸다

시력을 잃었다.

적어도 지난밤까지 시력은 살아 있었다. 그런데 하룻밤 사이에 시력은 온데간데없이 사라지고 말았다. 그렇다고 누구를 탓할 수도 없다. 그 모든 것은 나에게서 비롯되었기 때문이다.

사물의 형체들. 또렷하지 않은 망각의 늪. 가까이 다가가야만 느껴지는 사물의 정체성이 싫다. 공간과 공간 사이가 뿌옇다. 마치 김이 서린 것처럼. 시계의 초침이 달리는 순간, 분간할 수 없는 기억의 조각들이 흩어졌다가 천천히 모이기 시작한다.

어제, 나는 가지 않겠다고 했다. 하지만 어머니는 꼭 가야만 한다고 고집을 부렸다. 아침부터 막걸리 한잔에 거나하게 취해 주말을 만끽하려던 나의 희망은 그렇게 물거품이 되고 말았다. 작은할머니의 팔순 잔치니 가지 않을 수도 없는 노릇이었다. 게다가 거리가 먼 것도 아니었다.

직업을 몰수당한 백수. 그것이 내 직업 아닌 직업이다. 그러다 보니 친척들을 만나는 것이 그리 달가운 편이 아니었다. 재취업은 물론이고 이렇다 할 노력 없이 온종일 캔버스를 마주 보고 앉아서 그림 같지도 않은 그림을 그리고 있으니 못마땅한 시선은 불을 보듯 뻔한 일이다.

나는 그림 그리는 것을 좋아했고 또 사진 찍으러 다니는 것을 좋아했다. 그렇다고 그것이 직업은 될 수 없었다. 좀 더 안정적인 것이 필요했고 나는 직업을 선택해야만 했다. 하지만 회사의 부도와 함께 나는 직업을 잃었다.

그림 속, 사진 속 풍경이 나를 노려보고 있다. 그 숨 막힐 것 같은 자책감이 나를 채근한다. 시력을 찾아야 한다. 흩어진 기억의 퍼즐 조각들을 모으기 시작한다. 제아무리 흩어진 망각의 늪이라도 돌이켜 낼 수 있을 것으로 생각했다.

호텔 피로연장에서 어른들이 주는 술을 가리지 않고 마셨다. 그것도 모자라 때론 혼자서 술잔을 기울이기도 했다. 그러다 보니 시간은 제멋대로 흘렀고, 시간은 삐뚤어지기 시작했다. 술과의 전쟁은 벌써 선포되어 있었다.

피로연이 끝나고 뿔뿔이 흩어졌다. 나는 큰 당숙의 손에 이끌려 또다시 술과의 전쟁을 한바탕 벌였다. 무슨 말이 오고 갔는지 모른다. 단지 그곳, 그 자리에 앉아 있었다는 것밖에 기억이 나지 않는다. 그리고 당숙과 어떻게 헤어졌는지 모른다. 시간은 멈출 기미 없이 밤을 향해 내달렸고 나는 어느새 술김에 작은할머니 댁으로 발길을 옮기고 있었다. 그러다가 가족과 뒤풀이하고 귀가하는 작은할머니를 만났다. 나보다 두 살 아래인 작은 당숙과 마주했다. 우린 의기투합하여 근처 호프집으로 들어갔다. 그때까지만 해도 분위기는 좋았다.

막걸리, 소주, 맥주, 호프. 그 모두는 내가 대적해야 할 적이라는 것을 나는 잊고 있었다. 방심하던 찰나 나는 기억을 테이블 위에 올려놓고 말았다. 다만 기억나는 것은 낯선 누군가가 앞에 앉아 있었다는 것이다. 한참 후에야 나는 그가 작은 당숙이라는 것을 알았다. 그리고 기억이 끊겼다가 다시 돌아온 것은 피시방에서였다. 어떻게 피시방까지 갔는지 기억나지 않는다.

제아무리 기억해 내려 해도 온라인게임의 비밀번호가 떠오르지 않았다. 피시방에서 나온 것도 같다. 집으로 되돌아온 것도 같다. 그리고 생각나는 것은 집에 들어서자마자 옷을 훌훌 벗었다는 것이다.

팬티 차림의 나. 그리고 11월, 가을을 지우기 위해 피어오르는 냉기. 나는 2층 현관 밖에 누워버렸다. 견딜만했다. 모두가 술기운 때문이었을 것이다. 그리고 눈을 떴을 때 나는 시력을 잃은 채 침대 위에 누워 있었다.

안경을 찾기 위해 손을 뻗었지만, 어딘가 허전했다. 있어야 할 자리에 안경이 없는 것이다. 처음에는 설마 했다. 집안 어딘가에 안경이 있을 거라는 생각으로 마음을 다잡았다. 주섬주섬 어제 입었던 옷을 챙겼지만, 안경은 찾을 길이 없었다.

순간의 그 아찔함, 망각의 수렁 속으로 한도 끝도 없이 빠져들어 가고 있었다.

덜컥, 나는 어쩌면 시간의 형체에 갇혀버릴지도 모른다는 생각했다. 아니 갇혀 있었다. 그러면서도 어딘가에 내 시력을, 기억을 되찾아 줄 안경이 있을 것으로 생각했다. 그 안경은 내가 제일 아끼는 것이며 고작해야 10번 남짓 썼던 새 안경이었다. 더군다나 여자 친구에게서 선물로 받은 안경이기에 나에게는 특별한 것이었다.

여분의 안경이 두 개가 더 있었지만 나는 오기가 발동했다. 꼭 안경을 찾겠다는 각오. 안경을 찾으면 몰수당했던 어제의 기억을 고스란히 되찾을 수 있을 것 같았다. 그러나 그것은 마음대로 되지 않았다. 나는 온전하지 않은 조각들 사이에서 바동거리는 중이었다. 연연할수록 까마득해지는 건 무엇 때문일까? 더는 그 냄새나고 칙칙한 수렁에서 허우적거리고 싶지 않았다.

희미해진 눈동자로, 술독이 채 가시지 않은 얼굴로 대충 모자를 쓰고 피시방으로 향했다. 피시방으로 내려가는 계단 앞에 섰다. 저 아래는 분명 내 안경과 내 기억의 조각 하나가 남아 있을 것이다. 하지만 계단에서 만난 피시방 주인은 어제 왔을 때 안경을 쓰고 있었으며 나갈 때도 역시 안경을 쓰고 나갔다고 했다. 그렇다면 안경은 집안 어딘가에서 나의 손길을 애타게 기다리고 있을 것이 뻔하다. 다행이었다. 나는 안도하며 집으로 되돌아왔다.

안경 찾기가 시작됐다. 안경 찾기는 곧 기억 찾기다. 그 반대편 선상에 놓인 것은 빌어먹을 블랙아웃이다.

내 눈에서야 비로소 빛을 발하는 내 안경. 나에 의해서만 존재할 수 있는 의미. 그렇지만 그 어디에서도 안경을 찾을 수는 없었다. 나는 점점 더 조급해지기 시작했다.

꼭꼭 숨어라. 머리카락 보인다. 흐릿한 시간의 잔영들이 말한다. 그래, 꼭꼭 숨어라. 내 기억은 다시 내가 소유하게 될 테니까. 나는 어제 다녔던 술집들을 생각해 냈다. 먼저 집 앞에 있는 추어탕 집으로 향했다. 주인 여자는 나를 기억하고 있었다. 나갈 때 안경을 쓰고 있었다는 것까지도. 다음은 호프집으로 향했다. 한 가닥 희망을 안고 소득이 있을 것으로 생각하면서.

"지난밤에 혹시 안경을 두고 가지 않았나요?"
"아니요. 안경을 두고 갔으면 제가 챙겨 놓지요."

 여자가 서랍장을 뒤지는 시늉을 해 보이더니 고개를 저었다. 내 마지막 희망마저도 사라지는 순간이었다. 나는 걸어오면서 집 어딘가에 분명히 있을 거라고 단정 지었다. 그렇지 않고서는 안경이 감쪽같이 사라질 리 없었다.

 더는 돌이킬 수 없는 시간의 잔영 사이로 나는 참혹한 패배자가 되어 걷고 있었다. 술과의 전쟁에서 나는 완패한 것이다. 그러나 완전한 패배라고 보기에는 아직 이르다. 결코.

 술로 망가진 몸과 마음은 숙취를 동반한다. 그 숙취를 최단 시간에 풀기 위해서 나는 종종 해장술을 선택하기도 한다. 잃어버린 기억을 되찾기 위해서 나는 다시 술과의 전쟁을 선포했다. 엄밀히 말하자면 내 기억을 되살리기 위해서 호랑이 굴로 다시 뛰어 들어가는 것을 마다하지 않은 것이다. 술은 안경을 찾을 소스였다.

맥주를 사서 집으로 돌아왔다. 내 얼굴에는 비범함이 가득했다. 잔에 술을 따랐다. 어디 버텨보라지. 나를 이겨내지는 못할 테니까. 그러나 그것은 나의 고집에 불과했다. 술기운이 올라왔지만 지난 시간을 돌이키기에는 뭔가가 부족했다.

이대로 지고 싶지는 않다. 나는 본격적으로 보물찾기에 돌입했다. '까짓거 돈 주고 안경을 새로 사면 되잖아'라고 스스로 의지를 깎아내리기도 했지만, 시작된 보물찾기를 나는 멈출 수가 없었다. 안경을 되찾았을 때의 그 희열을 위해서.

어디에서부터 시작할까?

나는 먼저 신발장 위를 살폈다. 그러나 기대는 이내 꺾이고 말았다. 그렇다면 옷을 벗어 놓았던 자리에서부터 다시 실마리를 찾아보는 것은 어떨까. 나는 한동안 그 자리에 서 있었다.

보물은 언제나 찾기 힘든 법이다. 나 역시 그것을 감수하고 있었다. 그러나 아무리 생각해도 미궁 속이다. 한참 동안 서 있다가 나는 그 자리에 주저앉고 말았다. 다시는 술을 마시지 않겠노라고 다짐하면서, 술과의 전쟁 따위는 무모한 짓이라며.

전열을 가다듬고 다시 도전이다. 책장, 옷장, 책상 서랍, 진열장, 그 어디에서도 안경의 종적을 발견할 수는 없었다. 듬성듬성 빠져버린 치아처럼 안타깝기만 한 내 기억의 조각들. 자꾸만 어긋난다.

나는 침대 위에 초라하게 누웠다.

지난밤을 다시 생각하고 또, 다시 생각했다. 그러다 보면 찾을 수 있을 거라고 믿었다. 냉장고, 드라마에서 보면 전화기를 냉장고에서 종종 찾아내는 것을 본 적이 있었다. 나는 후닥닥 냉장고로 달려갔다. 그리곤 냉장고의 냉장실이며 냉동실을 샅샅이 뒤졌다. 그러나 없었다.

나는 시간 속에서 점점 희미해져 간다. 어쩌면 내 존재의 의미마저 퇴색되어 조각난 기억들과 뒤섞일지 모른다.

거울 앞에 섰다. 그리곤 희멀건 눈을 똑바로 바라보았다. '모두가 네 탓이야.' 하면서 나를 나무랐다. 술과의 의미 없는 전쟁을 나무랐다. 잃어버린 기억이 소중한 일부분이라는 것을 그제야 알았다.

예전에도 이런 기억이 있었다. 그때는 다행히 술집 주인이 안경을 보관하고 있어서 찾을 수 있었다. 그러나 지금은 그와 반대다. 그 누구도 안경의 흔적을 말해 주는 이 없었다. 처음부터 안경을 찾는 것은 무리였는지 모르겠다. 그러나 어차피 나의 몫이다. 전쟁에서 무기를 잃어버리다니 그것참! 어이없는 일이다. 무기 없이 어떻게 술과의 전쟁을 치렀을까?

가만히 눈을 감는다. 시계 초침의 잔악한 혀가 나의 몸을 핥고 지나간다. 순간 섬뜩함이 느껴지면서 등에 식은땀이 흘렀다. 그 섬뜩함을 다시는 겪고 싶지 않다.

찾을 만한 곳은 모두 찾아보았다. 그래도 나오지 않았다.

"도대체 나더러 어쩌란 말이야."
나도 모르게 쏟아져 나오는 신경질.

언젠가는 지갑을 잃어버렸다. 그리고 모자도 잃어버린 적이 있었다. 우산을 잃어버리는 것은 예사다. 그러면서도 술과의 그 전쟁을 끝내지 못했다. 술을 끊으면 될 일이다. 아예 전쟁을 꿈꾸지 않는 것이 나을 것이다. 나는 금주를 되새김질해 냈다. 동시에 위가 더부룩하면서 뒤틀리기 시작한다.

전자레인지는 말해 줄 수 있을까? 나는 전자레인지 문을 혹시나 하는 생각에 열었다. 역시나 희망이 사라지고 말았다. 싱크대 문을 열고 멍하니 앉아 있기도 했다. 그러나 안경에 대한 실마리를 도통 발견할 수는 없었다.

내 존재에 대한 상실감을 나는 극복해야 한다. 나는 되도록 차분하려 노력했다.

'머리를 굴려! 시간을 되찾는 거야. 너는 할 수 있어. 여기에서 포기한다면 너는 영원한 낙오자가 되는 거야.'

나 자신을 채근하는 나도 이제는 막막할 뿐이다.

"오늘은 어때? 오늘 하루도 물론 잘 보냈겠지. 그럼 남은 시간은 나와 놀아 줄 수 있겠네. 오늘 하루가 썩 기분 좋은 날이 아니었더라도 나에게 위로를 받으면 좀 나아질 거야."

돌이켜 보면 술이란 녀석은 음흉한 미소를 감춘 채 그런 식으로 다가오곤 했다. 그러면 나는 그 욕구를 잘라내지 못한 채 또 술과의 전쟁을 선포했다. 늘 그랬다.

기억을 잃어버린다는 건 패배를 의미한다. 물건을 잃어버린다는 건 패배의 증표다. 그리고 굴욕이다. 술은 전쟁하라고 생겨난 것이 아니다. 즐기라고 생겨난 것이다.

친구가 있었다.

"너는 술을 마시지 않을 때는 참 좋은 놈이다. 그런데 술을 마시기 시작하면 사람이 달라 보여."
"어떻게 달라 보이는데?"
"넌 개야!"

언젠가 술자리에서 친구가 한 말이 생각났다. 나는 마시려던 술을 친구의 얼굴에 붓고 귀싸대기를 갈겼다.

"그럼 너는 개와 같이 술을 마시는 거냐?"

그날 친구는 아무 소리 없이 되돌아갔다. 나는 씩씩거리며 술을 벗 삼아 화를 달랬다. 다음날 친구는 전화로 다시는 나와 술을 마시지 않겠다고 말했다. 나는 그날 개였던 것이 분명했다. 그날 이후로 나는 그 친구와 술을 마시지 않는다.

술은 공공의 적이다. 그래서 나는 술과 싸우기를 마다하지 않았다. 그러나 그녀는 달랐다. 내가 만났던 그녀는 공공의 적과 싸우는 것이 아니라 자신과 싸웠다. 돈을 벌기 위해 어쩔 수 없이 술과의 전쟁을 선포한 그녀가 불쌍해 보이기도 했지만 정작 불쌍한 쪽은 나였다. 의미 없는 싸움에 목숨을 걸고야 마는 바보 같은 녀석.

그녀를 두 번째 만난 날 나는 길을 잃었다. 그녀가 나를 사랑하는 것이 아니라는 것을 알면서 술기운에 그녀를 안았다. 그녀는 그만의 대가를 돈으로 받았다. 그리고 내 옆에 누웠다. 우린 벌거벗은 채 음침한 모텔 방 안에서 숨을 쉬고 있었다. 서로 술에 취해 술 냄새를 분간할 수는 없었다. 대신 그녀의 거짓되고 과장된 신음에서 술 냄새가 배어 나왔다. 나는 술 냄새를 탐닉했고 그녀는 돈을 탐닉했다.

미친 짓이었다. 아마 꿈이었을 것이다. 술에 취해 객기를 부리다가 길을 잃고 집에 들어가지 못했던 밤이었다. 만신창이로 술의 노예가 되어 버렸던 그 밤은, 그 꿈은 생생하게 나를 짓누르고 있었다.

다음날 잠에서 깼을 때 모텔 방에는 벌거벗은 나만 남아 있었다. 그 후로 나는 그녀를 다시는 만나지 못했다. 나는 그녀의 얼굴을 기억하지 못한다. 다만 그녀가 벌거숭이였다는 것밖에는. 서로 믿질 것은 없었다. 그녀도 벌거숭이, 나도 벌거숭이였으니까. 꿈인지 현실인지 가늠할 수 없는 기억의 조각들이다. 그때부터 만취해서 집에 들어올 때면 나는 팬티만 입고 현관 밖에서 자는 버릇이 생겼다.

나는 술과 사랑에 빠졌었는지도 모른다. 부질없는 사랑, 두려움 없는 사랑, 소지품을 잃어버려 가면서, 시력을 잃어 가면서도 보잘것없는 사랑을 스스로 예쁘게 포장했던 바보 같은 놈! 의미 없는 사랑에 나는 구역질이 났다. 욕실로 달려가 속을 게워 내고 나서야 한숨을 돌릴 수 있었다.

다시는 가까이하기 싫은 녀석. 제아무리 벌거숭이라고 해도, 제아무리 예쁘게 화장한 그녀라고 해도 이제는 안고 싶지 않다. 그것은 거짓 사랑이기 때문이다. 수십 명 아니 그 이상이 다녀갔을 벌거숭이 몸뚱이 위에서 쉬고 싶은 생각은 이제 추호도 없다.

지금도 어디에선가 사랑을 나누고 있을 것이다. 가랑이 사이 서지 않는 그곳을 끈질기게 세우려 노력하면서. 더 망가지기를 바랄 것이다. 잔혹한 존재. 기억을 야금야금 벗겨 먹으면서 아무런 죄책감도 없이 사랑을 꿈꾸는 녀석. 너에게 어떻게 복수를 해 줄까? 도대체 어떻게 해야 만족할 수 있겠니? 차라리 진정한 사랑이었으면 좋겠다. 그렇다면 내 모든 것을 주어도 아깝지 않을 텐데.

너를 탓하지는 않겠다. 단지 내가 원하는 것은 잃어버린 기억과 기억 안의 시간, 그리고 네가 가져간 전리품인 내 안경을 돌려받으면 그만이다.

기억은 파도를 몰고 와서 포말로 깨져버리고 만다. 나는 이 순간 깨진 포말의 조각 맞추기에 전념해야 한다. 기억을 되찾아 주는 가전제품이 있었으면 좋겠다. 기억을 뒤쫓을 수 있는 타임머신이 있었으면 좋겠다. 사진을 찍어둘 걸 그랬나.

내 머릿속에 설치되어 있던 CCTV는 더는 제 기능을 하지 못한다. 부품을 교체해야 한다. 그렇지 않다면 CCTV는 영원히 제 기능을 하지 못할 것이다.

아련한 침묵이 흐른다. 움직임이 없다. 침대 위에 시체처럼 누워 있다가 나는 잠이 들고 말았다.

또 다른 오늘이다. 기억의 소멸. 사라진 존재의 슬픔. 찜찜한 하루가 다시 시작이다. CCTV 모드 변경. 클래퍼보드(clapperboard)가 재빠르게 손뼉을 친다. 나는 집착이 강한 편이고 미련이 많은 편이다. 그래서 쉽게 싫증을 낸다거나 포기하는 법이 없다.

처음은 '혹시'라는 단어에서부터 시작된다.

안간힘을 쓰며 침대를 옷장 쪽으로 당긴다. 침대 사이에 안경이 끼었을지도 모를 일이다. 안경은 없다. 다시 원점으로 돌아온다. 상관없다. 내 집착은 이제부터가 시작이니까. 어제는 보물찾기에 불과했다면 오늘부터는 집착의 시작이다. 집착하면 집착할수록 간절해지는 것. 나는 조각난 기억을 사냥한다.

사냥꾼의 눈은 날카롭고 정확해야 하며 빈틈이 없어야 한다. 물론 한 치의 흐트러짐도 없어야 한다. 초점은 살얼음판을 걷듯 조심스럽고 흔들림 없어야 한다. 조금의 실마리도 놓쳐서는 안 된다. 그리고 사냥할 대상에 모든 것을 집중해야 한다.

작업할 때 쓰는 안경을 찾아 쓴다. 이제 준비는 다 됐다. 본격적인 시작만 남았다.

세탁기 속을 들여다본다. 내 머릿속을 들여다보는 것 같은 착각. 텅텅 비어 있다. 그러면 그렇지.

내가 소개팅을 처음 한 것은 고등학교 2학년 겨울쯤이었다. 학교 앞 분식집에서였는데 아직도 생생하게 기억난다.

그날 오후는 야무진 눈초리에 쓰디쓴 하품이 매달려 있었다. 그때는 수줍은 그녀였다. 입술을 지그시 깨물고 있는 모습이 순박해 보였다. 처음의 교감. 내 교감신경을 송두리째 빼앗곤 빈털터리로 만들어 놓았던 그녀. 나는 그날 집에 들어가지 못했다. 친구 집에서 그녀의 향기에 취해 잠이 들었다.

그녀가 지금처럼 그 녀석으로 진화하게 될 줄은 꿈에도 생각하지 못했다. 녀석이 다시 어떤 모습으로 진화하게 될지는 아직 모르겠다. 술이라는 그 녀석은 순식간에 진화한다. 그리고 나는 그 녀석의 친구도 알게되었다. 바로 담배라는 녀석이었다. 그 녀석들과의 첫 소개팅을 나는 후회한다. 하지만 언젠가는 소개받았을 녀석들이었다.

나는 녀석에게 총구를 겨눈다. 녀석이 나를 그렇게 만들었다. 어디 한번 방아쇠를 당겨 볼까?

탕!

심장을 꿰뚫는 소리. 하지만 빗나가고 말았다. 무모할 뿐이다. 녀석은콧방귀도 끼지 않는다. 녀석도 사냥꾼이다. 기억 사냥꾼. 그런 녀석이당할 리 없다. 그러나 나는 포기하지 않을 것이다. 녀석을 혼내는 일은내 몫이고 안경을 찾아야만 나는 녀석을 용서하게 될 것이다. 내 이마에는 벌써 땀방울이 송골송골 맺히기 시작했다.

쓰레기봉투, 재활용 봉투 속에도 없다. 그렇다면 어디에 숨어 있을까?난 안경을 어디에 팔아먹은 것일까?

사냥감은 때론 아주 가까운 곳에 자신의 흔적을 남기기 마련이다. 그렇다면 현관 밖에서부터 시작이다. 현관문을 열자, 찬바람이 싸하게 코끝을 스치고 지나갔다. 어떻게 이런 날씨에 팬티만 입은 채 밖에서 나뒹굴었을까? 나는 현관 밖을 꼼꼼히 살피기 시작했다. 그래도 없다. 속이 타기 시작한다.

소홀했던 나를 용서해라. 내 기억들이여, 그리고 실마리를 제공해 줄 내 안경이여. 나는 큐브 속에 있다. 큐브를 맞추지 못한다면 나는 그 속에서 영영 벗어나지 못할 것이다. 큐브는 내 머릿속이다. 나 자신을 스스로 채근하기 시작한다.

다시 안으로 들어왔다. 신발장 앞에 서서 진지해진다. 그리고 온몸의 감각들을 집중하기 시작한다. 신발장 사이로 빠졌을지 모른다. 신발장을 통째로 끌어낸다. 흐릿한 기억의 굴레. 도대체 내가 어떻게 해야 하는지 알 길이 없다. 돌아설 수는 없다. 그렇다고 물러설 수도 없다. 그렇다면 내가 할 수 있는 일은 기꺼이 다가서는 것뿐이다. 포기할 때도 됐는데 왜 그리 집착하는지 모르겠다고. 그건 이제 오기 때문이다.

나는 온 집안을 발칵 뒤집어 놓을 생각이다. 평소에는 알지 못했던 잡동사니가 왜 이렇게 많은가. 좀 더 담백하게 살 수는 없었던 걸까? 결혼한 것도 아닌데 뭐가 그리 많은지. 하지만 잡동사니들은 언제부턴가 내게 묵은지처럼 김치찌개를 끓이면 진한 맛이 배어 나오는 것들이다. 차마 외면할 수 없는 내 몸뚱이들.

초인종이 울린다. 나는 죄지은 사람처럼 절로 깜짝 놀라고 만다. 올 사람이 있었던가? 현관문을 연다. 여자 친구가 앞에 서 있다.

"약속 잊었어?"
"약속!"

그제야 생각이 났다.

"시간이 벌써 그렇게 됐나."
"뭐 하고 있었어?"
"안경 찾고 있었어."
"설마?"

순간 들키고 말았다. 아마 설마가 사람 잡는 거라지. 어떻게 해서든 순간의 모면이 필요했다. 그러다가 침대맡으로 달려갔다. 휴대전화가 생각났기 때문이었다. 설마 휴대전화까지 잃어버렸다면. 휴대전화는 항상 놓아두는 그 자리에 있었다. 배가 고팠던지 제 몫을 해내지 못한 채 잠들어 있었다. 일단은 다행이었다. 이렇게 쉽게 안경도 찾을 수만 있었다면 조각난 기억들도 자연스럽게 되돌아왔을 텐데.

조각난 기억과 안경. 이제는 안경을 찾기 위한 도구가 조각난 기억이 되어 버렸다. 둘은 상관관계를 지니고 있다. 조각난 기억과 안경은 동일 선상에 있다. 그래서 그토록 조각난 기억을 맞추기 위해 안간힘을 쓰는 중이다.

여자 친구는 어느새 외투를 벗고 있었다.

"술 먹고 어디에다가 빠뜨리고 들어온 건 아니고? 집에 쓰고 들어오긴 온 거야? 잘 생각해 봐. 오빠 술 마시면 물건 같은 것 잘 챙기지 못하잖아. 오빠, 정말 이참에 술 끊어야겠다. 오빠 친구 말대로 오빠 머릿속에 미친개가 사는 건 아니겠지?"
"집에 있을 거야. 아니 있어."

여자 친구도 나를 도와 안경을 찾기 시작했다. 나는 조각난 기억을 맞추기 위해 노력했다. 기억이 먼저인지 안경이 먼저인지 모호해지기 시작했다. 제아무리 찾아도 안경은 그 어디에서도 나오지 않았다. 우리는 슬슬 지쳐가고 있었다.

비밀의 문아, 열려라! 공간이 울렁거리기 시작한다.

시간은 멈추는 법이 없다. 그러나 때론 조각난 채 멈추기도 한다. 멈춘 시간의 언저리에서 발만 동동 구르고 있을 때 여자 친구는 되돌아갔다. 안경을 찾지 못하면 헤어지겠다는 파격적인 조건을 달고.

이제 나는 세 가지를 걱정해야 한다. 조각난 기억과 안경의 존재 그리고 다가서는 이별의 그림자. 술과의 전쟁은 너무 불공평했다. 한순간 무방비 상태에 놓였던 나를 무참하게 짓밟았던 것도 모자라서 기억과 안경까지 빼앗아 가다니. 고약한 녀석!

별수 없다. 벌거숭이가 되어 조각을 찾아 맞추어 보는 수밖에. 나는 옷을 벗기 시작했다. 그리고 팬티만 입은 채 현관 밖으로 나가 뒹굴었다. 그렇게 10분쯤 되었을까, 아무런 느낌도 징조도 없었다. 더는 추워서 누워 있을 수도 없었다. 안으로 들어온 나는 막막해졌다. 다음 상황을 유추하기 시작했다.

밖에서 뒹굴었으니, 샤워를 했을 것이다. 안경을 벗었던 상황이 밖으로 나가 뒹굴었을 때인지 아니면 샤워하기 위해서 욕실에 들어섰을 때였는지는 알 길이 없다.

무작정 샤워를 했다. 그리고 수건으로 물기를 닦았다. 그러면서 욕실의 이곳저곳을 기웃거렸다. 없다. 욕실에서 나와 나는 속옷을 갈아입었을 것이다. 속옷을 갈아입기 위해 서랍을 열었다. 또 없다.

그 뒤에는 무엇을 했을까? 피곤해서 침대에 눕지 않았을까? 그럴 것이다. 나는 침대 위로 올라가 누웠다. 그것이 다였다. 왜 이렇게 사람의 애간장을 태우는 것일까.

침대에 누운 채 눈만 끔뻑거린다. 숨이 막혀 온다. 삶의 자락이 너무나 흐릿하다. 내 일상에서 시간이 멈춘 것은 토요일 밤이다. 되돌아가고 싶은 시간. 하지만 돌이킬 수 없는 시간이다. 무엇을 어떻게 해야 할지 알 수가 없다. 조각난 시간의 굴레는 점점 더 미궁 속으로 빠져들어 간다.

추어탕 집에서, 호프집에서, 피시방에서 난 정말 안경을 쓰고 있었을까? 의문이다. 그렇다고 재확인하기 위해서 그곳을 다시 찾을 수도 없다. 그들이 거짓말을 했을 리 없다. 그들이 내 시력을 담고 있는 안경을 무슨 필요로 가로채겠는가. 일단은 그들의 말을 믿을 수밖에 없는 상황이다. 나의 몫을 다른 사람 탓으로 돌리고 싶지도 않다. 그것은 비겁한 처사다.

언젠가, 어디에선가 불쑥 튀어나올지 모른다. 하지만 나는 기다릴 수 없다. 기다림이 길어질수록 내 기억의 조각들은 더욱 산산이 부서져 버리고 말 테니까. 그러다 보면 영영 안경을 되찾을 수 없을지 모른다. 그래서 나는 더 집착할 수밖에 없다.

뒤죽박죽되어 버린 일상이 나를 노려보고 있다. 날카로운 길고양이의 눈으로 금방이라도 나를 할퀴고 지나갈 것만 같다. 어둠이 두렵다. 불을 켠다. 입에서 한숨이 절로 나온다. 그 어떤 여유도 없다. 나는 점점 심약해져 간다.

휴대전화에 밥을 준다. 난 배가 고프지 않다. 나는 밥을 먹을 자격이 없다. 정지된 시간의 조각을 찾는 것이 시급하다. 술과의 전쟁 따위는 이제 안중에도 없다. 당분간은 그 전쟁이 역겨울 것이다.

그녀, 술과의 전쟁을 직업으로 삼았던 그녀를 다시 만나기 위해 찾아갔었다. 친구와 술을 마시다가 술기운이 올라 이런저런 대화를 나누다가 불쑥 그녀의 말을 꺼냈었다. 친구는 자기가 술을 사겠다며 그곳으로 가자고 했다.

우린 택시에 올라 그곳으로 향했다. 하지만 그곳에 그녀는 없었고 그녀처럼 전쟁터에 몸뚱이를 무기 삼아 나온 여자는 많았다. 우린 진탕 술을 마셨다. 두 테이블을 해치우고 가려는데 여자가 잡았다. 남은 술을 마저 마시고 가라고. 친구는 갔고 나는 여자와 함께 술을 마셨다. 그리고 눈을 떴을 때 나는 모텔 방에 발가벗겨진 채 버려져 있었다.

술집에서 무슨 일이 있었는지, 어떻게 모텔 방으로 들어왔는지, 왜 발가벗겨져 있는지, 나는 알 수 없었다. 기억이 조각난 것이다. 나는 먼저 지갑을 찾았다. 카드가 있는 것을 알고 안심했다. 뒤이어 휴대전화를 살폈다. 휴대전화에는 내가 결제한 기억이 없는 액수가 SMS로 날아와 있었다. 순간 역겨움이 일었다.

기억을 찾기 위해 안간힘을 썼다. 집으로 돌아온 나는 카드를 도용당할지 모른다는 생각에 카드사에 전화를 걸어 카드 분실신고를 했고 재발급 신청을 했다. 그것이 내가 할 수 있는 전부였다. 나는 그 이후로 기억 상실에 대한 집착 때문에 한 달 동안을 가위에 눌린 채 살았다. 그리고 멈추었던 기억들은 되찾지 못한 채 흐르는 시간과 함께 까마득해지고 말았다. 지금이 바로 그런 상황이다.

안경만이라도, 애인을 바라볼 수 있는 시력만이라도 되돌려 줄 수는 없는 걸까?

또 오늘이다. 토요일 밤 그 상태로 일시에 정지된 시간인 오늘. 오늘은 기필코 찾을 것이다. 오늘이 아니면 집착도 느슨해질 것이 뻔하다. 오늘을 고비로 안경을 찾아내던지, 아니면 그 모든 것을 포기한 채 똑같은 안경을 새로 살 것인지 결정해야 한다.

새로운 오늘을 맞이하고 싶다.

나는 오늘을 반성한다. 나는 애인을 만날 염치가 없다. 나는 뒤진 곳을 또 뒤지며 안경을 찾기 위해 발버둥 친다. 그런 나를 벽시계가 조롱하듯 내려다보고 있다. 시계가 무료하게 하품한다. 며칠째 반복되는 일들 때문에 벽시계도 지루한 모양이다. 시계의 걸음걸이는 느슨했다. 놓친 것이 분명히 있을 것이다. 그러나 내 손이 닿지 않은 곳은 이제 없다. 그러나 미련을 버릴 수는 없다. 마지막 한 가닥 희망을 남겨둔 채 나는 서 있다. 집이 너무 낯설게 느껴진다. 이 공간에서 내가 서 있을 곳은 없을 것만 같다.

마치 운동장 한가운데에 외톨이처럼 덩그러니 남겨진 것만 같다. 천천히 집안 곳곳을 살핀다.

실종이다. 안경은 미아다. 집착과 노력은 이제 시간 속에 묻어 두어야 할 것이다. 나는 완전한 패배자다. 술과의 전쟁에서 수치스러움을 겪어야 했고, 나는 인정해야 한다. 다시는 너에게 도전하지 않겠다.

사람이 술을 마시는 것이 아니라 술이 사람을 먹는 것이다. 그리고 사람을 모두 먹어 치운 후에 술은 자신을 뜯어 먹는다. 결국에는 시간마저도 조각을 내놓고 음흉한 손을 내밀어 망각의 늪으로 끌어당긴다. 불공평하다고 생각하지 말자. 모두가 자초한 일이니까.

모든 것은 끝이 나고 말았다.

외출을 준비한다. 안경은 찾지 못했지만 똑같은 안경으로 새로 살 생각이다. 날씨가 춥다고 했던가? 옷을 입고 지갑과 휴대전화를 챙긴다. 그리고 가죽점퍼를 꺼내 입었다.

열쇠를 챙겨 신발을 신는다. 뒤는 돌아보지 않는다. 돌아봐야 미련만 남을 뿐이다. 내게 남은 것은 포기뿐이다. 이제는 멈추었던 시간이 흐를 수 있게 태엽을 감아주어야 한다. 현관문을 열자 차갑고 퀭한 바람이 앞을 가로막는다.

문을 잠그고 열쇠를 점퍼 안주머니에 넣는다. 동시에 열쇠와 무언가가 부딪히는 느낌이 든다. 안주머니에는 아무것도 넣어둔 기억이 없다. 무얼까? 안주머니에 손을 집어넣는다. 안주머니에서 꺼낸 것은 열쇠와 그토록 찾던 안경이다.

나는 기억의 조각을 움켜잡는다. 뿌듯해진다. 하지만 다른 조각들은, 아니, 다시는 조각에 연연하고 싶지 않다.

나를 가장하여 나인 척 나를 삼킨 녀석! 이제 너와의 이별을 고한다. 부디 다른 곳에 가서는 미친개가 되지 않기를 바란다. 녀석아!

내게 너의 기억이 있어

꿈이 뒤숭숭했던 탓일까, 아침부터 몸이 개운치 않았다. 게다가 수영 강습 시간 내내 몸이 찌뿌드드해서 건성으로 수영 강습을 진행하고 있었다.

 접영이 잘 안된다며 끌탕이던 여자 수강생을 못 본 채 한 것이 화근이었다. 수강생은 강사면 강사답게 제대로 가르쳐 줘야 하지 않느냐며 화를 냈다. 당연히 그것은 강사의 의무다. 나는 의무를 저버리고 만 것이다. 그렇다고 짜증을 내며 바락바락 기어오르는 여자를 보고 물러서고 싶지 않았다.

 "그동안 뭘 배운 겁니까? 이제는 알아서 할 때도 됐잖아요. 언제까지 회원님한테 신경을 써 줘야 하는 겁니까. 다른 수강생들은 보이지 않으세요. 아니면 개인 강습을 받던가. 그렇지 않으면 초급반으로 내려가 다시 배워 오세요."

 "그런 무책임한 말이 어디에 있어요. 가만히 있지 않을 거예요."

 여자의 얼굴이 붉게 상기되었지만 창피했던지 더는 대꾸하지 않았다. 여자는 그 길로 풀에서 나와 샤워장으로 들어가 버렸다. 그녀의 뒤로 싸한 냉기가 느껴졌다.

갈 테면 가라고. 그런다고 누가 겁이나 먹을 줄 알아. 실력도 안 되면서 중급반으로 올라와 깔짝대더니. 그래 어디 해보자. 싫으면 알아서 관두는 거야.

솔직히 그 여자 수강생은 다른 수강생들보다 유별났다. 항상 자기만 봐주기를 원했고 시간 날 때마다 여간 귀찮게 구는 것이 아니었다. 그렇다고 한 사람을 중점으로 수업을 진행할 수도 없는 노릇이다. 그렇게 되면 너도나도 자세를 잡아달라고 하는 통에 수업이 진행되지 않을 것이다. 그러다 보니 후배 강사에게 중급으로 올려보낼 때 신경 써서 올려보내 달라고 당부했던 적이 있었다.

그 여자 수강생은 막무가내였다. 중급 정도면 어느 정도 물에 익숙하므로 수업 시간에 한두 번 자세를 잡아주는 것이 고작이다. 그 여자 수강생을 다시 내려보낼까, 고민하던 차였다.

쌓였던 체증이 오늘에야 풀린 기분이었다. 하지만 쌀쌀맞게 대한 것이 조금은 미안했다.

입맛이 돌지 않아서 점심 자유 수영 시간을 후배 대신 봐주기로 했다. 10분 동안의 휴식 시간. 왠지 아침의 그 일이 찜찜해서 일이 손에 잡히지 않는다.

간편한 차림으로 옷을 갈아입고 화장실에 들렀을 때였다. 화장실 칸막이 너머에서 담배 연기가 모락모락 피어나고 있었다. 스포츠센터 내에서 흡연이라니. 어느 겁도 없는 사람이 담배를 피우는 거야.

나는 용납할 수가 없었다. 그래서 세숫대야에 물을 가득 받아 담배 연기가 솔솔 피어오르고 있는 화장실 칸막이 너머로 냅다 쏟아부었다.

"누구야!"

동시에 화장실 안에서 남자가 뛰어나왔다. 물을 뿌리고 후다닥 도망치려던 틈도 없이 나는 발목을 잡히고 말았다. 물을 뒤집어쓴 생쥐 꼴로 알몸인 채 뛰어나온 남자는 다짜고짜 내 멱살을 잡았다.

"저, 그게......."

나는 말을 끝까지 잇지 못한 채 금연이라는 안내지가 붙어 있는 곳을 손으로 가리켰다. 오른손에 들려 있던 세숫대야가 무색할 뿐이다. 나는 쥐구멍이라도 찾아야 할 판이었다.

"담배를 끄라고 하면 그만이지 왜 물을 뿌리는 겁니까?"
"그게....... 그러기에 왜 흡연을 합니까?"
"그것참. 이상한 사람이네. 당신 정신병자 아니야?"
"정신병자라니요. 그러는 당신은 뭡니까? 까막눈입니까? 혼자 사용하는 곳도 아니고 엄연히 금연이라는 걸 알고 있었을 텐데 담배를 피우다니요. 그건 잘한 일입니까? 지성인이라면 공공질서를 지켜야 하는 것 아닙니까?"

"그래도 이 사람이. 어디 두고 봅시다."

똥 묻은 개가 겨 묻은 개를 나무라는 비스름한 오후의 사단이었다.

끝내 일이 터진 것은 자유 수영이 끝나기도 전이었다. 사무실에서 호출이 온 것이다. 나는 동료에게 자리를 맡기고 사무실 문을 열고 들어가며 과장의 눈치를 살폈다. 과장은 화가 머리끝까지 올라 씩씩거리고 있었다.

"김 주임 오늘 도대체 어떻게 된 겁니까?"

짧은 스포츠머리의 정 과장이 책상을 내리쳤다. 두고 보자던 여자 수강생과 남자의 얼굴이 눈앞을 스치고 지나갔다. 그렇다고 자초지종도 들어보지도 않고 일방적으로 수강생 편에 선 상사의 모습이 먹잇감을 악착같이 뜯어 먹을 것처럼 게걸스러워 보였다.

"일하기 싫어요? 그럼, 내일부터 나오지 마세요. 집에서 푹 쉬면서 다른 일을 찾아보시던가. 오늘만 해도 두 번째예요. 그리고 이번 달만 해도 벌써 세 번째고. 어디 할 말 있으면 해보던가?"

"죄송합니다."

내가 할 수 있는 말은 그 한마디였다. 그렇다고 변명 같은 건 늘어놓고 싶지 않았다. 아무리 변명하더라도 센터 측에서는 고객의 입장을 더 생각할 것이 당연하기 때문이었다.

불같은 정 과장의 성격을 잘 알고 있었기 때문에 나는 말을 아꼈다. 그렇지 않았다가는 실업자 신세를 면하지 못할 것 같았다.

정 과장의 잔소리는 30분 동안 계속됐다. 그동안 나는 꿀 먹은 벙어리가 되어 귀를 막은 채 서 있었다.

처음부터 모두가 내 잘못이었다. 정 과장의 잔소리는 구구절절 모두 옳은 말이었고 나는 찍소리도 하지 못한 채 사무실을 나와야 했다.

잔소리를 실컷 얻어먹어서 그런지 점심 생각은 없었다. 이럴 때는 술 한 잔 거나하게 마시고 한숨 자는 것이 그만인데. 눈치를 보던 후배들도 슬금슬금 나를 피하기 시작했다.

잊어버리기로 했지만 잊을 수가 없었다. 생각 같아서는 당장에라도 때려치우고 싶지만 그렇다고 아내와 자식을 생각하면 그것도 마음대로 할 수 없었다.

오후 마지막 타임을 후배에게 맡기고 센터를 나왔다. 이른 퇴근이라 마땅히 갈 곳도 없었다. 다른 때 같았으면 친한 수강생 몇몇과 술을 마셨을 테지만 오늘은 싫었다.

남을 탓해봐야 소용없는 일이었다. 속만 끓이다가 주눅이 들 것이 뻔하기 때문이다.

그래 오늘은 혼자서 술이나 진탕 마셔보자. 풀에서 나와 뒤도 돌아보지 않은 채 이를 빠득빠득 갈며 샤워장으로 들어가던 여자의 뒤통수에 매달려 있던 창피함이 출렁이는 것 같아 헛웃음이 나왔다.

나는 센터 근처의 곱창집을 찾았다. 수강생들과 몇 번 들린 적이 있었다. 하지만 이 집은 곱창보다는 잡부 구이가 더 맛이 있다. 나는 잡부 구이 한 접시와 소주를 시켰다.

소주를 마시다가 키득키득 웃음이 쏟아져 나왔다. 아침에 있었던 여자 수강생과의 실랑이보다도 물을 뒤집어쓰고 화장실에서 뛰쳐나온 알몸의 남자 때문이었다. 수영복도 걸치지 않은 알몸으로 화장실에 앉아서 담배와의 차분한 시간을 음미했을 남자. 생각할수록 웃음이 쏟아져 나왔다. 운동하러 왔으면 운동이나 하고 갈 것이지.

나도 한때는 잘 나갈 때가 있었다. 대회란 대회는 싹쓸이해 가며 스포츠신문을 장식하던 유망주 시절이 있었다. 하지만 대학에 들어가면서부터 실력은 늘지 않고 괜한 군살만 늘었다.

훈련을 게을리했다기보다는 부상 때문이었다. 그리고 수영을 그만두겠다고 생각했을 때는 이미 늦었다. 그렇다고 다른 일은 생각했었던 적도 없었다. 할 수 없이 수영의 길을 저버릴 수 없었고 지도자의 길을 걷겠다던 생각도 생각처럼 만만했던 것은 아니었다.

"그래 잊자, 잊어버리자. 마누라를 생각해서라도. 요즘 같은 세상에 회사마저 잘린다면 이혼감이다."

소주를 3병쯤 마셨을까. 아직도 정신은 말짱하다. 한때 소주 8병도 앉아서 나발 분 적이 있는데 이것쯤이야. 소주 한 병을 더 시키려는데 누군가 어깨를 툭 치며 아는 체를 해왔다.

"선생님, 이른 시간에 벌써 이렇게 많이 마신 거예요?"

아줌마 수강생이었다.

"네, 안녕하세요."
나는 어정쩡하게 앉아서 인사를 했다.

"그 아가씨 좀 싹수가 없죠? 수영하는 것 보면 속 터져 죽겠어요. 기본기도 안 되면서 중급라인에서 쫄랑대고 다니는 것 보면 분통이 터진다니까요."

어느새 아줌마는 옆에 앉아 있었다.

"그렇게 눈치를 주는데도 모르네요. 저쪽 수영장에서도 여자 강사하고 싸워서 우리 수영장으로 옮겨 온 거라는데. 하여튼 당분간 그 아가씨 때문에 신경 쓰일 거예요. 저는 일행이 있어서 그만."

"그러세요."

아줌마 수강생은 함께 온 친구들과 합류하여 한쪽에 앉아 수다를 떨기 시작했다. 나는 자세를 다시 고쳐 앉았다. 갑자기 술기운이 올라왔기 때문이다.

늘씬한 몸매, 준수한 외모, 한 번쯤 남자의 마음을 뒤흔들어 놓을 만한 얼굴의 그 아가씨. 처음에는 호감이 있었지만 갈수록 비호감으로 변해 갔다.

알고 보면 사람들은 나름의 단점이 하나씩은 있다. 나도 그렇다.

참으면 될 걸 욱하는 성질을 참지 못해 오해를 샀던 적도 많았다. 친구들 사이에도 내 욱하는 성격은 정평이 나 있었다. 하지만 뒤끝은 없었다. 그때 그 자리에서 화해하면 그것으로 끝이었다. 그렇지만 내가 아무리 뒤끝이 없다고 할지라도 보는 사람들의 시각에는 차이가 있을 것이다.

그래 훌훌 털어 버리자. 나는 남은 소주를 마저 마시고 곱창집에서 나왔다. 그런데 배가 고프다. 그도 그럴 것이 안주로 시켰던 잡부 구이가 그대로 남았으니 배가 부를 리 없지.

집에 가서 라면에 맥주나 한잔 마시고 푹 자면 기분도 좀 나아지겠지.

나는 걷기 시작했다. 하지만 발길은 집으로 향하기보다는 내 생각과는 달리 다른 쪽으로 향하고 있었다. 술이 다시 술을 부르기 시작한 것이다.

나는 술을 마시면 폭주하는 버릇이 있다. 그래서 웬만해서는 술을 마시지 않는데 이미 그 선을 넘어버리고 말았다. 어차피 올라온 술기운을 억누르고 싶지 않았다. 내일이 비번이니 오늘은 폭주하더라도 아무런 지장이 없을 것이다.

벌써 소주를 3병 가까이 마셨기 때문에 친구들을 불러내는 것은 무리였다. 친구가 운영하는 횟집으로 갈까도 생각했지만, 바쁜 친구를 앉혀 놓고 푸념을 떨고 싶지 않았다.

무작정 걸었다. 집 근처에 가서 생각하는 것도 늦지 않다. 집 앞 실내포장마차에서 두루치기를 시켜놓고 주인장과 살아가는 이야기를 해도 좋을 것 같다. 하지만 내 발걸음은 어느새 편의점을 운영하는 친구에게로 향하고 있었다.

편의점 앞에 탁자를 펴고 앉아 입가심으로 맥주를 마시는 것도 그다지 나쁠 것 같지는 않았다.

그는 그리 친한 편에 속하는 친구는 아니었다. 고등학교 동창이었을 뿐 이렇다 할 추억은 없었다. 내가 운동선수여서 학업에 빠지는 날이 많은 탓이었다.

그 친구와는 고등학교를 졸업하고 10년 만에 연락이 닿았다. 경조사 때문에 자주 마주치다 보니 자연스레 가까워졌다. 하지만 아직도 거리감이 남아 있었다. 그것은 녀석이 그다지 술을 좋아하지 않기 때문이고 또 자신의 속내를 쉽게 꺼내 놓는 편이 아니기 때문이었다.

센터에서 있었던 일들을 더는 떠올리고 싶지 않았다. 더는 반복되는 삶에 토를 달고 싶지 않았다. 그런 일 한두 번 겪는 것도 아니고 사회생활이 만만치 않다는 것도 이제는 알기 때문이다.

"잘 있었니?"
"그래, 어서 와라."
"장사는?"
"그럭저럭."

시작은 그러했다. 통상적인 인사를 마치고 나는 편의점 앞에 펼쳐놓은 의자에 앉았다. 나는 맥주 두 병을 샀고 녀석은 시키지도 않은 오징어까지 구워 내왔다.

"제수씨는?"
"집에 올라갔어. 서로 밤낮이 다르니......."

녀석이 오징어를 뜯기 시작했다.

그전부터 올라오기 시작한 취기가 나를 엉망으로 흔들기 시작했다. 스스로 제어하지 못한 감정의 고저가 마구 쏟아져 나왔다. 그에 굴하지 않고 나는 맥주 두 병을 남김없이 마셨다.

그 와중에도 오징어에는 손도 대지 않았다. 내게 나쁜 버릇이 있다면 술을 마시면 목소리가 커진다는 것과 안주를 잘 먹지 않는다는 것이다. 그것을 녀석도 어느 정도 파악하고 있었다.

어느 날인가? 녀석은 자기 편의점에 올 때 술에 취해서 오지 말라고 했었다. 나는 그저 지나가는 말이려니 했다.

맥주 한 병을 더 잔에 따르면서 친구들에게 전화했다. 그러나 모두가 약속에 얽매여 있었다.

남은 맥주를 마시면 일어날 생각이었다.

녀석과 무슨 말을 했는지 모른다. 내 기억으로는 녀석에게 내 푸념을 털어놓거나 녀석을 귀찮게 한 적도 없었다. 녀석은 편의점 안을 들락거리며 손님을 받았고 나는 묵묵히 술잔을 기울였다.

"너, 가라."
"뭐라고?"

화근은 그렇게 시작되었다.

"보기 싫으니까 가라고."

녀석의 안색이 일순간 변해버렸다. 나는 녀석의 그런 태도에 기분이 상했지만, 그 자리에서 일어서지 않았다.

"무엇 때문에 그렇게 화가 났는데?"

"너 같은 친구 필요 없으니까. 다시는 오지 마라. 그리고 우리 이젠 그만 모르는 사이로 지내자."

"뭐야 인마."

"그냥 가라니까."

"싫은데."

"뭐 이런 녀석이 다 있어."

"뭐야 이 자식아. 넌 내가 그렇게 만만해 보이냐. 아무 이유 없이 가라니. 그것도 다시는 보기 싫다고."

하마터면 녀석의 얼굴에 레프트훅을 날릴 뻔했다. 그래, 내가 뭐 잘난 곳이 있다고. 오늘만은 그냥 당해주자. 기분이 더럽지만 말이다.

"말 섞기 싫으니까 빨리 가."

녀석은 자기의 기준에서 나를 형편없는 녀석으로 내몰고 있었다. 어이가 없었다. 둔탁한 둔기로 한 방 된통 얻어맞은 기분이었다.

돌변한 녀석을 이해할 수가 없었다. 이해하고 싶지도 않았다. 나는 멋쩍어 화를 억누르고 있었다.

나는 가라면 가고 오라면 오는 개가 아니다. 내 돈 내고 내 술 마시는데 누가 뭐랄 것이냐. 한심한 놈은 바로 너다. 네 녀석에게 술 한 잔 얻어먹은 적 없고, 네 녀석에게 아쉬운 소리 할 처지도 아니다.

녀석은 그냥 가라고 떠밀었지만, 나는 맥주를 더 마시고 가겠다며 승강이를 벌였다.

"왜?"
"형편없는 녀석. 너랑 사는 네 집사람도 뻔하다."

결국 녀석은 인상을 쓰며 편의점 안으로 들어가 버렸다.

미친 녀석. 하마터면 녀석에게 맥주병을 던질 뻔했지만 나는 애써 참고 또 참았다. 녀석의 말처럼 형편없는 사람이 되고 싶지 않았다.

도대체 무엇 때문에 토라진 것일까? 사람들은 대개 두 가지 부류로 친구를 선택한다. 자기에게 이득이 되거나 그렇지 않은 사람을 분류해 놓고 자신의 잣대로 판단해 버린다. 나는 오늘 녀석에게서 그다지 필요로 하지 않는 친구로 밑줄 그어진 것이다.

나도 사람들을 그런 식으로 대했던가? 물론 그럴 수도 있겠다.

나는 택시를 타고 집 앞에 내렸다. 녀석의 그 싹수없는 잣대가 기분 나빠서 집으로 향하지 않았다.

무시당했다는 생각 때문에 집으로 돌아갈 수 없었다. 무시당한 것은 비단 나뿐만이 아니었다. 나는 홑몸이 아니고 게다가 자식까지 있지 않은가. 그렇다면 녀석은 나뿐만이 아니라 내 가족들까지 비꼬아 한통속으로 밀어 넣은 것이다.

무시당했다는 생각 때문에 집으로 돌아갈 수 없었다. 무시당한 것은 비단 나뿐만이 아니었다. 나는 홑몸이 아니고 게다가 자식까지 있지 않은가. 그렇다면 녀석은 나뿐만이 아니라 내 가족들까지 비꼬아 한통속으로 밀어 넣은 것이다.

녀석의 저의는 알 수 없었지만 나는 괘씸함에서 벗어날 수 없었다. 그래서 정당하게 다시 나를 내세우고 싶었는지도 모르겠다. 문제는 또 거기에서부터 시작되었다. 불공평함을 공평함으로 만들기 위해 취기를 객기로 내세우고 말았다는 것.

눈을 뜬다. 아무 소리도 들리지 않는다. 조금의 움직임도 찾을 수가 없다. 모든 것이 귀찮다. 세상 일부분인 것이 후회될 때, 내 존재가 주목받지 못할 때다.

열린 세상 속으로 나는 뛰어들 엄두를 내지 못한다.

집에는 아무도 없다. 아내도 딸도. 나는 철저히 혼자가 되었다. 도대체 집사람은 어디를 간 것일까?

숙취가 나를 괴롭히기 시작한다. 머릿속이 텅 빈 것만 같았고 그 한 부분에서 알 수 없는 공허함이 진원을 만들기 시작했다. 속이 퀭하고 사막의 뜨거운 열기에 갇힌 것처럼 목이 말랐다.

그것들은 시작에 불과하다. 비로소 엉망이 된 나를 아찔하고 불쾌하게 대면하고 말았다. 온몸이 쑤시기 시작한다. 지난밤을 걷는다. 그러나 아무런 기억이 없다. 아니나 다를까 빈틈에 낚인다.

나는 그저 지난밤을 즐겼을 뿐이다. 그뿐이면 그만이다. 허기짐을 이기지 못하고 물을 마신다. 그렇지만 개운함을 느낄 수는 없다. 아, 이 고약한 숙취에서 언제쯤 헤어 나올 수 있을까.

거울 앞에 선다. 낯선 내가 있다. 일그러진 내가 있다. 상처투성이의 내가 있다. 얼굴이 보기 좋게 깨졌다. 지난밤 또 가로수를 붙잡고 주먹질을 한 것은 아니겠지.

지갑을 찾는다. 휴대전화를 찾는다. 그러다가 카드 승인 전표를 발견한다. <4시 30분. 집에 들어와서 잠들다>라고 전표에 쓰여 있다. 갈겨 쓴 내 글씨체가 확실하다. 나는 술에 취해 집에 들어오면 쪽지나 달력에 한 줄의 메모를 남긴다. 그것은 버릇이다.

전표는 새벽 1시에 승인된 것이다. 전표를 살펴보니 실내 포차에서 마신 것이 분명하다.

안경을 찾는다. 안경은 얼굴에 난 상처를 대변하듯 볼품없는 모습으로 일그러져 나를 원망한다. 다행히 안경알이 깨진 것은 아니다. 안경알이 깨졌다면 얼굴뿐만 아니라 눈에도 상처가 깊게 남았을 것이다.

우선 상처투성이의 나를 돌봐야 한다. 지난밤이 상처로 남을지도 모른다는 아찔한 생각을 한다. 그 순간 메슥거림을 이기지 못하고 욕실로 들어가 지난밤의 잔재들을 모조리 쏟아낸다. 게워 내도 끝이 없을 것만 같다.

몸뚱이를 조심스럽게 닦아낸다. 쓰리고 아프다. 무엇보다 두통 때문에 견딜 수가 없다.

지난밤을 후회한다. 지독한 숙취에 자지러들면서 힘겹게 욕실에서 나왔다.

 그냥 그대로 지난밤의 꿈이었으면 한다. 그렇지만 그런 생각은 나를 다시금 아득한 기억 속에서 헤매게 만든다.

 지긋지긋한 악몽이었을 것이 분명하다. 깨진 지난밤의 집착은 온종일 나를 괴롭힐 것이다. 어쩌면 나는 지난밤 살인을 저질렀을지도 모른다. 온갖 생각들이 나를 주눅이 들게 만든다. 제기랄. 지난밤을 다시 천천히 뜯어 먹고 싶다. 허기짐을 채우고 싶다. 지난밤을 온전히 찾을 수만 있다면 그것으로 충분할 테다.

 나는 기억을 낚고 있었다. 머릿속에 낚싯대를 드리우고 밑밥을 깔지만 소용이 없다.

 다시 눕는다. 지난밤을 무디게 걸어간다. 본격적으로 내 기억을 찾아볼 요량이다. 그러나 모호할 뿐이다. 가만히 눈만 깜빡인다. 진저리 친다. 알코올에 대한 거부반응이다. 지난밤을 찾아내야 한다는 압박감이 나를 멍들이기 시작한다.

 술은 역시 대단한 놈이다. 나는 그놈을 상대로 싸워야 한다. 누구와 같이 술을 마셨던 것일까? 후배? 친구? 혼자? 누군가가 나를 집까지 데려다주었을지도 모른다.

전표에 나와 있는 실내 포차에 전화한다. 너무 이른 시간일까 전화를 받지 않는다. 오후 5시가 되어서야 문을 여니 당연한 일이다. 나는 침대 위에서 뒹군다.

숙취가 문제다. 중국집에서 짬뽕을 시켜 먹을까 하다가 그만둔다. 한 그릇 달랑 시키기가 미안하다. 무엇보다 얼굴에 난 상처가 찜찜하다.

누구랑 싸웠나? 넘어졌나?

휴대전화를 누른다. 착발신을 확인한다. 휴대전화의 착발신은 띄엄띄엄 기억이 선명해지다가 흐릿해지며 오리무중이 되어 버리고 만다.

집에 들어온 시간은 새벽 4시 30분, 실내 포차에서 카드 승인이 떨어진 것은 새벽 1시 06분, 그리고 새벽 2시에 아내에게서 온 전화, 3시 20분에 아내에게 한 번 더 전화하고 10분, 5분 간격으로 집에 전화를 했다. 그리고 3시 40분에 112에 전화하고 다시 4시 10분에 집으로 전화. 그것이 전부였다.

그럼 나는 분명 혼자였을 것이다. 그런데 왜 112에 전화를 한 것일까? 그 생각을 하는 순간 등골이 오싹해지며 두려움이 밀려오기 시작한다. 한순간 범죄자로 낙인이 찍히는 것은 아닐까?

아무래도 시간을 거슬러 올라가야 할 것 같다. 그리고 어쩌면 집사람은 나의 행적에 대해서 말해 줄지도 모른다.

나는 아내에게 전화를 걸었다. 하지만 아내는 휴대전화를 받지 않는다. 어찌 된 일일까.

처가에 간 것일까. 간다면 간다고 메모를 남기거나 전화를 걸어서 확인시켜 주었을 것이다. 그러나 나는 지금 아내와 딸의 행방을 전혀 짐작도 할 수가 없다.

처가에 전화를 걸어 보았지만 역시 전화를 받지 않는다. 도대체 어떻게 된 것일까? 문제는 그것이 아니다. 혹시 누군가와의 실랑이로 지구대에 갔었던 것은 아닐까?

나는 지난밤에 입었던 옷을 찾기 시작했다. 옷은 빨래통에 담겨 있었다. 옷에는 핏자국 같은 것은 없었다. 그리고 누구와 시비를 벌인 흔적도 없었다.

인적 없는 길을 걸었던 것도 같다. 그러다가 벤치에 앉아 있었던 것도 같고 택시를 잡으려다가 넘어진 것 같기도 하다. 택시와 차들이 흔하게 다니지 않는 곳, 아파트, 그리고 비스듬한 낭떠러지가 있는 도로. 온갖 생각들이 내 머릿속을 뒤죽박죽으로 만들어 놓는다.

나는 차근차근 어제의 일들을 거슬러 올라간다. 여자 수강생과의 말다툼과 자욱한 담배 연기 속에서 물에 젖은 생쥐 꼴로 튀어나온 남자. 정 과장의 잔소리 그리고 곱창집에 앉아 잡부 구이를 시켜놓고 소주를 3병이나 마셨다는 것. 친구 녀석의 편의점에 갔다가 어이없이 쫓겨난 일. 아마도 그 일 때문에 내 취기가 객기로 변해버렸을 것이다. 아마도 녀석을 생각하면서 치밀어 오르는 울화통을 술로 달랬었겠지. 그나마 온전한 기억이 있어서 다행이다. 그 이후의 기억은 어쩌면 영원히 미스터리로 남을지 모른다.

오후 5시가 되어도 아내에게선 소식이 없었다. 내가 술을 많이 마셔서 화가 난 것일까? 그러기에 전화도 받지 않는 것이겠지.

라면을 끓여 먹을까 하다가 주섬주섬 옷을 갈아입는다. 아무래도 직접 지난밤을 찾아 나서야 할 것 같다. 그래도 잃어버린 지난밤을 되찾을 수 있을 것이라는 장담은 할 수가 없다.

옷을 갈아입은 후 여분의 안경을 쓰고 얼굴에 반창고를 붙인다. 그리고 모자를 푹 눌러 쓴다. 그렇지 않고서는 집 밖을 나설 엄두가 나지 않았기 때문이다.

얼굴을 보면 싸웠다기보다는 쓰러지면서 바닥에 쓸린 것이 분명하다. 거울을 한번 들여다본 후에 난 초라한 어깨를 일으켜 세우며 본격적으로 지난밤을 찾아 나섰다.

먼저 실내포장마차에 들렀다. 아무래도 시작은 그곳이 좋을 것 같았다. 그전의 기억은 생생하게 남아 있었기 때문이다. 그렇다고 엉겁결에 쫓겨난 녀석의 편의점에는 가고 싶은 마음이 없었다. 내 모습을 보면 더 비꼬고 우습게 볼 것 같아서 그쪽은 아예 생각도 하고 싶지 않았다. 뒤끝이 있어서 그렇다는 말은 아니다.

아직 문을 열지 않았다. 돌아서려는데 주인장과 마주쳤다.

"삼촌, 얼굴이 왜 그래?
"
나는 주인장의 말에 대답할 수 없었다. 주인을 따라 포장마차 안으로 들어간 나는 우선 두루치기를 시켰다.

"초저녁부터 술 마시게요?"
"나 지난밤에 뭘 했는지 기억이 나지 않아요."

소주를 한 병 시키며 말했다.

"그게 무슨 말이에요?"
"나 어제 혼자 와서 술 마셨지? 누군가와 같이 마신 것도 같은데. 통 기억이 나지 않네."

"나랑 우리 딸 친구들이랑 마셨잖아요."
"그랬었나?"

다행이었다. 나는 두루치기 국물에 소주 한잔을 마셨다. 기억이 날 것도 같고 나지 않을 것도 같았다. 한잔 더 마실까 하다가 그만두었다.

"어제 술에 많이 취해서 왔었는데. 술 내놓으라고 하도 그래서 어쩔 수없이 주기는 했는데. 소주 2병이나 마시고 또 술 내놓으라는 통에 얼마나 힘들었는데."

"그랬었구나. 그럼 내가 카드로 계산한 게 1시 06분이었는데 그 이후에 어떻게 된 걸까?"

"그 이후에 노래방 가자고 조르더니. 아마 2시 30분에 우리 가게에서나갔을걸. 그때 우리도 함께 나갔잖아. 가게 문 닫고 집에 가라니까 잠깐만 쉬었다가 간다고 하면서 가게 앞에 앉아 있는 걸 보고 우린 택시 타고 집으로 갔는데."

"왜 난 아무 생각도 나지 않는 거지."
"삼촌, 어제 술 너무 많이 마셨어."

부정할 수 없었다. 근래에 술을 그렇게 많이 마신 적은 없었다.

술이 술을 먹는 법이다. 술은 영혼을 잡아먹는다. 나는 술에 내 영혼을 저당 잡힌 것이고 또 저당 잡힌 내 영혼을 되찾기 위해서 안간힘을 쓰는 중이다. 그렇지 않았다가는 나는 계속해서, 술을 마실 때마다 영혼을 저당 잡힌 채 발버둥을 치고 다닐 것이 분명하다.

술, 도대체 너는 어떤 녀석이냐. 왜 나를 이리도 귀찮게 만드는 것이냐.

벌을 받은 것이겠지. 수강생과 승강이를 벌이지 않았어도, 남자의 담배 피우는 현장을 무시해 버렸어도 이러한 상황은 오지 않았을 것이다. 모두가 내가 자초한 결과다.

2시 반에 헤어졌다면 5분 정도는 가게 앞에 앉아 있었을 텐데. 그럼, 그 이후에는.

혼자서 노래방에 갔을까? 그럴 리 없다. 나는 음치이고 또 혼자서 노래방에 가본 적도 없다. 솔직히 나는 재미없는 사람이다.

당구도, 그렇다고 친구들과 어울려 스크린골프도 쳐본 적이 없다. 모임이 있을 때면 포커나 훌라도 칠 줄 몰라 한편에서 술만 홀짝거리는 젬병이다.

대신 캠핑이나 낚시를 좋아하는 편이다. 그렇다고 골프나 카드를 배우고 싶은 생각도 없다. 배워봤자 주말이면 이리 끌려다니고, 저리 끌려다니며 내기 게임을 하러 다닐 것이 뻔하기 때문이다.

한번 빠지면 끝을 보고 마는 성격이기에 스스로 엄두를 내지 못하는 것인지도 모르겠다. 내게 수영이 그랬던 것처럼. 하지만 어느 선에 도달하면 또 금방 싫증을 내는 편이기도 하다. 변덕이 죽 끓듯 하다고나 할까. 그런 내가 노래방이라니, 아무리 술에 취했다고 하더라도 그런 일은 없었을 것이다.

두루치기의 국물 맛이 초췌해져 있던 속을 풀어준다. 하지만 소주 한잔의 기름진 여유를 부리지는 못한다.

쓴 입맛을 되삼키며, 다시 쓴 소주를 원망하며 지난밤을 곱씹는다. 이번에는 그 이후의 잃어버린 시간을 찾기 위해서. 그렇다면 이제는 어디로 가야 하는가?

"벌써 가게요? 술도 아직 다 마시지도 않았는데."
"시간 찾으러 가요."

그것참. 난감한 말이다. 실내 포차 아줌마는 그런 나를 어떻게 생각할까. 하여튼 술이 말썽이다.

모든 것은 술에서부터 시작된다. 술이 사고를 부르고 술이 사람의 자제력을 잃게 한다. 때론 술은 살인자를 양성하기도 한다. 술은 알고 보면 외인부대다. 술집은 잔혹한 외인부대 양성소다. 시작은 언제나 나이면서, 중간에는 서로 친구가 되기도 하고, 나중에는 술이 내가 되고, 결국에는 술이 술을 먹는다.

어둠이 내리기 시작한다. 아마도 이 어둠이 술로 통하는 길인지도 모른다. 나는 터벅터벅 걷는다. 주머니에 손을 집어넣고 동전을 만지작거리면서.

어디로 향할지 나는 길을 망설인다. 길 위에서 길을 잃은 것처럼 난감할 때도 없다. 그렇다고 무작정 어딘가를 향해서 갈 수도 없는 노릇이다.

지난밤 길을 잃은 것은 비단 나뿐만이 아닐 것이다. 수많은 사람이 어둠의 길목에서 길을 잃고 헤매다가 지구대나 길 위에서 기억을 잃은 채 노숙했을지도 모른다.

누군가는 일탈을 꿈꾸었을 것이고, 누군가는 타의에 의해서 망가지다가 스스로 무너졌을 것이다. 누군가는 작정하고 지난밤을 꼬박 새웠을 것이다. 나는 길 위에서 길을 잃었고 아직도 잃어버린 길의 그 어느 골목에 미련이 남아 있다.

아무리 걸어도 얼핏 떠올랐던 그 길을, 도로를 찾을 길이 없었다. 근처 아파트를 돌아다녔지만, 지난밤의 풍경은 찾을 길이 없었다. 물론 헛것일 수도 있다. 그러면 다행일 테지만.

그때 휴대전화가 울렸다.

"당신이야? 지금 어디야? 왜 전화를 안 받은 거야?"
당신은 왜 안 와요? 오늘 아버님 제사인 거 몰라요?

"오늘이 아버지 제사야?"
빨리 와요.

"근데 자기야. 나 오늘 새벽에 자기한테 전화했었잖아. 내가 그때 뭐라
고 그랬어?"

어딘지 모르겠다고 하던데. 택시도 다니지 않고 어딘지 알 수 없어서 전화했
다고.

"그럼 내 휴대전화에 찍힌 112는 어떻게 된 거지?"

내가 그랬어. 어딘지 모르겠으면 112에 전화라도 해서 집 좀 찾아 달라고.

"아!"

맞다. 그런데 2시간 동안 나는 무엇을 했던 것일까? 2시간 동안 길을
헤맸던 것일까? 그럴 리는 없다. 왜냐하면, 실내 포차에서 집까지는 고
작해야 5분 거리이기 때문이다.

다시 오리무중이다. 진저리가 쳐진다. 지난밤을 갈기갈기 찢어버리고
싶다. 쓰레기통에 밟아 넣고 재활용 센터에도 보내고 싶지 않다.

나는 지난밤 길을 잃었고, 나는 지난밤 그 길을 걸었다. 돌이킬 수 없음을 알았다.

　나는 지난밤 그 2시간을 되찾을 수 없을 것이다. 술 한 잔 마시면 이 자괴감을 극복할 수 있을까? 나는 길을 걸으면서 길 위에서 다시는 길을 잃지 않을 것을 약속하지만, 마음은 여전히 술의 유혹에서 벗어나지 못하고 있다. 그렇다고 덤벼들어 싸울 입장도 아니다.

　나는 길 위에서 길을 찾는다. 어둠은 이제 없을 거라고.
휴대전화가 대꾸하듯 울렸다.

"지난밤에 잘 들어갔어?"
"무슨 소리야?"

　초등학교 여자 동창이다. 나는 지난밤에 그 동창을 만난 기억이 전혀 없다.

"지난밤 우리 재미있었잖아."

　한없이 질퍽해지는 그녀의 목소리. 지난밤 무슨 큰일이라도 있었다는 듯 그녀가 속삭였다. 나는 한없이 아찔해지기 시작했다.

"나는 기억나지 않는데."
"내게 너의 기억이 있어."

이건 또 무슨 소린가? 지난밤 내가 도대체 무슨 짓을 한 거지?

나는 그만 벼랑 끝에 서 있었다. 자칫하면 아래로 한없이 떨어질 것만 같은 이 불안함은 대체 뭔가? 이제는 다가가고 싶지 않은 지난밤의 흐릿한 시간. 차라리 악몽이었으면 좋겠다.

마음에 담아두지 않아도 될 하룻밤의 꿈이었으면 좋겠다. 내 머릿속의 돌이킬 수 없는 지난밤은 점점 커지기 시작했다. 그리고 그 어둠 속에서 나는 발버둥 치기 시작했다.

미궁 속이다. 나는 오늘도 참 어렵게 걷는다. 그래도 걷고 있으니 아직은 이정표를 놓치지 않아서 다행이다.

듣고 있나요?

모니터를 바라본다.

〈외톨이1 : 듣고 있나요? 거기에 있는 건가요? 상관없어요. 누군가 내 말을 들어주는 것만으로도 만족하니까요. 오늘은 날씨가 맑고 화사하네요. 하지만 내 마음은 왜 자꾸만 우울해지는 걸까요. 당신도 그런가요? 왠지 당신은 포근한 사람 같아요. 당신을 만난 적은 없지만 느낄 수 있어요〉

 채팅창을 바라보며 자판 위에 손을 얹는다. 하지만 속내를 끄집어낸 자판의 조합들을 나는 채팅창에 올리지 못한 채 결국 Esc 키를 누르고 만다.

<외톨이1>을 나는 알지 못한다. 그가 누군지 짐작도 가지 않는다. 또한, 나는 그와 대화를 나누어 본 적도 없다. 그런데도 <외톨이1>은 하루도 빠짐없이 나에게 귓속말로 속삭인다.

 <외톨이1>의 방문을 일상처럼 받아들이게 된 지 벌써 6개월째다. 모니터 속의 나는 <외톨이>이다. 그리고 보면 <외톨이1>은 나를 모태로 삼은 것이다. 하지만 얼마든지 존재할 수 있는 캐릭터다. <외톨이>는 나에 의해 먼저 선택됐을 뿐이다. <외톨이1>은 <외톨이>를 얻지 못한 결과물이다.

두 대의 컴퓨터와 두 대의 모니터는 내 무뎌진 일상의 한 부분이다. 그 속에는 늘 내가 있다. 나는 모니터 속의 나를 현실의 나보다도 더 끔찍하게 아끼고 사랑한다. 모니터 속의 나를 확인하는 것이 나의 일과며 유일한 낙이다.

평범한 일상의 일탈은 실연에서부터 시작되었다. 너를 사랑하지만 배 속의 아이를 원하지는 않아, 라고 남자가 말했다. 그것은 핑계에 지나지 않았다. 남자가 내게 원했던 것은 사랑이 아니었다. 나는 거짓으로라도 우리의 사랑이 진실했다는 말을 남자에게서 듣고 싶었다. 그러나 남자는 그런 나의 기대마저도 무참히 짓밟고 말았다.

남자가 나를 짓밟은 날 나는 산부인과로 달려갔다. 그리곤 나를 철저하게 짓밟았고 한 생명을 짓밟았다. 남자가 그랬던 것처럼 내겐 조금의 죄책감도 없었다. 단지 남자에게 복수하고 싶은 생각뿐이었다. 정작 나 역시 남자를 사랑하지 않았던 모양이다.

나는 결심했다. 다시는 남자에게 사랑을 구걸하지 않겠다고. 그 결심과 함께 엄마의 비보를 알리는 한 통의 전화가 걸려 왔다. 뺑소니 교통사고라고 했다. 내게 혈육이라곤 엄마뿐이었다. 고아였던 엄마는 사랑하던 남자로부터 버림받았다. 엄마를 버린 남자가 나의 아버지다. 엄마는 끝내 나에게 아버지에 대한 단서를 남기지 않았다.

나 역시 서른다섯 해를 살아오면서 아버지를 그리워했던 적은 없었다. 그리움보다도 원망이 컸던 탓이었다. 나도 엄마처럼 고아가 되었다. 그렇지만 내 자궁 속에서 생명의 흔적을 찾을 길은 없었다.

나는 고개를 들지 못했다. 더더욱 엄마의 영정을 바라볼 수 없었다. 평범했던 나의 일상은 황폐해진 내 자궁처럼 병들기 시작했다.

그날 이후 나는 문을 닫아걸었다. 문밖 세상을 감당하기에 나는 너무 작고 초라했다. 문을 닫아버린 이상 남자의 배신으로 슬퍼해야 할 이유도 없었고, 엄마를 죽게 만든 세상을 바라보지 않아도 되었다. 나는 세상과의 단절을 훌륭하게 소화해 내기 시작했다.

Ctrl+Esc 키를 눌러 나는 잠시 게임에서 벗어난다. 곧바로 인터넷 상점에 로그인한 뒤 식품 판매대를 클릭한다. 라면과 몇 가지 건어물 그리고 김치를 장바구니에 담은 다음 마지막으로 위생용품 판매대에서 생리대를 사는 것으로 쇼핑을 마친다.

결제를 마치고 다시 게임 속 나로 돌아오기까지 걸린 시간은 고작 4분 50초다. 5분이 지나게 되면 게임과의 접속이 자동으로 종료되기 때문에 나는 쇼핑 시간을 되도록 지키는 편이다.

게임이 종료되면 그것은 곧 손실이 된다. 계정과 비밀번호를 눌러 재접속을 시도해야 할 뿐만 아니라 상점 또한 새로 개설해야 하기 때문이다. 그 시간 동안 내게 올 손님이 다른 상점에서 아이템을 사게 될 것이다. 그렇기 때문에 나는 그 짧은 시간조차도 허비할 수 없다. 그러고 보면 나는 게임으로 인한 강박증에 시달린 지 오래다. 서버 다운이 되거나 서버 정기 점검이 있는 날이면 나의 그러한 증상은 더더욱 극심해진다.

내가 개설한 상점은 몇 시간째 거래 실적이 없다. 거래 실적이 있었다면 채팅창에 거래자와 품목이 나열되어 있었을 것이다. 하지만 나는 지루해하거나 조바심을 내지 않는다. 강가에 낚싯대를 드리워 놓고 세월을 낚으려는 강태공처럼 나 역시 기다림에 익숙하기 때문이다.

내 경험으로 비추어 볼 때 가격이 터무니없이 높지 않은 한 아이템은 언젠가는 팔리게 되어 있다. 드문 일이지만 때로는 책정해 놓은 가격보다 더 비싼 가격에 거래될 때도 있다.

캐릭터는 또 다른 나입니다.

게임 내의 문구처럼 나는 모니터 속에 존재한다. 그 문구가 가슴에 와 닿는 것을 보면 난 폐인이 분명하다. 나는 부정하지 않는다. 게임 중독증이나 폐인은 현대 사회에서 흔히 볼 수 있는 현상이기 때문이다. 그 단어들은 내게서 무덤덤해진 지 오래다.

금강산도 식후경이라고 하지 않던가. 그렇지만 게임을 하다 보면 게임에 정신이 팔려 식사 거르기를 밥 먹듯이 하곤 한다. 오늘 역시 나는 아침과 점심을 거른 채 게임에 몰두해 있다.

외톨이는 사냥한다. 혹은 게임 속 세상의 방랑자가 되어 여행을 즐기고 있는지도 모른다. 하지만 나는 외톨이가 은둔자로 불리기를 바란다. 그래서 외톨이의 머리 위에는 은둔자라는 호칭이 붙어 있다.

나의 오른손은 마우스를 왼손은 자판의 단축키를 쉴 사이 없이 누른다. 그 움직임은 과격함과 단조로움의 연속이다. 그런데도 게임에서 벗어나지 못하는 것을 보면 게임 속엔 분명 내가 원하는 무언가가 있다. 나는 게임의 유혹을 단 한 번도 이겨본 적이 없다.

모니터 속 또 다른 내가 나를 바라보고 있다. 나는 또 다른 나를 보며 살짝 윙크를 보낸다. 늦은 밤이 되어가지만, 실내는 모니터에서 흘러나오는 불빛뿐이다. 불을 켜지 않아도 방안은 그럭저럭 환하다.

그즈음 나는 시장기를 느낀다. 주방으로 향하면서도 시선은 모니터를 벗어나지 못한다. 싱크대에는 설거짓거리가 산더미처럼 쌓여 있다. 나는 주전자를 대충 행군 후 물을 담아 가스레인지 위에 올려놓고 후다닥 모니터 앞으로 달려간다.

나는 애인의 손이라도 잡는 듯 설레는 마음으로 마우스를 살며시 움켜쥔다. 핸드폰 문자메시지가 도착한 것은 다음이다. 아이템 거래 사이트에서 발송된 문자메시지에는 등록해 놓은 물품을 구매하겠다는 구매자의 전화번호가 남아있었다.

나는 먼저 거래 사이트에 접속한 후 구매자에게 전화를 건다. 상대편의 목소리는 투명하다. 하지만 내 목소리는 상투적이다. 나는 철저하게 모니터 속의 내가 되어 버린다. 어차피 거래를 끝내면 그만이다. 친절해야 할 이유는 더더욱 없다. 서로의 필요 때문에 관계가 성립됐을 뿐 그 이상은 서로에게 존재의 가치가 없다. 각자의 몫일 뿐이다.

늘 해오고 있는 일이지만 거래할 때마다 나는 조심스럽다. 한순간 방심으로 사기를 당할 수 있기 때문이다. 사기의 수법도 상상을 초월한다. 게임 업체의 홈페이지 게시판에는 사기를 당했는데 복구를 해 줄 수 없냐는 문의가 하루에도 수십 건씩 올라온다. 사기꾼들이 언제 내게도 마수를 뻗어올지 모를 일이다. 방심은 금물이다.

구매자에게 물품을 인계하고 판매 대금이 입금된 것을 확인하는 것으로 거래는 완료된다. 적어도 한 달 동안은 생활비 걱정을 하지 않아도 될 것이다. 거래를 마치고 가스레인지를 쳐다보지만, 가스레인지 위의 주전자는 묵묵부답이다. 불을 켜는 것을 잊었기 때문이다.

고객 여러분의 건전한 게임 문화 정착을 위한 작은 노력이 사이버 문화 선진국으로 향하는 밑거름이 됩니다.

컵라면에 물을 부어 들고 모니터 앞으로 다가갔을 때 초인종이 울린다. 낯선 방문의 실체를 짐작하며 나는 현관으로 다가가 잠시 망설인다. 인터넷 상점에서 온 것을 확인하고 문을 연다. 상점 직원이 앞에 서 있다. 낯선 얼굴은 아니다. 나는 적어도 그렇게 2주일에 한 번씩 이 남자의 방문을 감수한다. 그것은 내가 현실에 존재하는 이유다. 현실 속의 나를 확인할 수 있는 것만도 다행이다. 하지만 나는 남자와의 만남이 그다지 반갑지는 않다.

물품을 확인하기 위해 투명한 배달 상자를 열었을 때 생리대가 볼썽사납게 고개를 든다. 남자가 돌아간 후 보조키를 걸고 나서야 나는 안도의 한숨을 내쉰다.

바깥출입을 언제 했는지 나는 기억하지 못한다. 아마도 석 달 전쯤, 6개월 전쯤, 어쩌면 일 년 그 이상 되었는지도 모른다.

거실에 걸려 있는 엄마의 사진을 바라본다. 엄마는 늘 같은 표정으로 나를 내려다보고 있다. 그리움과 서글픔이 깃들 즈음 나는 변함없이 모니터를 의식한다.

퉁퉁 불어 터진 컵라면으로 시장기를 달래면서도 내 시선은 여전히 모니터 속을 벗어나지 못한다. 아랫배가 살살 아파오기 시작한다. 또 시작되려는 모양이다. 진통제를 서랍장에서 찾아낸다.

쥐 죽은 듯이 조용하다. 나는 그 고요함에 익숙하다. 그래서 일부러 스피커도 켜지 않는다. 숨소리조차 적막함으로 자지러든다. 채근하지 않더라도 모니터 속의 나는 소임을 다하고 있다. 그렇지만 나는 잠시도 시선을 거두어들이지 않는다.

그 사이 생리통은 점점 더 심해진다. 더는 의자에 앉아 있을 수 없어 침대 위에 눕는다. 누운 상태에서도 온 신경은 모니터 속의 나를 의식하고 있다. 모니터 속의 내가 나를 향해 찡긋 윙크한다. 귀여운 녀석, 네가 나라는 걸 나는 부정할 수 없다.

〈외톨이1 : 거기에 있나요? 아마도 거기에 있겠죠. 지금 눈이 와요. 진짜로 눈이 와요. 전 커피를 마시고 있어요. 당신도 그런가요? 눈을 기다렸는데 왜 반갑지 않은 거죠. 자꾸만 눈물이 나는 건 왜일까요? 미안해요. 저 때문에 기분이 상했다면…….〉

눈이 온다고, 그런데 어쩌라고.

나는 침대 위에 누워 무표정한 얼굴로 눈을 끔뻑일 뿐이다. 감정의 골은 무뎌질 대로 무뎌진 지 오래다. 나는 기다렸다는 듯이 재빠르게 모니터 앞으로 달려간다.

마법서를 허봉창에게 판매했습니다.

아이템 창의 물건들이 사라지고 게임머니인 아데나가 불어나기 시작한다. 아데나는 아이템 거래 사이트에서 현금으로 쉽게 교환할 수 있다. 그러고 보면 아데나는 현금인 셈이다. 게임과 현실은 그렇게 구별 짓기 모호한 선으로 희미하게 그어져 있다. 더더욱 나에겐 게임과 현실이 공존하고 있다.

나는 팔려나간 물건의 빈자리를 다시 세팅하고 침대로 가서 눕는다. 허봉창? 봉창 두드린다고 할 때 그 봉창인가? 왜 하필이면 캐릭터를 봉창으로 정했을까? 아마도 나름의 이유가 있을 것이다. 궁금증이 일 즈음 전화벨이 울린다.

"어떻게 된 애가 그동안 전화 한 통도 하지 않니. 잘 지내고 있는 거지? 왜 결혼식에는 오지 않았어? 얼마나 기다렸는데. 내일 시간 어떠니? 집들이에 갈 거지?"

모니터 속의 또 다른 나는 무덤덤한 얼굴로 나를 바라본다. 서로 약속이나 한 것처럼 그 옆의 또 다른 내가 역시 나를 본다.

아랫배를 짓누르는 생리통은 너무도 기분 나쁘다. 더는 참을 수 없어서 수면제를 입안에 털어 넣는다. 생리통과 불면증은 끝내 약의 힘을 이기지는 못한다.

대신해 주면 좋으련만 모니터 속의 나는 나를 향해 무표정할 뿐이다. 눈꺼풀이 점점 무거워지기 시작한다. 약 기운이 모든 기능을 잠식해 들어갈 즈음 나는 잠들지 않기 위해 안간힘을 쓴다. 잠들기 직전에 느껴지는 기분 나쁜 감정들의 조합들이 나는 싫다. 그 기분 때문에 나는 수면을 흔쾌히 용납하지 않는다.

낯선 누군가가 침대 위에 누워 있다. 물론 착각이다. 누군가가 나를 부르지만 나는 대답하지 못한다. 이제 나는 내가 아니다. 나는 그 누군가를 향해 손을 뻗으려 하지만 마음처럼 손이 움직이지 않는다. 무거워진 눈꺼풀 너머로 희미하게 그 누군가가 보인다.

〈외톨이1 : 아직도 거기에 있나요? 잠이 오지 않아요. 벌써 며칠째 뜬 눈으로 보내고 있어요. 실컷 잠을 잤으면 좋겠어요. 하지만 잠을 잘 수가 없어요. 언제부턴가 그래요. 어느 날 생각해 보니 달콤한 휴식이 그리웠어요. 그러고 보면 내겐 그런 휴식이 없었던 것 같아요. 앞으로도 그럴 것 같고요. 잠을 자려고 애를 써도 소용이 없어요. ……내가 당신의 단잠을 깨운 건가요?〉

나의 잠든 모습을 또 다른 내가 지켜보고 있다. 잠든 모습이 평온해 보이지만 가끔 미간을 찌푸리는 것을 보면 결코 만족스러운 수면은 아닌 듯 보인다.

스르르 눈을 뜬 나는 한참 동안 침대 위에서 꼼짝도 하지 않는다. 눈만 멀뚱거릴 뿐이다. 적막의 익숙함이 낯설다. 일어나 앉아 나는 눈을 비빈다. 그리고 모니터를 확인한다.

얼마나 잠들어 있었는지 모른다. 알고 싶지도 않다. 언제부턴가 벽시계는 멈추었고 나는 멈춰진 시간에 익숙해지기 시작했다. 모니터 앞으로 쪼르르 달려가 앉으며 기지개를 켠다. 하지만 좀처럼 개운함을 느낄 수는 없다.

마우스에 손을 얹는 순간 활력이 넘치기 시작한다. 모니터 앞으로 의자를 바짝 끌어당겨 앉는다. 눈이 초롱초롱해진다. 이제 나는 모니터 속의 내가 된다.

몸 밖으로 찔끔찔끔 흘러나오는 생리혈 때문에 불쾌하다. 어제 배달 업체 직원의 눈빛을 잊을 수가 없다. 한심하다는 듯 바라보던 그 눈빛. 내 몸 밖으로 쏟아져 나오고 있는 생리가 불결하게 느껴진다.

게으름을 탓하던 배달 업체 직원의 눈빛을 뒤로하고 나는 망설인다. 모니터 속의 나는 대화를 주고받지 않더라도 내 속마음을 고스란히 꿰뚫고 있다. 집들이에 가야 할 시간이 다가올수록 나는 안절부절못한다.

나는 모니터 속의 나에게 결정권을 떠넘긴다. 두 달 전에도 망설이다가 결국 친구의 결혼식장에도 가지 않았다. 친구의 당부 탓에 나는 마음을 다잡는다. 모니터 속의 나도 그런 내 마음을 이해한 듯 이번에는 흔쾌히 수락한다.

서둘러 샤워를 끝내고 화장한다.

거울 속 여자는 어머니와 많이 닮았다. 나는 엄마의 얼굴과 닮은 내 얼굴을 싫어한다. 정성 들여 한 화장을 지운다. 엄마처럼 살지 않겠다고 다짐했었다. 하지만 내 삶은 늘 엄마 삶의 그늘에 가려져 있었다. 그 삶을 애써 부정하고 싶을 때도 잦았지만 나는 결국 현실을 받아들여야 했다.

나는 엄마에 대한 사랑을 겉으로 표현했던 적이 없다. 그래서 항상 그것이 마음에 걸렸다. 하지만 이제는 표현하고 싶어도 표현할 수 없는 사랑이 되고 말았다. 이제는 엄마를 원망할 수도 없다.

화장대 앞에 앉은 여자의 얼굴은 초췌하다. 멈춰진 시계를 바라본다. 금방이라도 시곗바늘이 움직일 것 같다. 내가 시간을 확인할 방법은 모니터를 들여다보거나 116에 전화를 거는 것이다. 하지만 내게 시간은 그다지 중요하지 않다. 시간을 확인해야 할 마땅한 조건을 나는 용인하지 않는다.

오늘처럼 시간을 가늠해야 하는 날이면 당혹스럽다. 그 시간을 건너뛰기 위해 나는 고심한다.

〈외톨이1 : 오늘은 좀 늦었어요. 많이 기다렸나요? 그럴 리는 없겠죠. 아마도 당신이 나를 기다릴 일은 없겠죠. 내가 너무도 행복한 상상을 한 모양이에요. 고마워요. 이런 상상을 할 수 있게 배려해 주는 당신이 있어서 행복하답니다. 오늘은 무엇을 하고 지내실 건가요?〉

그는 남자일까? 아니면 여자일까? 단 한 번도 생각해 본 적이 없었다. 한순간 밀려온 궁금증에 모니터 앞으로 다가가려다가 포기한다. 멈춰진 시계가 자꾸 마음에 걸린다. 나는 막연하게 그가 여자라는 생각을 한다. 옷장에서 어울릴 만한 옷가지를 고른다. 그러나 이렇다 할 마음에 드는 옷이 없다. 그래도 가장 무난한 정장을 꺼내 침대 위에 가지런히 올려놓는다.

옷이 낯설다. 옷을 입어야 한다는 것이 낯설다. 침대 위의 정장이 초라해 보인다. 옷이 이렇게 거추장스럽다는 것을 나는 오늘에야 처음 알았다. 그러면서도 옷맵시를 살리기 위해 거울 앞에 서서 시간을 보낸다.

모니터에서 확인된 시간은 오후 5시 20분, 지금 당장 출발하더라도 빠듯한 시간이다.

거울 속 여자는 초췌하다. 나는 현관으로 향한다. 신발장에서 꺼낸 구두에는 먼지가 뽀얗게 쌓여 있다. 대충 솔로 먼지를 털어낸다. 구두를 신으려는데 무언가 빠뜨린 것처럼 허전하다.

나는 현관문을 열지 못하고 허전함을 되짚어 본다. 하지만 여전히 마음이 놓이지 않는다. 가스 밸브는 잠갔는지, 창문 단속은 제대로 했는지, 혹시 외출 중 누전으로 화재가 발생할 위험성은 없는지, 다시금 천천히 확인한다. 내 시선은 또다시 모니터 속의 나에게 멈춘다. 나는 차마 모니터 속의 나를 외면하지 못한다. 컴퓨터의 전원은 끄지 않는다.

현관 앞에 서자 이유 없이 호흡이 빨라지기 시작한다. 이제 곧 문을 열고 나가야 한다. 계속 늑장을 부리다가는 약속 시각에 늦을 것은 불을 보듯 뻔한 일이다. 나는 마지못해 구두를 신는다. 구두가 왠지 꽉 끼는 것 같고 불편하다.

또각또각, 몇 번을 발에 맞춰 보고 재 보아도 익숙함이 느껴지지 않는다. 마치 남의 신발을 신은 것처럼. 나는 신발장에서 굽 낮은 단화를 찾아낸다. 한결 편안함이 느껴진다.

보채듯 전화벨이 울리기 시작한다. 모니터 앞에 놓여 있는 전화기 앞으로 달려가지만, 전화기는 언제 울렸냐며 벙어리가 되고 만다.

현관문을 열지만 나는 한 걸음도 내딛지 못한 채 그만 문을 닫는다. 내 몸은 얼음장처럼 차갑게 경직된다. 어지럼증 때문에 휘청거리다가 가까스로 중심을 잡는다. 불안함과 초조함이 내 온몸을 조여오기 시작한다. 다시금 용기 내어 발을 내딛으려 노력하지만 그뿐이다. 나는 그만 그 자리에 주저앉는다. 입에서 긴 한숨이 파리하게 쏟아져 나온다.

모니터 속의 내가 나를 보며 미소 짓는다. 긴장성 두통 때문에 머리가 아프다. 모니터 속의 나를 바라보지만 나는 다가서지 않는다. 약속을 지키지 못한 것이 자꾸만 마음에 걸려 조바심이 일기 시작한다.

내 시선은 모니터를 벗어나 싱크대로 향한다. 싱크대 위에 지저분하게 쌓여 있는 설거지거리를 바라보다가 소매를 걷는다. 싱크대 한쪽에는 컵라면 빈 용기가 온기 없이 쌓여 있다. 그러고 보면 나는 따뜻한 밥을 지어 먹는 것보다 인스턴트에 더 익숙한 편이다.

나는 빈 용기를 대충 정리하고 설거지를 하기 시작한다. 주방 세제의 거품과 함께 손끝에서 느껴지는 온수의 감촉이 부드럽다.

전화벨이 기다렸다는 듯 울린다.

내 청각이 잠시 전화벨을 따라 이리저리 흔들린다. 손끝에 느껴지던 감촉이 무뎌진다. 전화벨은 한동안 계속해서 내 의식을 지배한다. 전화벨이 멈추자 나는 아무 일 없었다는 듯 다시 설거지를 하기 시작한다. 하지만 좀처럼 전화벨 소리가 내 귓가에서 떠나가지 않고 윙윙거린다.

설거지를 모두 끝내고도 나는 수도꼭지를 잠그지 못한다. 무엇을 해야 할지 딱히 떠오르는 것이 없다. 흘러내리는 물줄기를 멍하니 바라보고 있던 나는 쌀을 씻기 시작한다. 손끝에서 느껴지는 쌀알의 감촉이 싫지만은 않다.

어둠 속에서 모니터 속의 내가 손짓한다. 나는 모니터 속의 나를 넋을 잃고 바라본다. 바라보면 볼수록 모니터 속의 나는 상냥하게 미소를 짓는다. 어느 순간 나는 그 상냥한 미소에 섬뜩함을 느낀다. 등골이 오싹해지면서 내 눈동자가 파르르 경련을 일으킨다.

나는 모니터의 전원 스위치를 누른다. 칠흑 같은 어둠이 나를 감싼다. 나는 어둠 속에서 전원이 차단된 모니터를 바라본다. 조바심이 꿈틀거리기 시작한다.

칙칙칙칙, 압력밥솥의 압력 추가 움직이기 시작하면서 증기가 배출된다. 하지만 그 소리 역시 무감각해진 내 감각들을 일깨우기보다는 조바심을 더 부추긴다. 울상이 되어 자지러드는 압력 추를 진정시키며 나는 모니터 앞으로 다가가 앉는다. 한숨을 내쉬듯 압력밥솥이 안정을 찾자, 집안에 적막이 깃들기 시작한다. 숨이 막힐 것 같은 적막이 오히려 나를 위로한다.

모니터를 켤까, 말까 망설이던 나는 모니터 대신 형광등 스위치를 누른다. 형광등 불빛에 눈이 부셔 나는 미간을 살짝 찌푸린다. 그 와중에도 나는 모니터를 의식한다. 전원을 켜면 마주하게 될 모니터 속의 내가 나는 그립다.

집착하는 나 자신이 당혹스러워 나는 허둥대기 시작한다. 압력밥솥의 압력 추를 젖혀 미처 빠지지 않은 증기를 빼낸다. 윤기 흐르는 밥을 보면서 나는 억지 식욕을 삼킨다. 포장 김치를 뜯어 국을 끓이는 동안에도 나는 좀처럼 안정을 찾지 못한 채 조급해진다.

식탁 위에는 밥과 국, 그리고 김치가 놓인다. 식탁을 마주하고 앉은 나의 모습이 초라하기만 하다. 수저를 들어 밥을 먹으려다가 울컥 밀려 나온 설움을 가까스로 참는다. 더 이상 입맛을 찾을 수가 없어서 나는 그만 수저를 내려놓는다. 멍하니 식탁을 내려다본다. 혼자라는 것이 서럽고 서글퍼서 코끝이 찡해진다.

나는 모니터 앞으로 다가가 전원 스위치를 누른다.

컴퓨터 본체의 전원을 차단하지 않은 탓에 나는 여전히 모니터 속에 존재한다. 모니터 속의 내가 환하게 웃고 있다. 그제야 나는 안도의 한숨을 내쉰다. 하지만 왠지 알 수 없는 불안감에 나는 몸을 움츠린다.

외출하기 위해 현관 앞에 섰을 때의 불안함이 다시 나를 위협하기 시작한다. 나는 영영 바깥출입을 할 수 없을지도 모른다. 가슴이 울렁거리기 시작하더니 매스꺼웠다. 울렁거림을 진정시키기 위해 나는 창문으로 다가가 문을 열려다가 멍하니 창밖의 세상을 짐작하고 상상한다.

자신이 없다. 창문에는 먼지만 뽀얗게 쌓여 있다. 창문을 언제 열었는지조차 기억나지 않는다. 불현듯 창문을 연다는 것에 나는 겁부터 집어먹는다. 맥이 풀려 침대 위에 힘없이 주저앉는다.

눈이 온다고 했던가? 지금도 눈이 오고 있을까? 하지만 궁금증은 그 이상을 벗어나지 못한다. 모니터 속의 나를 향해 푸념을 쏟아낸다. 모니터 속의 나는 그런 내 푸념을 상냥한 미소로 받아들이려 노력한다.

숨이 막힐 것만 같다. 그 모든 것을 모니터 속의 내 탓으로 돌려버린다. 모니터 속의 나를 쏘아보면 나 역시 나를 쏘아본다. 그래도 별수 없다.

모니터를 마주하고 앉은 나는 Restart 버튼을 클릭한다. 뒤이어 모니터 속 나의 고향이, 자궁이 나타난다.

그 안식처에서 나는 다시금 결심한다. 그렇지 않고서는 영영 모니터 속의 나에게서 벗어날 수 없음을 나는 알고 있다. Delete 버튼을 클릭하면서 내 결심은 더욱 확고해진다. 모니터 속 나와의 첫 만남도 이렇게 내 손끝에서 시작되었었다.

30 레벨 이상 캐릭터를 삭제하는 데는 7일간의 시간이 소요됩니다.
삭제 대기 시간 중에는 취소가 가능합니다.

<외톨이>의 삭제를 시작하시겠습니까?
나는 망설임 없이 OK 버튼을 클릭한다.

9, 8, 7, 6, 5, 4, 3, 2, 1.

모니터 속의 내가 나를 향해 애원하지만 나는 애써 외면하고 만다. 급기야 흐느끼며 눈물을 흘리는 탓에 나는 미련과 망설임 사이를 오가기 시작한다. 그사이 모니터 속의 나의 존재는 희미해진다.

숨이 막힐 것만 같다. 눈앞이 막막해진다. 이제 나는 죽었다.

모니터 속에서 이제 나를 찾을 수 없다. 모니터 속 나는 존재하지 않는다. 나는 나의 자살을 후회한다. 일순간 세상의 모든 것이 멈추어진 것만 같다. 집 안이 텅 빈 것만 같다. 더 이상 온기가 느껴지지 않는다.

숨소리는 점차 어둠 속으로 자지러든다. 내가 어둠 속에서 할 수 있는 것은 아무것도 없다. 그 무엇도 나에게 의욕을 불러일으킬 만한 것은 없다. 나는 버릇처럼 수면제를 입안으로 털어 넣는다.

무능력해진 내가 침대에 눕는다. 모니터 속의 나는 자살을 했고 침대 위의 나는 자살을 꿈꾸고 있다. 긴 터널 어둠 속으로 나는 걸어간다. 그 어둠의 끝에 나 아닌 내가 서 있기를 바라면서.

정신이 점점 더 맑아진다. 나의 내가 그리워진다. 전화벨이 울리지만 내게 전화벨은 더 이상 의미가 없다. 내 생각은 온통 나에 의해 삭제된 모니터 속 나를 그리워하고 있다. 이제 그 누구도 잠든 나를 바라보지 않는다. 아무도 나를 보아주지 않는다는 것에 나는 두려움을 느낀다. 나 자신과의 단절로 나는 내 존재의 의미를 상실할지도 모른다.

익명성이 보장되는 사이버 세계라고 해서 타인에게 피해를 주어서는 안 됩니다. 스스로 떳떳할 수 있는 만족감을 느껴보시기 바랍니다.

어둠 속에서 스르르 눈을 뜬 나는 아무런 죄책감 없이 모니터 앞으로 다가간다. 익숙함이 느껴진다. 나는 철저하게 짓밟았던 나의 자궁을 복구하기 시작한다. 하지만 복구시키기엔 상처가 너무도 크다. 그 상처는 끝내 회복되지 않을지도 모른다. 그렇다고 막연하게 두고 볼 수만은 없는 노릇이다.

예전에 알아 오던 모니터 속의 내가 아니다. 나는 등을 토닥여 그런 나를 위로한다. 나는 자궁 밖으로 손을 뻗는다. 플레이 버튼을 클릭하면 기다렸다는 듯이 문이 열린다. 접속하자마자 <외톨이1>의 귓속말이 시작된다.

<외톨이1 : 어떻게 된 거죠? 당신이 정말로 떠나버린 줄 알았어요. 설마 하면서도……. 당신을 기다렸어요. 3일 동안 단 한숨도 잘 수가 없었어요. 무슨 일이 있었던 거죠? 당신도 내가 싫은 거였군요. 하지만 애써 피할 것까지는 없어요. 내가 당신을 찾지 않으면 그만이니까요. 당신에게 더 이상 피해를 주고 싶지는 않아요. 언젠가 당신도 내가 그리워질 거예요. 그땐 당신도 나를 찾을 수 없을 거예요. 그동안 고마웠어요.〉

나는 대답하지 않는다.

마치 다른 공간에 있는 사람처럼 <외톨이1>과는 대화할 수 없는 거리가 존재하고 있다. 언제나 그렇듯 <외톨이1>은 혼잣말로 중얼거린다. 그리곤 소리 없이 되돌아간다. 그의 마지막 말이 왠지 마음에 걸린다. 이번만은 예외다.

나는 서둘러 자판을 두드린다. 왠지 내가 그를 배신한 기분이다. 이대로 그를 떠나보낼 수는 없다. 그는 여자일 것이다. 그도 나처럼 자기 자궁을 짓밟고, 생명을 짓밟을 것이다. 그 모든 책임을 이제는 내가 감수해야 한다.

<외톨이 : 거기에 있나요? 아마도 거기에 있겠죠. 내가 그랬던 것처럼 당신도 내 말을 듣고 있겠죠?〉

아무런 대답이 없다. 거기에 있나요? <외톨이1>을 향한 물음이 아니다.

어쩌면 그것은 <외톨이1>이 아닌 나에 대한 물음이다. 모니터 속의 또 다른 내가 나를 쏘아보기 시작한다. 나는 그런 나를 차마 똑바로 바라볼 수 없어 고개를 돌리고 만다.

나는 나 자신을 거부해야 한다. 또 다른 나와 그 또 다른 나의 나를 외면해야 한다. 오래전부터 그것을 알고 있었으면서도 실천에 옮기지 못했을 뿐이다. 모니터 속의 나는 여전히 나를 노려보고 있다. 막막함을 감당하지 못한 채 나는 그만 고개를 돌린다.

창문을 연다. 바람이 상쾌하다.

〈외톨이 : 당신도 그런가요? 난 강박증에 시달리고 있어요. 어떻게 해야 하나요? 듣고 있는 건가요? 왜 대답이 없는 거죠? 당신도 이런 기분이었나요? 난 두려워요. 하지만 언제까지 그렇게 두려워하고 있을 수만은 없잖아요. 듣고 있나요? 난 창문을 열었어요. 당신 말처럼 정말로 눈이 와요.〉

워war워

"차 좀 빼주세요?"

 시작은 그랬지만 뒤이어 느껴지는 께름직함과 알 수 없는 구린 냄새를 참을 수 없어서 결국 인상을 찌푸리고 말았다.

 날씨는 숨을 턱턱 막히게 하는 여름의 중턱을 가까스로 넘어가고 있었지만, 벌써 33°를 넘기며 오전부터 줄다리기를 기어이 해내고 있었다. 그늘 한 점 없는 골목길에 이삿짐 차를 세워 놓은 지 한 시간이 흘러가고 있었다.

"왜 안 와요? 사람들이 차를 빼주지 않겠데요."
"뭐 그런 사람들이 다 있어요. 이사 가기 일주일 전부터 이사 오니 이동 주차 부탁드린다고 A4용지에 프린트해서 벽에 몇 군데 붙여 놨는데. 다시 한번 정중히 말씀드려 봐요."

 하지만 집사람에게서 걸려 온 전화는 짐작하고 있었다는 듯 나를 어이 없이 실망하게 만들고 말았다. 내 속 타는 마음도 모른 채 매미의 짝짓기를 향한 청혼의 소음은 괜한 내 가슴을 벌써 후텁지근하게 뒤흔들고 나는 결국 전에 살던 집의 청소를 끝내기도 전에 서둘러 이사 갈 집으로 발길을 재촉하기 시작했다.

이삿짐센터의 직원들이 집 앞 맞은편 슈퍼에서 실랑이를 벌이고 있었기 때문에 나는 원인을 쉽게 찾을 수 있었다. 그런데 막상 앞뒤가 꽉꽉 막힌 차주들의 얼굴을 보며 속으론 벌써 욕 찌기가 쏟아져 나오고 있었지만, 텃세려니 생각하며 꾹꾹 참아낼 수밖에 없었다.

"이 더운 날씨에 서로 인상 붉힐 필요는 없잖아요. 서로 좋게 차를 좀 빼 주시고 이삿짐 먼저 나르게 해주시죠?"
"아까 한 대 빼 드렸잖아요!"

슈퍼에는 3명의 사람이 있었고 그중에 나이 지긋하게 드신 양반이 양보할 수 없다며 입을 꽉 다물고 있었다. 나는 먼저 이사를 끝내야 했기 때문에 다시 치솟아 오르는 화를 꾹꾹 참아가며 조곤조곤 이야기하기 시작했다. 하지만 집사람의 목소리만 커질 뿐 그 누구도 내 편을 들어주는 이는 아무도 없었다.

개 같은 한 여름날의 오류가 시작되며 바짝 마른 장작에 휘발유를 붓듯 활활 불타오르기 시작했다. 나는 그때까지만 해도 그들과의 싸움이 치열하게 달려가고 있다는 것을 간파하지 못하고 있었다. 아무리 텃세가 심하다 하더라도 이 골목에서의 뜨거운 전쟁이 시작됨과 동시에 그 전장의 중앙에 서서 진두지휘할 줄은 상상도 하지 못했다.

"우리 이삿짐 차와 이사를 나르기 위한 사다리차가 들어서기에는 좁잖아요. 이렇게 사정하겠어요? 저도 아쉬운 말하기 싫은 사람이에요."

"차 한 대 빼 드렸잖아요. 어떻게 또 두 대를 더 빼 드립니까?"

“그러면 근처 주차장에 이동 주차해 주세요. 주차비는 드릴 테니까 걱정하지 마시고요.”

“사람 참......!”

 그들은 자신들이 알 바 아니라며 시간을 끌고 있었다. 그러면 그럴수록 내 얼굴은 붉으락푸르락 일그러졌고 이마에서는 비지땀까지 쏟아져 내리고 있었다. 나는 애써 흐르는 땀을 손수건으로 닦고 있었다. 손수건은 벌써 흠뻑 젖어 있었고 내 속에서는 시한폭탄이 금방이라도 터지기 일보 직전이었다. 아내가 재차 사정했지만, 그들은 떠들어라! 나는 그냥 흘려버릴 테니 라는 입장을 고수하면서 묵묵부답이었다. 심지어 그들이 비아냥거리며 나를 쳐다보고 있는 것 같아 마뜩잖았다.

 그다지 어려운 일도 아니었다. 이사 오는 사람을 위해 잠시 한두 시간 양보하면 그만인 것을 그들은 아예 무시하고 있었다.

 반지하의 2층 단독주택이었다. 아는 사람의 소개로 전세와 월세를 끼고 산 집이다. 계약하고 이사를 올 때까지만 하더라도 이런 일이 생기리라고는 상상도 하지 못했다. 동네도 조용하고 건물도 싸게 나와 나는 약간 무리를 하며 집사람을 설득했고 전세를 사는 것보다는 낫다고 생각했다. 그만큼 아내의 기대도 굴뚝같았다. 그런데 이런 무더위에 말도 안 되는 억지로 땀에 흠뻑 젖은 채 구석에 몰린 생쥐 꼴이 될 줄은 몰랐다.

 그 와중에 집사람의 비난 섞인 눈빛이 나의 온몸을 샅샅이 훑고 지나가는 소리가 들려왔다.

 젠장!

아찔함이 순간 밀려들어 왔고 밤새 시달릴 집사람의 잔소리를 생각하면 그 자리에 주저앉고도 남을 지경이었지만 나는 꿋꿋하게 버티고 서 있을 수밖에 없었다.

"어떤 차를 빼 주셨다는 거죠?"
"이삿짐 차 들어올 때 빼줬잖아요."

이삿짐이 들어올 때 차를 빼줬다면 그곳은 분명 내 집 앞이고 엄밀히 말하면 그들이 차를 빼 준 것도 아니었다. 나는, 더 어이없어지기 시작했다. 그리고 빼준 차가 우리 집에 주차되어 있었다는 것을 그들에게 확답시켰다. 그제야 분위기가 달라지기 시작했다.

"그럼 사장님 댁은 어디십니까?"
"이 건물 주인이오."
"그럼 우리 집 옆에 기역 자로 두 대 서있는 것도 사장님들 차 맞습니까?"

"그런데 왜?"

"아니 사장님들 주차 공간도 아닌데 차를 못 빼주겠다는 것은 무슨 심보입니까?"
"그야. 계속 내가 써 왔으니까!"

"이보세요. 여기 단독주택 제가 사서 온 겁니다. 앞으로 어떻게 되나 배짱 한번 부려볼까요?"

그제야 그들은 수그러들었고 여전히 땀에 흠뻑 젖은 손수건으로 얼굴을 닦던 나는 이삿짐센터 직원의 만류에 뒤로 물러서며 손수건을 짜내고 말았다. 손수건에서 물컹거리듯 땀이 쥐어짜졌다. 도대체 그들이 무엇 때문에 그렇게 배짱을 부렸는지 이해가 되지 않는 순간이었다. 아마도 그들은 추레한 내 모습을 보고 세 들어 사는 사람이 이사 오겠거니 생각한 모양이었다. 그리고 애초에 기를 죽이려고 했던 모양인지도 모르겠다.

얼굴을 붉힌 이후에야 그들은 순순히 차를 빼주었다. 진즉에 그랬다면 시간이 흐지부지 흘러가거나 의미 없이 잃어버리지는 않았을 것이다.

한차례 지지부진한 폭풍이 흘러가고 나서야 본격적으로 이사가 시작되었고 새벽부터 서두른 새로운 보금자리에 대한 기대는 무너지고 말았지만 그래도 그러려니 마음을 다잡고 이삿짐을 옮기는 내내 골목 안으로 들락거리는 차들의 항의를 받아야만 했다.

하필이면 주상복합 아파트의 주차장이 우리 집 앞 골목을 지나야 했기 때문에 쉴 사이 없이 차들의 소통이 이어졌다. 어찌어찌 이사를 끝내기는 했지만 늦은 점심을 먹고서야 집으로 돌아올 수 있었다. 이삿날을 잘못 택한 것인지. 아니면 제대로 액땜을 한 것인지 알 수는 없지만 그래도 그만하면 다행이라고 생각했다. 그러나 그들의 심보가 괘씸해 나는 여전히 분을 삼킬 수가 없었다. 달려가 턱 다짐이라도 받고 싶었지만 일을 더 키울 생각은 없었다.

짐 정리도 하지 못한 채 딸과 아들은 자기들 방에서 벌써 곯아 떨어졌고 나 역시 감수했던 집사람의 잔소리를 들을 새 없이 대충 매트리스 위에 눕자마자 피곤함에 지쳐 잠이 들고 말았다.

이른 아침부터 집사람이 주방에서 달그락거리기 시작했다. 포장이사를 했기에 그다지 치울 것도 없었지만 집사람의 눈에는 모든 것이 마음에 들지 않는 듯 손끝에서 투덜거리는 소리가 계속해서 쏟아져 나오고 있었다. 나는 한동안 눈을 뜬 채 누워 있다가 다시 매트리스에 멍하니 앉아 시계의 초심을 따라 느리지도 빠르지도 않게 걷고 있었지만 낯선 기지개를 감당할 수는 없었다. 뭔가가 알 수 없이 어깨를 눌러왔고 두통이 그 뒤를 이어 그림자처럼 따라붙었다. 껌딱지처럼 달라붙어 좀체 떨어질 생각을 하지 않아 나는 점점 비몽사몽의 어딘가에서 두서없이 헤매고 있었다. 휴일의 달콤한 휴식은 꿈도 꿀 수 없이 자꾸 내 자신을 다그치고 있었다. 그제야 게으른 하품과 함께 눈을 비비며 주방으로 향했다.

"일어났어요?"
"잘 잤어요? 좋은 꿈 꿨어요?"
"모르겠어요. 어서 씻고 아침 들어요."

아내는 시큰둥 대답을 던졌고 이내 묵묵부답이었다.

온 집안의 창문이란 창문을 다 열고, 나는 욕실로 들어가 샤워를 마치고 나왔다. 그렇지만 왠지 몸이 개운치 않았다. 마치 술에서 덜 깬 다음날 숙취에 고생하는 것처럼 머리가 지끈거리고 속이 울렁거려 커피로 겨우 속을 달래고 있었다. 아내는 식사도 하기 전에 커피를 마신다고 타박했지만 나는 죄지은 사람처럼 찍소리도 하지 못하고 식사도 거른 채 옥상으로 올라갔다.

옥상에는 스티로폼으로 된 상자에 텃밭을 가꾼 흔적들이 남아 있었다.

바짝 메마른 흙 위에 상추와 쌈 채소로 보이는 생명 없는 흔적들이 마치 주인에게 배신당한 처절한 사투 같았다. 나는 짜부라져 있던 호스를 수도꼭지에 끼우고 사막과도 같은 말라비틀어진 텃밭에 생명을 불어넣기 시작했다. 금방이라도 심폐소생술에 숨을 쉴 것 같았지만 멈추어진 시간 그 자리에서 그 어느 것도 꿈쩍하지 않았다.

봄이었다면, 조금 더 이른 만남이었다면 씨를 뿌리고 물을 주어 또 다른 희망을 싹틔울 수 있었을지 모른다. 하지만 아직 늦지는 않았고 그 희망을 나는 버리고 싶지 않았다. 나는 뭐든 하기로 결심했다. 어쩌면 나는 오래전부터 그런 꿈을 꾸고 있었는지도 모르겠다.

오후, 어제의 그 불쾌함을 뒤로 하고 집을 나섰다. 그리고 현관 앞에 바짝 붙여 놓은 승용차를 발견하는 순간 울컥 화가 치밀어 올라 버럭 소리를 지를 뻔했다. 그 승용차의 주인이 누군지 보지 않아도 뻔했다. 순간 나를 조롱하던 앞집 남자의 찌든 내 나는 담배 연기가 내 폐를 훅 잠식하고 들어오는 퀴퀴함을 느꼈다. 어제의 일은 결코 액땜으로 쉽게 끝이 날 것 같지 않았다.

여름의 막바지. 그렇게 전쟁이 시작되었다.

이익과 불이익 그 사이에서, 또는 관망하는 그들과의 리그에서 내 입장은 그저 흐르는 바람일 수는 없었다. 하지만 꼭 그들과의 리그가 아니더라도 나는 당연히 이겨야 하는 이유가 있었다. 리그는 이제 시작일지 모르지만 나는 그들을 나열하고 싶어졌다.

"아, 이게 뭐야?"

나의 입에서 영락없이 욕지거리가 흩어져 나왔다. 반지하로 향하는 계단과 본 층으로 향하는 입구까지 장악해버린 양심 없는 악성 체납자 같으니. 내 욕지거리를 들었는지 앞집 3층 건물 창으로 얼굴을 빼꼼히 내밀고 나를 내려다보는 남자의 입가에 덕지덕지 붙은 심술과 비웃음이 나를 짓밟기 시작했다. 그리곤 둔탁하고 퉁명스럽게 창문을 닫아 버렸다.

추악하다 못해 악마의 미소 같은 그를 나는 그냥 두고 볼 수 없었다.

"이보세요. 여기 앞집인데 당장 차 빼주세요. 다닐 수도 없게 남의 집 앞에 차를 주차하는 심보는 뭡니까? 차 나가야 하니까 얼른 빼주세요."

차에 붙어 있는 전화번호를 누르자 그가 거만하게 중저음으로 말했고 나는 그의 고약함을 바로 잡고 싶었다. 그래도 그는 바로 나오지 않고 한참 뜸을 들이고 있었다. 다시 전화를 걸었지만, 이번에는 아예 전화를 받지도 않았다. 나는 화가나 클랙슨을 눌렀고 서너 번 누르자 그제야 슬리퍼를 끌고 터덜터덜 내려왔다.

"여기요. 이쪽은 도로에 포함되지만, 이 안쪽으로는 사유지입니다. 그리고 앞으로는 여기에 주차하지 마세요. 사람이 적어도 양심이 있어야지."

어쩌면 예견된 대립이었는지도 모른다. 솔직히 가까운 곳이라 차를 가지고 나갈 생각은 없었다. 그의 뻔뻔함에 성질을 부렸을 뿐이다. 그런데 그는 대꾸는커녕 혼잣말로 알아들을 수 없는 말로 투덜거리며 차에 올라타더니 사라지고 말았다. 그 모습을 아내가 얼핏 넘겨다보고 있었다.

"저 사람 진짜 뭐야. 기분 나쁘게!"

마트에 들려 필요한 것과 아내가 부탁한 것을 샀고 또 저녁에 구워 먹을 삼겹살도 준비했다. 그리고 주차장을 나서면서 그를 생각하며 한눈을 파는 사이 경적이 들렸고 나는 급브레이크를 밟았다. 하마터면 접촉 사고를 낼 뻔했지만, 상대방의 방어운전으로 가까스로 피할 수 있었다. 나는 순간 쓴 침을 삼키고 말았다.

집으로 들어와 차를 주차하며 나는 또다시 눈살을 찌푸렸다. 다행히 그의 차는 없었지만, 눈앞에 보이는 쓰레기 더미에 저절로 코를 킁킁거렸다. 악취가 코를 찌르며 저절로 숨이 막혔다. 음식물 쓰레기와 일반 쓰레기, 그리고 각종 재활용 쓰레기에 온갖 잡동사니들. 입에서 저절로 한숨이 나왔다. 우리 집은 아직 쓰레기를 내놓지 않았고 내가 감당하기에는 엄두가 나지 않는 엄청난 양이었다. 세입자들을 찾아다니며 나는 쓰레기의 출처를 밝히기 시작했다.

"혹시 쓰레기 내놓으셨어요?"

"아, 그 쓰레기들이요. 우린 밤 8시 이후에나 쓰레기를 내놓아요. 그건 앞집이나 옆집에서 내놓는 거예요. 우리도 냄새가 나서 정말 못 살겠어요. 어떻게 조치 좀 취해주세요."

내 눈에 콩깍지가 씌었었던 걸까? 집을 사기 전에는 왜 그런 것들이 보이지 않았는지. 집을 산다는 생각에 들떠 그런 것들은 눈에 들어오지 않은 모양이다. 아내의 말대로 잘 따져보고 몇 번씩 확인해야 했는데 그러지 못했던 것이 후회되기 시작했다. 앞으로가 더 걱정이었다. 아내의 바가지를 어떻게 감당해야 할지 아찔해지기 시작했다.

주인이 거주하지 않아 방치된 일일 것이다. 그러다 보니 우리 집이 만만했고 이웃들이 하나둘 쓰레기를 가져다 버리면서 우리 집 현관 옆은 쓰레기를 생산하는 공장으로 변해버린 것이다. 우선은 두고 보면서 대책을 강구하기로 했지만, 쓰레기 더미에 질려 한숨만 쉴 없이 새어 나왔다.

"아이 씨! 차 좀 빨리 빼라고. 왜 남의 집 앞에 자꾸 차를 대고 난리야. 정말 해보겠다는 거야! 누군 성질 없는 것 같아. 이 **놈들아. 차 빨리 안 빼!"

나는 소리를 고래고래 질렀다. 그래도 앞집의 그는 얼굴조차 보이지 않았다. 나는 그에게 전화를 걸어 접촉 사고가 났으니 나오라고 했다. 그러자 꿈쩍도 하지 않던 인간이 득달같이 계단을 뛰어 내려오는 소리가 들렸다. 나는 어이가 없어 혀를 차고 말았다.

"운전을 어떻게 하는 거요? 어디를 긁었길래?"
"긁기는 어디를 긁어요."

차 빼달라고 그렇게 말해도 꿈쩍도 하지 않더니 차 긁었다니까 뛰어 내려오는 심사가 나는 궁금했다. 하지만 급한 약속 때문에 나는 주차하지 않을 것을 다짐받고 그와의 대면을 다음으로 밀었다.

처음에는 그럴 수도 있으려니 생각했지만 이른 아침 쓰레기 수거 차량이 지나가고 난 후 쓰레기를 버리는 그 저의를 알 수가 없었다. 시도 때도 없이 버려지는 쓰레기 때문에 여간 걱정이 아니었다. 그러나 주차 문제는 깔끔하게 해결할 수 있었다. 남들은 이웃 사이에 그 정도 편의도 봐주지 않는 내가 눈엣가시처럼 보일지 몰라도 당하고 있는 나는 영 불편한 것이 아니었다.

242

요즘은 재택근무 중이라 이웃의 동태를 파악하는 데는 그다지 오랜 시간이 걸리지 않았다.

"이봐요? 거기다가 쓰레기를 버리면 어떡해요."

　위쪽에서 내려오던 여자가 손에 들고 있던 검은 비닐봉지를 우리 집 옆에 버리는 것이 내 눈에 카메라 찍듯 고스란히 담겼다. 그러자 여자는 버린 쓰레기를 다시 들고는 꼬리가 빠지게 줄행랑을 쳤다. 때가 언젠데 아직도 그런 짓을 아무런 죄책감 없이 행하다니 이해할 수가 없었다. 그대로 두고 볼 수 없었던 나는 시청 민원실에 전화할 수밖에 없었다. 그 후로 한 시간이 지난 후에 시청직원으로부터 전화가 걸려 왔다.

"이거 어떻게 좀 해야 할 것 같은데요. 우리는 밤 8시 이후에 쓰레기를 내놓는데. 지금 보세요. 다 남의 집 쓰레기에 분리수거도 안 되어 있고 게다가 불법 투기까지 오죽하면 신고했겠습니까?"

"집주인이세요?"
"네. 아주 못 살겠습니다. 빨리 처리 좀 해주세요!"

　시청직원은 이해한다는 듯 눈살을 찌푸렸다. 그리곤 익숙하다는 듯 기계적으로 움직이기 시작했다. 먼저 쓰레기더미를 트럭에 실었다. 벽에는 쓰레기를 함부로 버릴 경우 벌금을 부과하겠다는 문구가 적혀 있는 플래카드를 벽에 붙였고 신고 온 양심 화분을 그 앞에 놓아두었다. 그러자 내 막혔던 가슴이 뻥 뚫리는 희열이 느껴졌다. 청소과 직원들이 가고 난 후 나는 세제와 물을 부어 묵은 쓰레기 냄새를 제거했다. 그 모습을 누군가 불쾌하다는 듯이 지켜보고 있었다. 그는 다름 아닌 앞집의 그였다. 아마도 자신을 지목한 것에 대한 기분 나쁨 때문이었을 것이다.

속이 후련해진 나는 커피를 마시며 나름 오랜만의 여유를 만끽하고 있었다. 퇴근하여 집에 들어올 아내에게 이제야 면목이 설 수 있을 것 같았다. 나는 느긋하게 다시 컴퓨터 앞에 앉을 수 있었다.

매미가 마지막 악을 쓰며 구애하는 이 계절에 나는 다가올 계절을 생각하며 늦은 휴가를 생각하고 있었다. 캠핑도 좋을 것 같았고 어느 강가의 멋진 펜션도 좋을 것 같았다. 바닷가의 울창한 소나무 숲에서 해먹을 걸고 누워 가을과 겨울을 꿈꾸기도 했다. 그 무엇을 하든 다 내 세상일 것 같았던 꿈을 꾸고 있었지만, 그것도 잠시 계획을 잡기도 전에 나는 다시 냄새나는 전쟁에 투입되어야 했다.

쓰레기는 변함없이 쌓였고 그나마 불법투기만 줄었을 뿐이었다. 양심의 상징인 화분 위에 쓰레기가 쌓여 나무가 보이지 않을 정도였다. 배신감과 분노를 억누르지 못하고 다시 시청에 전화를 걸었다.

술로 화를 푸는 성격은 아니었지만 나는 소주를 사기 위해 앞집 슈퍼로 향했다. 솔직히 이사 오던 날의 일 때문에 내키지는 않았다.

"인간들이 왜 그런지 모르겠어요. 쓰레기는 자기 집 앞에 내놓아야 하는 것 아닌가. 진짜 너무들 하네요."

여자는 고개를 끄덕이며 묵묵히 계산했다. 뒤에 안 사실이지만 슈퍼사장의 형부가 바로 앙숙이 되어버린 앞집 3층의 그 라는 것이었다. 하지만 상관은 없었다. 슈퍼에서 나오는 쓰레기는 슈퍼 앞에서 소화하고 있었기 때문이었다.

울화통에 세 병을 마시고도 분이 풀리지 않았다. 그 새 나는 취기에 바짝 올랐고 그 때도록 시청에서는 나오지 않고 있었다. 술을 한 잔 더 마실 생각에 계단을 내려오는데 몸이 휘청거렸다. 그래도 어찌 된 일인지 취할수록 술 생각이 더 간절해졌다. 슈퍼에서 소주를 사서 나오던 중에 눈앞에 떡하니 쌓여있던 쓰레기들이 싸움이라도 걸어오듯 나를 향해 달려오는 것만 같았다. 나는 그 자리에 털썩 주저앉았다. 많이 취한 탓도 있었지만 나름의 객기 때문이었다.

"야, 이 **놈들아. 우리 집이 너희들 쓰레기장이냐. 이런 개**들. 해보자는 거냐? 이 양심도 없는 새끼들아. 그래 너희가 이기나 내가 이기나 어디 한번 보자! 그래 끝까지 가는 거야. 개**들. 염병할 놈들. 그래 해보자. 해보자고."

나도 모르게 나는 악을 쓰기 시작했고 급기야 그 자리에 대자로 눕고 말았다. 그 소리 탓인지 창문이 열리거나 닫히는 소리가 들려왔다. 창문을 열어놓은 집은 시끄러워서 문을 닫았을 테고 창문을 여는 집은 호기심에 못 이겨 밖의 동태를 살폈을 것이다. 그 와중에 눈살을 찌푸리는 경적도 들려왔다. 누운 채로 나는 계속해서 욕을 하기 시작했고 또 그렇게 얼마의 시간이 흘렀는지 모른다. 누군가가 나를 일으키고 있었다. 다름 아닌 시청공무원이었다.

"많이 드셨네요. 일어서세요. 집까지 모셔다드릴게요."

부축받으며 자리에서 일어서면서도 나는 욕과 하소연을 하고 있었다. 직원은 나를 가까스로 집안으로 밀어 넣었고 나는 거실 바닥에 그대로 누운 채로 잠이 들고 말았다. 마지막 사력을 다해 떼를 쓰는 매미처럼 나 역시 미친개가 되었고 짖고 또 짖었다. 그렇다고 창피하지는 않았다. 하지만 나의 추태가 가관이었다는 것과 꼴불견이었다는 것을 애써 부정하지는 않겠다. 분명 잘못된 행동이었고 해서는 안 되는 이기적인 생각이었다. 그렇지만 어쨌든 내 영역인 만큼 나도 내 영역 표시를 확실하게 해두어야 할 이유가 있었다.

"여기 CCTV를 설치하려면 어떻게 해야죠? 길도 어둡고 차들로 복잡한데 해결 방법이 없을까요. 요즘에는 골목에 안전 귀가 비상벨 같은 것도 많이들 달잖아요."

시청 민원실 전화로 연결된 담당자와의 통화였다. 담당자는 실무자와 협의해 보겠다며 주소를 옮겨 적었다. 대충 얼마의 시간이 걸리냐고 물었더니 되도록 빨리 진행해 보겠다고 말했다.

그렇게 며칠이 지나도 변한 것은 아무것도 없었다. 어느 날은 앞집의 그와 외나무다리에서 만나듯 골목길에서 정면으로 마주쳤다. 나의 차는 오르막을 올라와 진입하는 중이었고 그의 차가 막무가내로 내 차 앞을 가로막았다. 나는 가볍게 경적을 울렸고 그도 나를 향해 무겁게 경적을 울렸다. 그야말로 양보할 생각이 전혀 없다는 뜻이었다. 그때 내 뒤로 한 대의 차량이 꼬리를 물듯 달라붙었지만, 그는 뻣뻣하게 버티고 있을 뿐 그 어떤 미동도 하지 않았다. 경적을 울리던 뒤차의 운전자가 급기야 차에서 내려 사태를 파악하기 시작했다. 나는 손짓으로 앞차를 가리켰고 뒤차 운전자가 앞으로 나섰다.

"아저씨! 뒤에 공간 있잖아요. 그리 빼주면 해결될 일인데 뭘 그렇게 버티고 서 있어요. 가뜩이나 짜증 나는데. 아저씨 운전 처음 해요? 초보운전자도 아저씨보다 낫겠다. 차 빨리 빼주세요. 뭐 장난도 아니고. 온종일 여기에 서 있을 거예요?"

하여간 노인네 고집불통이라니까! 쯧쯧쯧! 남자는 고개를 절레절레 흔들며 내 옆을 지나쳐 자신의 차에 올라탔다. 앞집 그는 요지부동인 상태로 나를 골탕 먹이려다 그만 되려 한참 젊은 남자에게 오히려 꾸중을 듣고 말았다. 속으로 고소하다고 생각했지만, 밖으로 내색하지 않고 묵묵히 후진하는 그의 차를 천천히 밀고 들어갔다. 얼핏 분한 표정의 그가 보였지만 나는 싸늘하게 외면해 버렸다.

아니, 쓰레기가 줄어들 생각을 하지 않네요. 나오셔서 대책을 세워주셔야 합니다. 라고 문자를 남긴 뒤 담당 공무원에게 몇 장의 사진까지 전송했다. 나는 이제 선량한 민원인이 아니라 악성 민원인이 되어 있었다. 문제는 내게서부터 시작된 것이 아니라 그들에게서부터 시작되었는데도 말이다. 나는 마치 똥 묻은 개가 되었고 이웃의 비웃음 소리가 환청으로 들려올 정도였다.

"네, 담당 직원입니다. 민원 때문에 나왔습니다. 여기 앞집과 옆집들 돌면서 강하게 대처하겠다고 말했고 부탁했습니다. 우리도 계속해서 관심을 가지고 지켜볼 생각입니다. 그리고 끝까지 추적해 벌금을 부과할 예정입니다. 그러니 조금만 더 지켜봐 주세요."

담당 공무원의 노력 때문이었을까?

그날의 전화 이후 다음 날부터 변화가 일어나기 시작했다. 쓰레기는 각자의 집 앞에 종량제봉투에 담겨 버려졌고 쌓여만 가던 쓰레기는 현저히 줄어들었다. 하지만 나는 만족하지 않았다. 아직도 양심 없는 인간들이 있기 때문이었다.

제 버릇 남 못 주듯이 무심코 버려지는 쓰레기도 이참에 뿌리 뽑을 생각이었다. 나는 시도 때도 없이 계단을 오르락내리락했다. 혹은 창문을 열어 혹시나 모를 무단투기를 감시하고 있었다. 버릇처럼!

어느새 매미의 구애도 끝이 나고 계절은 가을의 어귀를 서성거리고 있었다. 이제 곧 단풍이 수채화의 알록달록한 그림을 그릴 것이다. 그것도 잠시 짧은 가을은 바닥으로 소리 없이 내려앉을 것이고 마지막 가을비를 몰고 와 또 다른 계절의 흐름에 익숙하도록 텅 빈 여백을 만들어 줄 것이다. 시간의 흐름처럼 한순간 숨 가쁘게 달려와 당혹스럽게 만드는 것이 계절이다.

부산스러운 오전이 흩어지는 시간 그즈음에 일이 벌어지고 말았다. 따끈한 아메리카노를 마시기 위해 집을 나서다가 나는 깜짝 놀라고 말았다. 누군가 양심 화분 앞에 고양이의 사체를 버려놓은 것이다. 보기에도 처참한 그 모습을 관망하고 있을 수는 없었다.

시청민원실에 전화를 걸어 해결하는 수밖에는 없었다. 누군가 한 번쯤 민원을 넣었을 텐데. 나는 좀체 이 동네의 무딤과 흐름을 짐작할 수 없었다. 인간미라고는 전혀 찾아볼 수 없는 낯섦의 흔적들만 가득한 곳. 그 누구도 쉽게 정들 수 없는 이질감이 느껴지는 이곳이 자꾸만 선명해지지 않았다.

"고양이 사체가 어디에 있다고요?"

"네. 차에 치인 것 같기도 하고 하여튼 누군가가 우리 집 양심 화분 앞으로 던져 놓은 것 같은데. 빨리 좀 치워주세요. 어린아이들이 보기라도 하면 어찌합니까?"

"그러니까 고양이 사체가 선생님 댁 앞에 버려져 있었다는 말이죠?"
"네. 빨리 좀 조치해 주세요."

"도로에 있었던 것도 아니고 선생님 댁 앞에 있었다면 선생님이 치우셔야 합니다."

"그게 무슨 소립니까? 내 고양이도 아닌데 내가 왜 치웁니까? 길고양이 사체를?"

뭐 민원실에서는 별의별 민원이 다 쏟아져 들어와 상담하는 이들도 고초가 많을 것이고 또 그만큼 스트레스도 많을 테지만 이건 아니었다. 나는 다시 마음을 가라앉히고 상담자와 통화를 계속 이어 나갔다. 언성만 높이면 해결될 일이 아님을 알고 있었다.

"저도 이런 일이 처음이라서 당황스럽습니다."

"도로에 있었다면 치워드릴 수 있지만 지금 상태로는 선생님이 치우셔야 합니다."

"아니 그럼 고양이 사체를 도로로 밀어 놓으란 말인가요?"

대화가 오고 갈수록 답답하기만 했다. 대화는 한 자리에서 뱅뱅 돌다가 다시 원점으로 돌아왔다. 나는 그즈음에서 전화를 끊고 말았다. 대책이 없었다. 쓰레기 다툼 때문에 누군가가 화풀이로 그런 짓을 벌였을지도 모를 일이다.

나는 하는 수 없이 담당 직원이 말 한데로 쓰레기봉투를 준비했다. 그리곤 위생장갑을 끼고 고양이 사체를 봉투에 담았다. 화가 치밀어 오르기보다는 오히려 담담했다. 고양이의 죽음이 안타까웠고 또 삶의 고달픔과 척박함을 가슴으로 느껴야 했다. 제아무리 길고양이라 치더라도 고양이는 삶의 희망을 찾으려 노력했을 것이고 또 그 길이 힘들어 자신을 자책하고 다시 일어서려 노력했지만 그렇게 길가의 죽음으로 끝이 날 것이라곤 예상하지 못했을 것이다.

"다음 생에는 멋진 삶을 바랄게!"

더는 할 말이 없었다. 먹먹했고 금방이라도 비가 내릴 것처럼 하늘이 흐려지기 시작했다. 돌아서는데 앞집 지하에서 누군가 종이박스를 들고 나와 우리 집 양심 화분 앞에 당당하게 던졌다.

"이봐요. 거기에 박스를 그렇게 버리면 어떡합니까?"
"왜요. 항상 여기에다 버렸는데요."
"재활용이든 쓰레기든 자기 집 앞에 버리는 거 모르세요?"
"거기에 버리면 폐지 줍는 할아버지가 주워 가시던데요."

"자기 집 앞에 배출하는 겁니다. 뭐가 됐든 말이죠. 아니면 저도 할 수 없습니다."

나는 플래카드에 적혀 있는 벌금 문구를 손으로 가리켰다. 그러자 남자는 종이박스를 주워 자신이 사는 앞집의 현관으로 시큰둥하게 들고 가 팽개쳤다. 그리곤 남자는 돌아서서 눈을 위아래로 뜨며 나를 훑어보았다. 당연한 걸 인지하지 못하는 남자의 꼬락서니가 같지 않아 보였다. 그렇다고 시비를 걸어오기를 또 시비를 걸 생각은 없었다. 이해하지 못하는 남자의 익숙한 버릇에 나는 저절로 눈살을 찌푸렸다. 이제는 무덤덤해지거나 대수롭지 않게 생각할 수도 있었지만, 아직 방심은 금물이었다. 신경을 쓰지 않았다가는 언제 또 쓰레기 사태가 벌어질지 모를 일이기 때문이었다.

이제 조금은 쌀쌀한 바람이 몸을 살짝 움츠리게 하며 스쳐 가는 것이 기분 좋게 느껴지는 계절이었다. 그러고 보면 지난여름은 너무도 치열했고 그만큼 시끄러운 일도 많았다. 그 와중에 내 속의 또 다른 나를 발견했다. 툭 하면 내 속에서 튀어나와 이를 악물고 악착같이 달려들던 녀석. 욕지거리를 내뱉으며 한번 물면 놓지 않고 끈질기게 물어뜯던 녀석. 그렇게 개가 되어 얼마나 짖었는지 모르겠다.

나의 또 다른 나. 이제는 녀석이 나고 내가 녀석인지 구별이 되지 않는 모호한 지점에 서 있었다. 계절이 더 선명해지면 나 자신의 선명함도 더 두드러지겠지만 내심 그러지 않기를 바랄 뿐이다. 그러나 어쩌면 나는 다른 누군가에 의해 내 참을성을 상실한 채 폭주하게 될지도 모를 일이다.

그들의 이기주의와 나의 영역은 분명 분리되어야 하고 양보할 수도 없는 상극이다. 남의 집 거실에 침을 뱉어 놓고 아무렇지도 않게 행동하거나 자신이 아니라고 발뺌하는 그들의 행태는 진즉 변화되어야 했을 못된 버릇이었다.

외출했다가 돌아오는 길. 양심 화분 앞에 종이박스와 재활용 쓰레기가 나 보란 듯이 지저분하게 널려 있었다. 양심 화분에 심겨 있던 나무는 초라하게 말라가고 있었고 쓰레기 몸살에 더는 견디지 못할 것처럼 초라해져 있었다.

나는 쓰레기의 출처를 파악하기 위해 실마리를 찾고 있었지만, 그리 쉬운 일은 아니었다. 택배 박스로 보이는 종이박스에는 교묘하게 스티커가 제거되어 있었다.

"어느 놈이 또 쓰레기를 가져다 버린 거야! 이 동네 사람들 정말 안 되겠네. 누구 성격테스트 하는 것도 아니고. 어디 걸리기만 해봐. 가만두지 않을 테니까. 이 쓰레기 같은 인간들아!"

이제는 거침없이 버릇처럼 쏟아져 나오는 쩌렁쩌렁한 목소리가 낯설지도 않았다. 그렇게 소리를 지른 후에 집으로 들어가려다가 나는 내 차의 블랙박스와 텔레파시가 통하듯 찌릿한 교감이 이루어졌다. 청아한 눈빛으로 지켜봐 달라며 말을 걸어오는 블랙박스. 그리고 나도 모르게 느껴지는 직감을 외면할 수 없었다. 그렇다면 혹시! 그래. 그럴 수도 있다는 생각에 블랙박스에 저장된 영상들을 확인하기 시작했다. 그리고 동시에 느껴지는 쾌감의 전율로 나는 흥분했다.

나는 곧바로 앞집 3층으로 뛰어 올라가 초인종을 눌렀다. 그러자 그의 목소리가 아닌 여자의 목소리가 들려 나왔다.

"누구세요?"

"앞집입니다."

"왜 그러시는데요?"

"혹시 우리 집에 쓰레기 버리셨나요?"

"아니요."

"버리신 것 같은데요?"

"그럴 리 없어요."

"네 그러세요. 그럼 신고할 수밖에 어쩔 수 없네요. CCTV 영상도 확보했는데. 벌금이 얼마인지는 아실 테고요."

돌아서며 말했고 나는 곧 계단을 내려가고 있었다. 그러자 다급한 여자의 목소리가 나의 발길을 잡았다. 여자는 집에서 나와 수치스러운 얼굴로 나를 바라보고 있었다.

"미안합니다. 치울게요. 잘못했습니다."

"거기도 집주인이시잖아요. 세 들어 사는 사람들한테 앞집 앞에 쓰레기를 버리지 말고 우리 집 앞에 쓰레기를 버려야 한다고 말하기는커녕 솔선수범 남의 집 앞에 쓰레기를 버리는 건 말이 안 되죠. 도대체 무슨 심보입니까?"

"죄송합니다. 앞으로 그런 일은 없을 겁니다."

"이미 버린 것은 어쩔 수 없고 다음부터 그러시면 안 됩니다. 그땐 정말 가만히 있지 않을 겁니다."

속이 다 후련했다. 가장 큰 적을 소탕한 기분이랄까? 그 소식을 듣게 될 3층 그 남자의 표정이 궁금하기까지 했다.

그 사이 앞집 슈퍼는 음식점으로 수리하여 문을 열었고 쓰레기와의 전쟁은 거의 끝나가고 있었다. 나는 한층 여유로움과 느긋함을 느낄 수 있었다. 잠깐의 가을이 온 대지를 풍요롭게 아우르고 지나가고 있었고 곧 겨울이 금방이라도 달려 올 준비를 하고 있었다.

스멀스멀 밤이 내려앉을 시간 어디에선가 들려오는 풀벌레 소리를 따라 창문을 열었다. 그와 동시에 바람을 타고 담배 연기가 기분 나쁘게 기어들어 왔다. 앞집 음식점의 손님들이 우리 집 창문 아래에서 담배를 피우고 있었다.

남의 폐로 들어가 머물다가 뱉어지는 그 흉측함이 다시 우리 집으로 기어들어 온다고 생각하니 아찔했다.

"아! 또 시작인가 봐!"

| 나는 외계인이었습니다

텅 빈 곳 같으면서 한순간 꽉 차 버리고 맙니다. 비집고 들어갈 구석조차 없을 것만 같은 흐름입니다. 어쩌면 멈춘 것 같기도 하고 때로는 다가갈 수 없는 그런 시간입니다. 숨이 턱까지 막혀오고 호흡이 자유롭지도 않습니다. 하지만 나는 분명 주저앉아 있거나 서 있거나 존재하고 있습니다.

"B1 하느님은 B7 언제나 A1 태양이 꺼지고 C3 모든 것을 깨부수고 새로 짓고 A6 망하기도 합니다. D7 화성은 재 덩이고 A4 기하학에 따라 목성과 B5 지구를 살짝 비끼면서 #1 태양으로 지구가 들어갑니다. C8 태양은 웜홀이 되고 A7 또다시 돌기를 거듭하면 C1 원자폭탄은 불꽃놀이가 됩니다. F9 동시에 태양계는 F8 당구대가 됩니다. B9 당구대에서 튕겨 나갑니다. B5 지구는 빽스핀을 먹고 다른 은하계로 달아납니다. 그렇게 A부터 Z까지 말합니다. A1 하느님은 C3 자꾸만 커지는 V5 어금니를 폭파합니다. G0 옥수수가 떨어집니다. H4 돼지가 됩니다. D6 수소가 E3 달려와 G4 발로 차고 C4 터집니다."

새벽부터 울리기 시작한 누군가의 목소리가 건물 곳곳을 미친 듯이 스치고 지나갑니다. 다가가면 저 멀리 도망치고 따라가면 흔적도 없던 목소리가 화장실 변기에 꽉 찬 오줌을 배설합니다.

바로 뒤에서 이때다 싶어 악귀가 쉴 사이 없이 알아들을 수 없는 소리로 내 귀를 넋이 나가게 만들고 맙니다. 한순간 혼비백산하기는 했지만, 화가 치밀어 오르지는 않습니다. 늘 있는 일이기 때문입니다.

좀비 같은 녀석. 아니 그는 좀비입니다. 이곳에서 있는 듯 없는 듯 살아가면서 삶이 흐느적거리는 인간들이 존재합니다. 뭐 상관없습니다. 내가 왜 이곳에 있는지 솔직히 알 수가 없습니다. 정신을 차려보니 이곳이었습니다.

보호자는 만날 수 없었습니다. 이곳에 오자마자 바로 입원 처리 되었습니다. 그렇게 나는 좀비의 일원이 되어버렸습니다. 그렇게 2주 동안 내 존재가 타의에 의해 잊히고 있었습니다.

나를 알려 하면 할수록 나는 낯선 존재가 되어가기 시작했습니다. 무의미한 존재가 되어가고 있었던 겁니다. 밖에서 매미 우는 소리가 들려오는 것을 보면 여름인 것은 분명합니다. 날짜는 쉽게 인식되지 않습니다. 같은 병실을 쓰는 환자에게는 날짜의 의미는 찾아볼 수 없습니다. 시간의 흐름은 중요하지 않습니다. 시간을 의식하려 하면 시간은 늘 나에게 핀잔만 줍니다.

나는 치매일까요? 아니면 알코올성치매일까? 아니면 정신분열증일까요?

시간이 흐를수록 그것은 그리 중요하지 않았습니다. 시간이 지나면서 체념하게 된다는 것이 문제입니다. 시간이 되면 밥을 주고, 또 시간 되면 약을 주고 더울 때 샤워할 수 있으니 그나마 다행입니다. 하지만 아무것도 할 수 없음이 나를 지치게 만듭니다. 나를 이곳에 보낸 사람도 그것을 원했는지 모릅니다. 그렇지만 언제까지 나를 포기한 채 살아갈 수는 없습니다. 인생은 한가롭지 않기 때문입니다.

한순간 이대로 영원히 갇혀 살다가 죽는 것은 아닌가 하는 섬뜩한 생각이 듭니다. 나를 구해줄 사람이 나는 절실히 필요합니다. 그러나 그런 생각을 할 때마다 두통만 찾아올 뿐입니다.

두통의 시작은 이곳에 처음 정신을 차린 그때부터 좀처럼 가시지 않고 계속해서 나를 괴롭히고 있습니다. 자유가 제한된 이곳에서의 생활은 나를, 나의 의식을, 나의 존재감을 되묻게 합니다. 내가 아닌 남이 되어버린 기분입니다.

반복되는 일상의 흐름. 밥 먹고 약 먹고 잠들기를 반복하면서 일상은 흐려진 지 오래입니다. 무기력함의 시간은 끝날 것 같지 않습니다. 돼지를 사육하는 것인지? 아니면 이 세상에 존재하지 않는 정체불명의 생명체를 만들려는 것인지 알 수가 없습니다. 나는 반쯤 그들이 원하는 생명체가 되었을 겁니다.

자꾸 빈틈만 보이는 시간의 무게가 나를 힘들게 만듭니다. 한순간 나머지 시간의 무게가 더해져 나를 단번에 누르는 가벼움의 악몽을 꿉니다. 아마 나는 그 무게에 찍소리 한번 질러보지 못하고 존재하지 않는, 존재할 수 없는 영혼이 되어버릴지도 모릅니다.

언제까지 그런 불안에서 살아야 하는 걸까요? 나는 분명 나여야 하는데 나를 나일 수 없게 만드는 그 힘은 대체 무엇일까요? 돌이켜보면 나는 전생에 아주 큰 죄를 지었을 겁니다. 그렇지 않고서는 벌어질 수 없는 일입니다.

이제 거두절미하고 다시 이곳의 삶으로 돌아봅니다.

반복되는 AQ, GQ, A, B, C, D. 등등을 외치는 그는 알고 있을까요?

알면서 하나님을 거론하고 예수님을 들추며 온 은하계를 손바닥에 올려 놓고 쥐었다 폈다 반복하는 것을 보면 그는 분명 조현병 환자일 겁니다. 그래도 그는 그에 게의 치 않고 입이 마를 정도로 떠듭니다.

얼마의 약을 투약했는지 눈의 초점은 선명하지 않고 그 어떤 자아도 존재하지 않는 것 같습니다. 그는 어떤 통증도 느끼지 못하는 것 같습니다. 언제부터였을까요?

겉모습은 누가 봐도 안타까울 따름입니다. 하지만 이곳에서 그의 모습은 대수롭지 않습니다. 그는 하고 싶은 말이 뭐가 그리 많은지 멈추지 않습니다. 그의 떠드는 소리를 듣다 보면 노랫소리처럼 들리기도 합니다. 그는 떠드는 아이입니다.

그의 말을 듣고 싶지 않아도 저절로 들려옵니다. 하지만 나는 다시 무시하기를 반복합니다. 병동의 그 누구도 그의 말을 귀 기울여 듣지 않기에 나도 의례 그래야 한다고 생각합니다. 그렇게 우리 사이에서도 부류가 나뉩니다.

상태의 심각성이 어떻든, 잘나고 못남이 이 공간에서도 뻔뻔하게 존재하고 있습니다. 그것은 감당할 수 있을 정도의 무게가 아닙니다. 이미 범주를 떠난 다름의 문제입니다. 단지 나와 다르기 때문에 상대가 누구든 이방인이 되는 겁니다.

다른 존재가 된다는 것, 일반적인 사람과 다르다는 것은 이질적인 것입니다. 한번 낙인찍히면 돌이킬 수 없는 일이 되는 겁니다. 그 이전의 나로 돌아갈 수 없는 일입니다.

이곳에서의 처음 시작은 일명 CR실이라는 안정실입니다. 1인실 병실에서 흥분이 가라앉을 때까지 있게 되는데 그것을 견디지 못하고 더 흥분하여 소리를 지르면서 발버둥 치기를 반복합니다. 그 대가는 약물 투여입니다. 그곳에서는 상상할 수 없는 괴물이 튀어나오기도 하고 치욕이 뒤따르기도 합니다. 아마 나도 그러했을 겁니다.

세상의 또 다른 세상, 나는 세상에 속할 수 없는 현실이 안타깝고 괴로울 뿐입니다. 어떻게 하면 다시 속할 수 있을까 하는 생각으로 시간이 흐릅니다. 다시 속한다는 것은 어쩌면 무리일지도 모릅니다. 이미 그들에게서 외면당한 이상 그들에게 근접할 수 없는 선이 그어진 겁니다. 나는 이미 낙오되었는지도 모르겠습니다. 벗어나려야 벗어날 수 없는 주홍 글씨가 선명합니다.

다가서려 하면 먼저 삐딱하게 바라보며 거리를 둡니다. 그것도 모자라트집을 잡으려 이곳저곳을 살핍니다. 꼬투리를 잡으면 영락없이 헐뜯습니다. 어떤 감정인지는 모르지만, 그들은 그들이 할 수 있는 최선의 선택이라고 생각합니다. 선의와 아량은 그들에게는 없습니다. 그들에게 배려란 존재하지 않습니다.

그들이 선택한 이상 말과 명목뿐인 가족입니다. 경계는 점점 모호해져 갑니다. 그리고 시간이 지나면서 방치의 수순으로 돌아갑니다. 그렇게 우리는 머지않아 이방인임을 깨닫게 됩니다.

흡연실 한쪽에 담배를 피우지 않으면서 쭈그리고 앉아 있는 몇몇이 보입니다.

"끄지 마세요!"

물이 담겨 있는 재떨이에 담배꽁초를 던져 넣었을 때 뒤늦게 쭈그리고 앉아 있던 누군가에게서 쏟아져 나온 말입니다.

"꽁초 좀 주세요."

남의 흡연 모습을 바라보며 입맛을 다시고 있는 몇몇은 버림받은 좀비입니다. 꽁초는 주거나 버립니다. 누군가는 반쯤 피우다 주기도 하고 누군가는 새것을 주기도 합니다. 횡재의 순간은 아주 짧습니다. 남겨지는 것은 어차피 꽁초입니다. 좀비처럼 묵묵히 시간을 기다리는 사람, 담배를 피우며 수없이 기침하면서도 놓지 못하는 사람, 얻은 담배꽁초를 잘근잘근 씹어 먹는 사람까지 그곳에는 빈부의 격차를 느낄 수 있습니다.

예치금에 따라 평범함을 보장받을 수 있습니다. 예치금은 잊히지 않았다는 증거이기도 합니다. 그래서 병동에서는 전화에 연연하는 사람들이 많습니다. 병동에 설치해 놓은 공중전화기는 세상과 연결되는 유일한 선입니다. 일부는 버림받았다고 생각해 가족에게 화를 내거나 욕을 합니다. 그 유일한 선의 희망은 극복하기에 달렸습니다.

서서히 지워진다는 것이 그 얼마나 서글픈 일인지 모릅니다. 그러면서도 퇴원할 수 있는 느림의 시간을 손꼽아 기다립니다.

그렇게 그는 시간을 겁니다. 그는 무엇을 느끼고 있는 걸까요? 그에게 장단을 맞춰주는 사람도 있습니다. 그 장단도 겉과 속이 다를 겁니다. 비아냥거리거나, 깔보거나, 찬양하거나 알 수 없음이 존재합니다. 그의 원동력을 찾을 수는 없습니다. 그는 입가에 야릇한 미소를 흘립니다. 그는 절대 우스꽝스러운 되새김을 부끄러워하지 않습니다.

"미친놈! 시끄러워 죽겠어. 너 혼자 있을 때나 지껄여!"

누군가 그의 머리를 쥐어박습니다. 더 큰 움직임이 바닥에 뒹굽니다. 일시에 병동은 멈추어 버립니다. 모든 시간이 정지된 것처럼 모두 일제히 얼어붙었습니다. 올 것이 오고야 만 것입니다. 어쩌면 그는 그것을 기다리고 있었을지 모릅니다.

"사람 살려. 저 사람이 나를 죽이려고 해요."

뒤이어 웅성거림이 이어지더니 괴성과 함께 이상한 행동이 살아납니다. 기다리고 있었다는 듯 말입니다.

가해자는 아직 병동과 동화되지 않은 상태입니다. 병동 안과 밖 그 어디에도 해당하지 않는 사람입니다. 이를테면 이방인이 아닌 외부인인 셈입니다.

괴성을 듣고 간호사실에서 뛰어나온 간호사와 보호사가 사태를 파악하고 둘의 간격을 벌려 놓습니다. 누군가는 CR실로 들어가게 될 겁니다.

아무 일 없었다는 듯 병동의 흐름은 멈추지 않습니다.

"A1 나는 E7이 세상 C8 그 누구도 G 신이 될 수 없음이다. X3 세상에는 T6 내가 신이기 때문이다. S1 감사합니다. S9 하느님 예수님. D3 그래서 매일 감사 인사 올립니다. H7 그래야 저들도 U10 그러면 하느님도 내 하찮은 V3 세상은 흐르는 것이 아니라 V7 만들어지는 겁니다. Y4 그러기 위해서는 허물어야 합니다. Q2 멸망입니다."

 그는 상상도 할 수 없는 꿈을 꾸고 있었나 봅니다. 하지만 그것은 그의 머릿속에서나 가능한 일입니다. 나는 그에게 관심을 두기 시작합니다. 그래서 그를 계속해서 지켜보기로 했습니다.

 우리는 현재 이방인입니다. 간호사와 보호사는 일반인에 해당됩니다.

 그리고 다른 모든 사람은 외부인에 해당됩니다. 모든 사람은 존재 가치의 소중함을 지니고 있습니다. 나 역시 그것을 포기하고 싶지는 않습니다. 그렇지만 이 병동에서는 통하지 않습니다. 시간이 흐르면 흐를수록 나에겐 존재의 자신감이 무감각하게 느껴질 뿐입니다. 병동의 흐름에 변화가 없기 때문입니다. 무기력함의 일정한 패턴은 전혀 변하지 않을 겁니다.

 앞으로 일어날 일들에 대해서 기대하지는 않습니다. 기대하다 보면 점점 더 조급해지기 때문입니다. 그러다 보면 가족을 원망하고 비난하게 될 뿐입니다. 말 그대로 이방인은 이방인이어야 합니다. 그렇게 우리는 체념의 나날을 걷습니다.

 지금은 이방인을 색출하지 않습니다. 하지만 머지않은 시기에 제외의 대상에 속하게 될 겁니다. 아니, 이미 그런지도 모르겠습니다. 우리는 돌연변이로 취급되어 부류의 공간에서 밀려난 것인지도 모릅니다. 이건 SF소설이 아닙니다. 충분히 있을 수 있는 일입니다.

흡연실에서 느끼는 일이지만 점차 좀비화 되어가는 사람을 보게 됩니다. 그 원인은 체념입니다. 나 역시 이미 좀비화되었을지 모릅니다. 그렇게 그 어떤 감정도 나를 지배하지 않습니다. 어떻게 해서든 퇴원하겠다는 생각과 안간힘은 좌절로 이끌 뿐입니다. 좀비화되면 믿음과 의무를 상실하게 됩니다. 그처럼 이방인은 외로운 존재입니다. 이방인 서로 간의 대화는 더더욱 의미가 없습니다.

밖에서 벌여 놓은 일 때문에 연락을 취해도 밖의 일은 공유할 수 없습니다. 어떤 시급한 일이 벌어지고 있어도 연락을 취해오지 않습니다. 그리고 일이 터지고 나면 그 모든 책임을 이방인에게 전가하고 맙니다. 그 대가는 여전히 방치입니다. 좁은 병동에서, 딱 그 만큼만의 자유뿐입니다. 그것을 치료의 목적이라고 못 박아 둡니다.

"축하합니다. 드디어 부류가 되셨군요."

온 세상을 다 얻은 듯하지만, 병동을 나서는 사람의 뒷모습은 측은해 보입니다. 한 사람씩 소리 없이 사라지는 것은 예사입니다. 그리고 그 빈자리는 신입 환자로 채워집니다. 그래도 인식하지 못합니다. 병동은 그다지 밝지도 어둡지도 않은 흐름으로 이어집니다.

"이거 풀지 못해!"

낯설지도 그렇다고 낯익지도 않은 소리가 들려옵니다. 부류에 속하게 되지 2주일 만에 되돌아온 퇴원 환자입니다. 그는 슬리퍼는커녕 웃옷도 걸치지 않은 상태였습니다.

"이렇게 막 때려도 되는 거냐!"

격한 상태의 그의 팔을 보호사가 양쪽에서 바짝 조이고 있었습니다. 당혹스럽기는 보호사도 마찬가지였습니다.

"며칠이나 지났다고."

CR실로 끌려 들어간 그의 괴성은 한동안 지속되었지만, 약물을 투여했는지 얼마 지나지 않아 조용해집니다. 그는 이방인과 외부인 사이 어느 즈음에서 망설이는 중입니다. 그는 다시 긴 시간 동안 이방인으로 병동에 존재하게 될 겁니다.

"E7 그가 왔습니다. A9 용서해 주세요. C10 기도하지 않겠습니다. A4 용서하지 않아도 U11 영광입니다. X6 기다립니다. D24 그때는 알게 될 겁니다. W3 만세입니다."

여전히 기다렸다는 듯이 동요되지 않은 소리입니다. 흔한 일로 병동은 동요되지 않습니다. 그보다 더한 난동에도 병동은 어수선해지지 않습니다. 병동은 멈춤도, 끊김도, 이어짐도 모호하게 제 갈 길을 갑니다. 아랑곳하지 말아야 합니다. 시간은 그만큼 무덤덤하고 무표정한 얼굴입니다.

"어떻게 된 거야? 아니 집안 꼴이 말이 아니잖아요. 그러려고 나를 이곳에 처박아 둔 거야. 이해할 수가 없어. 내가 도대체 무엇을 잘못한 거지. 왜 나한테 그러냐고. 개새끼야."

병동에서 상기된 것은 수화기를 든 누군가일 뿐입니다. 그 아무도 누군가에게 관심이 없습니다.

화장실을 들락날락합니다. 나는 변비로 고생하는 중입니다. 병실에서 화장실까지 똥 덩어리를 질질 흘리며 게슴츠레 뛰는 듯 마는 듯 걸어가던 누군가를 생각합니다. 그래도 내 변비는 뚫릴 기미를 보이지 않습니다. 소용없습니다. 그것은 또 다른 체념입니다.

병실로 돌아온 나는 침대 위로 올라갑니다. 아주 잠시인 것 같은데, 아주 짧은 한 호흡인 것 같은데 눈을 뜹니다. 밖에서 들려온 소리 때문입니다.

"이 새끼가!"

나는 눈을 두어 번 깜빡이고 다시 눈을 감습니다.

"피야, 피!"

다시 눈을 뜹니다. 예사롭지 않은 소란입니다. 일반적인 환자 간의 다툼이려니 생각하며 침상에서 일어나 슬리퍼를 끌고 어슬렁거리듯 병실 밖을 나섭니다.

"C4 내가 그 모든 것을 손으로 움켜쥐었을 때 V3 온 세상과 온 우주는 F5 소리 없이 바스러지고 Q1 말았다."

그의 목소리가 들려옵니다. 알 수 없는 냉랭함이 나의 심장을 조여 옵니다. 한순간 두통이 밀려와 가슴을 울렁이게 만들고 알 수 없는 두려움이 밀려옵니다.

누군가가 상대의 귀를 물어뜯었습니다. 손으로 막고 있는 귀에서 피가 줄줄 쏟아져 내립니다. 시간이 멈춘 것 같지만 여전히 흐르고 있습니다. 그것이 기억으로 남을지는 모르겠습니다. 그렇다고 존재할 가치가 없다는 말은 아닙니다.

대수롭지 않게 시간은 또 흐릅니다.

"세상에는 나와 같은 사람들이 많아. 바보 같은 놈들. 영화의 끝에는 엔딩크레딧이 있어. 내 이름이 항상 그곳에 나오는데 모두 몰라? 아카데미에도 올랐는데."

처음 보는 얼굴입니다. 그는 어디에서 불쑥 튀어나온 걸까요? 칙칙함이 흐릅니다. 그는 슬리퍼를 질질 끌며 병동 곳곳을 탐색하다 가로막힌 철문 앞에 섭니다. 그리고 한동안 철문의 손잡이를 돌립니다. 문이 열릴 턱이 없습니다. 그는 도와달라는 듯 말합니다.

"저 동사무소에 가야 하는데 어디로 가야 하나요?"

그는 길을 잃었습니다.

"거기에는 길이 없어요. 우선 병실에서 기다리세요. 있다가 데려다줄게요."

보호사가 말합니다.

신종 이방인입니다. 그는 자꾸만 어딘가를 가려고 합니다. 심지어는 병동 복도에서 모내기하는 시늉을 하기도 합니다. 그 옆에서 따라 하는 사람도 있습니다.

누군가가 다가옵니다. 나는 의식하지 않습니다. 나의 시각에 높이를 두지 않기 때문입니다. 그렇다고 내가 상대를 평가해야 할 위치에 있지도 않습니다. 그리고 나는 나를 부정하려고 하지도 않습니다.

나는 이방인입니다. 그 부류에 속해 있든 말든 그것이 중요한 건 아닙니다. 이방인에게 향하는 외면이 나는 두렵습니다. 어떻게 하면 좋을까요? 나를 포기해야 하는 걸까요. 나는 차라리 외계인이 되고 싶습니다.

"E2 나는 외계인입니다. F1 그리 멀지 않은 외계에서 D5 도망쳐 온 생명체입니다. Z2 죽지 못해 살아갑니다. B8 나는 있으면서 없습니다. S4 나는 죽음입니다."

나는 CR실에 있습니다. 이곳에 계속 있어야 한다는 불안과 공포가 나를 조여 옵니다. 나는 그리 오래 가지 못할 겁니다.

외계인에게 알립니다. 부류로 나누어진 지구에 이주하지 마세요. 애초에 착륙하지 않는 것이 좋을 겁니다. 이곳은 살기 힘든 척박한 곳입니다. 부류의 속함을 곰곰이 생각해야 합니다. 그렇지 않았다가는 큰 낭패를 당하게 될 겁니다. 이곳은 속할 수 있어야 합니다. 그리고 철저히 자신을 숨겨야 합니다.

그 어디의 부류에도 속하지 않는다는 것은 표적이 된다는 말입니다. 당신의 건투를 빕니다. 지구로 이주해 발목 잡힌 이방인으로서 다시 한번 경고합니다.

나는 외계인이었습니다. 하지만 그것도 모호합니다.

*

"내가 말이지. 맞아 기억해야 해. 왜냐하면 이게 손목인지 아닌지 기억하지 못하면 나는 손목을 자를지도 모르기 때문이야. 그래서 말인데 자를 때 칼로 잘라야 할까? 톱으로 잘라야 할까? 아니야, 그럴 수 없어. 그건 나쁜 짓이야. 내가 무슨 일이든 하게 되면 나는 아주 나쁜 사람이 되는 거야. 무슨 말인지 알지? 그런데 말이야 이건 아무도 몰라야 해. 그렇지 않으면 미쳐버릴 수 있거든. 아니면 누군가가 나를 죽이고 말 거야. 나는 외워야 하지만 외워서는 안 되는 거야. 또 기억해야 해. 쉿, 누군가가 내가 하는 소리를 엿듣고 있어. 이럴 때는 숨을 쉬지 않는 거야."

"뭐라고?"
"TV 보잖아. TV 봐야 해. 엄마가 그랬어."

 용기가 대중없는 말을 쏟아놓습니다. 용기의 속을 알 수가 없습니다. 조금 알았다가도 조금 더 가까이 다가가면 알 수 없는 그림이 되고 맙니다. 용기는 스스로 갇혀 있습니다.

나는 퇴원 구제요청서를 쓰고 있었고 용기는 TV에 푹 빠져 있었습니다. 그러면서도 중얼거림을 멈추지 않습니다.

병동의 생활은 무료합니다. 그래서 퇴원에 대한 생각을 많이 하게 됩니다. 그러다 보니 진정서(인권침해 또는 차별 피해 신고서)며 퇴원 구제요청서, 인신보호법 제3조에 의한 구제 청구서에 연연하게 됩니다. 하지만 그것도 2~3주가량을 기다려야 합니다. 그 기다림의 시간이 너무 길게 느껴져 답답한 한숨만 쉴 뿐입니다.

병동에서는 마땅히 할 일이 없습니다. 체조나 음악 감상, 그림 그리기, 노래자랑, 볼링 등의 프로그램이 있기는 하지만 말만 그럴싸할 뿐이지 어린아이 수준의 열악한 프로그램입니다. 주말이면 그마저도 없어서 침대 위에서 뒹굴어야 합니다. TV 채널을 돌리는 것이 그나마 주어진 사치입니다.

이것도 저것도 아니면 20미터가량의 병실 복도를 걷거나 병동 홀의 소파에 앉아 시간을 때우는 것이 고작입니다. 그렇게 오늘도 흘러갈 겁니다.

정신질환자와 알코올중독자를 동시에 수용하기 때문에 별의별 일이 벌어지지만, 그것을 대하는 환자들의 표정은 늘 무덤덤합니다. 대개의 환자는 관심이 없거나 자기 세계에 빠져 있습니다. 존재할 뿐 인식되는 것을 싫어합니다. 병동에서는 무관심을 일상으로 받아들여야 합니다.

그렇지 않고서는 하루도 견디기 어려울지 모릅니다. 대화하더라도 자신의 속내를 보이지 않는 거리감에 익숙해져야 합니다.

그날은 지독한 악몽에서 깨어 한참 동안 멍하니 앉아 있었습니다. 지난 밤 11시까지 뒤척이다가 할 수 없이 추가로 먹은 수면제 때문에 머리가 아파 좀처럼 움직일 수가 없었습니다. 소변기를 느끼고 침대에서 내려오려는데 슬리퍼가 감쪽같이 사라진 것을 그제야 알았습니다. 찜찜했지만 나는 어쩔 수 없이 맨발로 화장실을 다녀올 수밖에 없었습니다.

"슬리퍼가 어디로 사라진 거야?"
"없어졌어?"

그나마 대화가 통하는 같은 병실의 노형이 관심을 보입니다.

"누구 짓이겠어. 용기 짓이지."

그 말에 용기를 건너다봅니다. 용기는 코를 골며 깊은 잠에 흠뻑 취해 있습니다. 얼마 전에도 용기는 몽유병 증세로 다른 병실 사물함 위에 슬리퍼를 벗어놓고 온 적이 있습니다. 그때도 노형이 슬리퍼를 찾아 준 기억이 납니다. 그렇다고 나무랄 수도 없습니다. 때마침 병실을 돌고 있던 보호사가 그 소리를 듣고 슬리퍼를 찾아 나섭니다.

"310호 실에 있던데요."

지난밤 용기가 내 슬리퍼를 자기 슬리퍼로 착각하고 신고 나간 것이 분명합니다. 그리고 병실을 잘못 들어갔다가 벗어놓고 온 모양입니다.

"아, 미치겠다니까요. 잠을 잘 수가 없어요. 침대는 도대체 왜 자꾸 차는 거야? 깜짝깜짝 놀란다니까요. 낮에 못 자게 하면 밤에 자야 할 거 아냐. 용기 때문에 잠을 못 잔다니까요. 왜 한밤중에 돌아다니는 건데. 밤에는 CR실에 넣으면 안 될까요? 약을 좀 더 처방해 주든지 해야지 내가 죽을 맛이라니까."

"문제네. 용기 씨 오늘 밤부터 CR실에서 자요?"

노형과 보호사의 대화에 잠에서 깬 용기가 고개를 절레절레 흔듭니다. 용기도 좁고 냄새나는 CR실은 싫은가 봅니다.

"할 수 없지 뭐. 계속 그러면 CR실에 들어가야지."

나도 한마디 돕습니다.

그렇게 또 하루가 시작됩니다. 병동의 아침 식사는 이른 편입니다. 6시 40분에 배식이 되고 식사가 끝나면 30분 후에 투약이 이루어집니다. 점심 식사는 11시 40분에 시작되어 30분 후 역시 투약이 이루어집니다. 저녁 식사는 4시 40분에 시작되지만 투약은 7시 40분에 이어집니다. 식사는 하지 않아도 뭐랄 사람 없지만 투약은 꼭 지켜져야 하고 약을 삼켰는지 확인받아야 합니다. 그만큼 병동에서는 약에 대한 비중이 큰 편입니다. 환자에게는 투약을 거부할 권한은 없습니다.

나의 하루는 무능력입니다. 용기의 하루도 무능력일까요? 아마 그렇지 않을 겁니다. 나는 그 속이 궁금합니다.

용기는 혼자 있는 시간이 많습니다. 뭐가 그리 바쁜지 식사 시간과 투약 시간 이외에는 병실 밖에서 주로 생활합니다. 슬며시 들어와 TV에서 방영되는 영화에 흥미를 보이거나 눕지도 못한 채 꾸벅꾸벅 졸기도 합니다. 하지만 노형의 성화에 실패하곤 합니다. 예민한 편인 노형은 용기 때문에 밤에 잠을 잘 수 없다며 투정을 부립니다.

TV에서 방영하는 영화를 보고 있는데 슬며시 용기가 들어와 영화에 집중하고 있습니다. 특유의 손가락 동작을 취하며 중얼거립니다.

"그래서 말이야. 너 나쁜데. 나쁜 놈. 너는 몰라 그게 아니라 나는 너를 좋아할 수 있어. 그렇게 나는 갈 거야. 너만 알아야 해."

알아들을 수 없을 정도의 소리로 속삭이기 시작합니다. 혼잣말하는 것인지 누군가와 대화하는지 모를 일입니다. 나는 그 소리에 자꾸만 귀를 기울입니다. 하지만 이해할 수 없는 말들입니다. 용기는 마치 누군가와 함께 앉아 있는 것 같습니다.

화장실을 다녀오는데 용기의 모습이 보입니다. 고개를 떨군 채 끊임없이 중얼거립니다. 그런 용기에게 누군가 다가가 대화를 시도합니다. 하지만 그것도 잠시 용기는 다시 혼자가 됩니다. 그러면서도 그의 얼굴에는 늘 웃음기가 가시지 않습니다.

이곳에서는 누구나 혼자입니다. 알코올중독으로 입원한 환자는 때론 두세 명씩 짝을 이루어 한 호흡을 내기도 하지만 나는 그들과 어울리지 않습니다. 어차피 그들이 하는 대화의 방향은 늘 쓸데없는 곳으로 향하기 때문입니다.

"뭐야 이 새끼야. 너나 잘해. 나이 처먹었으면 나잇값을 해야지. 언제 봤다고 반말이야."

"네가 안 그랬어. 여기 다 뒤지고 다녔잖아 새끼야."

병실 밖에서 싸우는 소리가 들려옵니다. 투덕거림은 한순간입니다. 누군가 사물함을 뒤지고 다녔나 봅니다.

"보호사님! 보호사님 여기 싸워요."

보호사가 중재하지만 그것으로 끝나지는 않습니다. 그런 상황에서는 잘잘못을 따져 누군가는 CR실로 들어가야 합니다. 나는 그들의 싸움에 관심이 없습니다. 싸움 구경도 시시하게 끝나기 때문입니다. 누운 채로 스르르 낮잠의 흐름에 익숙해집니다.

흡연실은 두더지 소굴입니다. 그 좁은 공간에서 꽁초를 얻어 피려는 심산으로 항상 대기하고 있는 몇몇이 있습니다. 하지만 간혹 아무도 없을 때가 있습니다. 담배가 뭐 그리 좋으냐고 묻겠지만 이곳에서는 답답함을 달래는 유일한 낙입니다. 그렇지만 또 다른 재미에 맛을 들인 환자도 있습니다. 그가 때마침 흡연실 문을 열고 상체를 들이밉니다. 그리곤 나와 눈이 마주치지만 아랑곳하지 않습니다.

"이봐, 또 그럴 거야?"

말이 끝나기도 전에 그가 한쪽에 설치되어 있는 비상벨을 7번 누르고 문을 닫습니다. 사람이 있든 없든 그의 행동은 멈추지 않습니다. 아마 다시 문을 열고 3번을 더 누른 후에 후다닥 사라질 겁니다. 나는 피식 웃음을 삼켜버립니다.

나는 흡연실에서 나와 병동 홀 소파의 빈자리로 다가가 앉습니다. 하지만 옆에 앉아 있는 환자의 몸에서 역한 냄새가 풍겨 옵니다. 얼마나 씻지 않은 것인지 차마 옆에 앉아 있을 수 없을 정도입니다. 바로 그때 저편에서 심한 주먹질이 오고 갑니다.

"야, 그만들 좀 해라."

누군가가 투덜거립니다.

"여기가 병원이냐 싸움판이냐?"

싸움은 말리고 불은 끄라고 했나요? 싸움도 부추기고 불도 부채질하라고 했나요? 나는 싸움이 커지는 것을 원치 않지만 나서지도 않습니다. 충분히 말려야 할 싸움이지만 나서는 사람은 없습니다. 연신 보호사만 부를 뿐입니다. 둘의 싸움이 커지자 보호사가 달려와 싸움을 말립니다.

"뭐야. 정말 똘아이네."
"그걸 몰라서 시비를 걸었냐?"

밖에서 얼마나 행패를 부렸으면 들어올 때부터 요란한 그였습니다. 알코올중독으로 들어와 CR실에서 3일 만에 나오자마자 싸움을 벌인 겁니다. 그렇지만 병동의 어느 환자도 누구를 두둔하지 않습니다. 상대 역시 꼴사나운 짓을 벌이며 돌아다녔기 때문입니다. 병동의 다툼은 그러려니 하는 일상이 되어버립니다.

"내가 그랬지. 두 팔이 아프다고 그랬어. 그래서 아파야 하지만 아프지 않다. 그랬지. 그래서 웃는 거야."

용기는 싸움에는 관심 없이 여전히 중얼거립니다. 나는 용기를 지나쳐 병실로 들어갑니다. 쉴 곳은 내 침대밖에 없기 때문입니다.

"언놈은 싸우고 또 언놈은 똥을 질질 싸고!"

노형이 병실로 들어오며 깔깔거립니다.

"내가 이참에 나가면 술을 끊어야지. 다시는 이런 병원에 안 들어온다. 내가 왜 그때 그랬는지 모르겠어. 내가 등신이지. 병 고치러 들어 왔다가 더 병들겠어."

노형은 술 먹고 난동을 부려 경찰 출동으로 병원에 입원한 케이스입니다. 입원 후 3개월 만에 재판을 받고 3개월 더 입원 치료하라는 판사의 처분으로 4개월째 입원 중인 상태입니다. 노형은 퇴원하는 날을 받아 놓아 오히려 홀가분하다고 합니다. 그러면서도 한편으로는 치료 잘 받고 의사에게 잘 보이면 그보다 일찍 퇴원을 시켜줄지 모른다는 희망을 놓지 않습니다. 그도 병원 생활은 답답하고 무료한 모양입니다.

시간이 흐르는 것인지, 멈춤이 흐르는 것인지 알 수가 없습니다. 내가 서 있는 위치를 정확하게 지정할 수 없어서 그것이 속상합니다. 술을 끊어야 한다고 생각하면서도 TV에서 방영되는 먹방 프로그램을 보면 침이 저절로 삼켜집니다. 그럴 때 먼저 말을 꺼내는 쪽은 노형입니다.

"야, 저 오리백숙 푸짐하다. 부추에 돌돌 싸서 소스 찍어 먹으면 소원이 없겠다. 거기에 소주 한잔 곁들이면 진짜 짱인데. 퇴원하면 바로 식당에 달려가서 소주 한잔해야지. 아니면 모텔에 들어가서 음식을 시켜 놓고 밤새도록 술을 마시는 거야."

덩달아 나도 몇 마디 거들고 나섭니다. 하지만 모두 실없는 이야기입니다. 그런 낙이라도 없으면 시간이 흐를 것 같지 않아 병동이라는 공간에 대꾸하는 겁니다.

병동에서는 많은 것을 소유하지 못합니다. 담배는 소지 할 수 있어도 라이터는 소지 할 수 없습니다. 그래서 흡연실의 안전장치에 채워 걸어 둡니다. 핸드폰 역시 소지할 수 없습니다. 연락처를 알지 못하면 전화조차 할 수 없습니다. 또 전화카드가 없거나 잔액이 없으면 컬렉트콜을 사용해야 합니다. 상대편에서 전화를 거절하면 통화할 수 없습니다. 주 2회 매점 장부에 필요한 것을 신청하면 빵, 과자, 음료는 물론 카드도 충전이 가능합니다. 하지만 병원에 예치된 잔액이 부족하면 그마저 호사도 누릴 수 없습니다.

용기는 가끔 면회 오는 누나가 예치금이며 빵을 넣어준다고 합니다. 그래서 딱히 용기가 신경 써야 할 일은 없습니다. 병동에 존재하는 것이 그에게 주어진 일일 뿐입니다.

"가나다라마바사. 가나다라마바사. 미친놈. 슬퍼서 아픈 거야. 그랬지. 아프다고 했지."

일어나자마자 용기가 혼자 중얼거립니다. 오늘은 또 어떤 방향으로 병동이 움직이기 시작할까요. 시간이 좀먹기 시작합니다.

병원 밥은 먹어도 배가 고픕니다. 그렇다고 많이 주는 것도 아닙니다. 이 열악한 환경에서 나는 버텨내야 합니다. 체념할 수는 없습니다. 체념하면 나 자신에게 지는 것이기 때문입니다.

영화 감상 시간입니다. 오늘은 어떤 영화를 틀어 줄지 기대하지만 대개 TV에서 방영해 주는 영화의 재탕입니다. 소파에 앉아 잠시 지켜보기로 했습니다. 시작부터 흥미롭습니다. 내가 보지 못한 영화의 제목이 내 시선을 잡아끌기 시작합니다. 나는 좀 더 지켜보기로 합니다. 재미없으면 병실로 들어가 TV 채널을 돌릴 생각입니다.

영화 감상 시간이기는 하지만 병동의 모든 사람이 영화를 보는 것은 아닙니다. 관심 있는 사람만 집중할 뿐 그렇지 않은 사람은 평소처럼 자유롭게 자신의 시간을 보내기도 합니다.

좋아하는 SF 영화였기 때문에 나는 내심 기대하고 있었습니다. 그러나 왠지 붕 뜬 것 같은 어수선함에 집중할 수 없었습니다. 시도 때도 없이 화면을 가리며 왔다 갔다 하는 환자들이 눈에 거슬립니다. 얼마나 지났을까, 용기가 TV 앞으로 바짝 다가가 영화에 흥미를 보입니다.

"재밌지. 엄마가 그랬는데. 그래서 나는 안다니까. 누나도 그랬어. 나는 기억하는 거야."

용기는 뭐가 그리 신이 나는지 양손을 흔들기 시작합니다.

"야, 인마. 안 보이잖아. 야!"

누군가가 용기를 향해 소리를 지릅니다. 하지만 그 소리가 용기에게는 들리지 않는 모양입니다.

"이 새끼가!"

그 누군가가 화가 났는지 자리에서 일어나 용기를 향해 이단옆차기를 날린 건 다음 순간입니다. 얼마나 강력했는지 용기가 TV 쪽으로 날아가는 것이 보입니다. 용기는 피할 사이 없이 TV로 날아가 부딪쳤고 순식간에 병동은 멈추고 말았습니다. 정신을 차리고 일어서는 용기의 얼굴에서 피가 흐르기 시작했고, 그 순간 또 다른 누군가가 용기를 공격한 누군가를 향해 달려들며 주먹을 날립니다. 그들은 얼마 전부터 자주 다투던 두 사람입니다.

나는 SF 영화를 보는 것이 아니라 일순간 액션 영화를 보는 듯한 착각에 빠져들고 말았습니다. 심한 몸싸움이었기 때문에 병동은 일순간 멈추었습니다. 그런 와중에도 누군가는 병동 복도를 걷고 있었고 누군가는 흡연실을 누군가는 화장실을 오고 갑니다.

그들의 액션은 현란했습니다. 당연히 병동 홀은 난장판이 따로 없었습니다. 그런 그 둘 사이에서 빠져나온 용기가 얼핏 흡연실 쪽으로 피하는 것 같았습니다.

찰나의 순간이었던 것 같은데, 간호사실에 있던 보호사와 간호사가 뛰어나왔지만 그들의 격투기 선수를 방불케 하는 싸움에 끼어들지 못하고 있었습니다. 누군가 하나는 쓰러져야 끝날 것 같은 싸움이었고, 그동안 앙숙이 된 그들에게는 벼루고 벼르던 순간이었을 겁니다.

그 사이로 낯설고 서늘한 미소가 스쳐 지나갑니다. 흡연실 쪽에서 나오는 용기의 손에서 무엇인가가 번쩍였습니다. 동시에 나와 눈이 마주쳤지만 이내 병실로 사라지고 말았습니다. 그의 얼굴에서 흘러내리는 피로 환자복이 붉게 물들어 있었습니다.

사태의 심각성을 인지한 듯 환자들까지 나서서 둘의 싸움을 말리기 시작했습니다. 그렇게 싸움이 소강상태를 보일 때쯤 어디에선가 타는 냄새가 나기 시작했고 얼마 지나지 않아 병실에서 연기가 나기 시작합니다. 용기가 들어간 병실 쪽입니다.

"내가 그랬지! 엄마가 그랬지. 누나가 그랬지."

아주 선명하고 큰 용기의 목소리가 들리는가 싶더니 용기가 불타는 이불을 들고 뛰어나옵니다. 순간 정전이 된 듯 다시 한번 병동이 멈춥니다.

"부, 불이야! 여기 불났어요."
"여, 여기도 부, 불이야."

용기가 춤을 춥니다. 불이 춤을 춥니다.

"소, 소화기! 소화기 어디 있어!"

병실이나 병동 홀에는 소화기가 비치되어 있지 않습니다. 흉기가 될 수 있기 때문입니다. 소화기는 간호사실에 있었지만, 간호사는 얼음장처럼 굳어 있었습니다. 보호사는 다급하게 동료들에게 다급한 무전을 칩니다. 환자들도 달려들어 불을 끄기 시작합니다. 불타는 이불을 들고 날뛰던 용기는 얼마 지나지 않아 환자들에게 제압당합니다.

연기는 온 병동에 가득했고 유독가스 때문에 숨을 쉴 수 없을 정도입니다. 누군가는 소화기를 뿌리고 누군가는 화장실로, 누군가는 샤워실로 달려가 물을 퍼 나릅니다. 다행히 초기 진압을 할 수 있었습니다. 용기는 내내 발버둥 치고 있었습니다.

"내가 그랬어! 내가 그랬어!"

 용기가 흡연실에 걸려 있어야 할 라이터를 손에 꽉 움켜쥔 채 소리를 지릅니다. 그 소리가 마치 나를 향해 내지르는 것 같았습니다. 나는 용기의 눈과 마주쳤지만 애써 외면해 버렸습니다. 너무도 처절했기 때문입니다.

 그 이후 용기를 볼 수 없었습니다. 그 사건이 발생한 이후 나는 조기 퇴원할 수 있었습니다.

 용기는 아마 벼랑 끝에 서 있었을 겁니다. 한도 끝도 없는 자기 세계에서 누군가 자신을 꺼내 주길 바라고 있었는지 모릅니다. 하지만 다가간 거리만큼 더 멀리 달아나 버리는 그였기에 알 수 없는 존재가 되어버렸습니다. 아니, 어쩌면 내가 그에게 손을 내밀기보다는 방관하며 외면했던 것인지도 모릅니다.

 스스로 인정하고, 스스로 원하기 이전에 억지로 이어지는 행위의 재촉이 큰 효과가 있을지 궁금합니다. 나는 병동에서의 기억을 병동에 그대로 남겨 두기로 합니다.

 나는 이제 나의 욕심을 포기합니다.

작가의 말

누군가에게 잊힌다는 것은 슬픈 일입니다. 그리고 누군가에게 기억된다는 것은 부담스러운 일이기도 합니다. 나는 그 중간 어딘가에 남아 있고 싶습니다. 하지만 그것은 결코 쉬운 일이 아닐 겁니다.

오늘을 걸어 봅니다.

꼭 오늘이 아니어도 나는 항상 걷고 있었습니다. 지치지 않고 여기까지 걸어 온 걸 보면 아직 이정표를 놓치지 않은 모양입니다. 그것은 계속 걸을 수 있는 원동력입니다.

무작정 걷고 싶을 때도 있었습니다. 목적지가 없어도 걷다가 지치면 그곳이 목적지가 될 때도 있었습니다. 그러나 그 어디에도 안주하고 싶지는 않았습니다. 걷다 보면 걸어가고 있는 내가 낯설게 느껴질 때도 있었습니다. 그럴 때면 애써 걸으려 하지 않습니다. 억지로 걷다 보면 나에 대한 상실감으로 내가 아닌 또 다른 나를 마주하게 되기 때문입니다. 나는 나 자신을 포기하고 싶지 않습니다.

가볍지도 그렇다고 무겁지도 않은 오늘이었으면 합니다. 하지만 내가 생각했던 것처럼 오늘이 흐르지 않을지도 모릅니다. 항상 변수가 있기 때문입니다. 어쨌든 오늘을 확인할 수 있다는 것은 행복입니다. 나의 오늘이 존재한다는 것만으로도 흥분되고 온몸에 전율이 느껴집니다.

나는 오늘을 소유합니다. 소유하지 못했던 것을 소유한다는 것은 흥미로운 일입니다. 그러면서도 부담스러운 일입니다. 새로운 것에 익숙해져야 하기 때문입니다. 하지만 그것은 시간의 흐름을 맞이하는 자세입니다.

나는 무작정 소유하고 싶지 않습니다. 무턱대고 많은 것을 소유하려 하면 내게 오류가 발생할 수 있기 때문입니다. 그래서 내가 감당할 수 있을 만큼만 소유하려 합니다.

나의 시선이 아닌 다른 시선으로 나를 바라봅니다. 내가 걸어가고 있는 모습이 올바른지, 아니면 삐뚤어졌는지 확인하고 싶지만, 그것은 중요한 일이 아닙니다. 문제는 방향입니다. 길 위에 서 있는 나를 확인하고 싶은 겁니다.

나에게 오늘은 늘 소중합니다.

나는 그즈음에 항상 서 있고 싶습니다.

악어가 나타났다

초판 발행 2024년 7월 7일
초판 인쇄 2024년 7월 12일

지은이   장시진
펴낸이   김태헌
펴낸곳   문학홀릭

주소   경기도 고양시 일산서구 대산로 53
출판등록   2021년 3월 11일 제2021-000062호
전화   031-911-3416
팩스   031-911-3417